영웅시대 2

영웅시대 2

초판1쇄 인쇄 | 2017년 8월 19일
초판1쇄 발행 | 2017년 8월 25일

지은이 | 이원호
펴낸이 | 박연
펴낸곳 | 한결미디어

등록일자 | 2006년 7월 24일
등록번호 | 제25100-2006-152호
주소 | 서울시 마포구 모래내로 83 한올빌딩 6층
전화번호 | 02 · 704 · 3331
팩스번호 | 02 · 704 · 3330

ISBN 979-11-5916-060-8 979-11-5916-058-5 (04810)

영웅시대 2

사원

이원호 지음

한결미디어
HANGYEOL MEDIA

목 차

1장 늙은 신입 사원

유성상사의 서울 구로동 본사는 3층 건물에 회사 마당이 축구장만 한 크기인 데다 창고가 2동이나 되었지만 황량했다. 마당 구석에 잡초가 무성했고 창고의 벽이 무너져서 안이 들여다보였다. 오전 9시 반, 이광은 신입사원 7명에 끼여 3층 무역부로 들어섰다. 신입사원 35명 중에서 2명은 비서실, 3명은 기획조정실, 5명은 내수영업부, 7명이 무역부, 그리고 10명이 총무, 업무부, 그리고 나머지가 공장으로 발령이 난 것이다. 신입사원도 성적순으로 발령이 난 것이어서 1, 2등이 비서실, 3등에서 5등까지가 기조실, 이런 식이었으니 이광은 35명 중 17등 안에는 든 셈이다. 3층의 절반은 무역부가 사용하고 있었는데 신입사원 오리엔테이션 때 보여준 조직도에는 무역부는 수출1과, 2과, 3과로 구분되었고 무역부장 휘하에 3개 과장이 무역부를 이끌고 있었다. 현재 무역부 직원은 15명. 이제 신입사원 7명이 대폭 증원된 것이다.

"어, 상담실로 들어가 있어."

총무과 직원의 인솔로 무역부 앞으로 다가간 신입을 향해 무역부 직원 하나가 말했다. 말끔한 양복 차림에 휘둘러보는 눈빛이 날카롭다.

"아, 그럼 박 대리님한테 인계했습니다."

총무과 직원이 그렇게 말하고 돌아서는 것을 보니 대리급인 모양이다. 그래서 7명은 무역부 사무실 앞쪽 상담실로 들어가 제각기 자리를 잡고 앉았다. 7명은 이성대에서 오성대까지 섞여 있었는데 오성대 출신은 이광 하나뿐이다. 그리고 여자 신입사원이 하나 끼여 있다. 삼성여대 출신의 오세영, 사흘간의 오리엔테이션 기간 동안 겪어보니까 말수가 적지만 발표는 분명하게 하는 스타일이다. 날씬한 몸매에 귀염기가 있는 얼굴이어서 35명 중 6명의 여자 신입이 있었는데 남사원들의 인기투표 2위를 했다. 1위는 비서실로 간 이성여대 출신의 서미진이다.

"아, 시발, 여기선 쫄따구 몇 년 만에 대리 진급하나?"

삼성대 출신 조만규가 투덜거렸다. 조만규는 불평불만이 많았지만 동료들하고 있을 때뿐이었다. 교육관 앞에서는 가장 먼저 말을 들었다. 그때 상담실로 두 사내가 들어섰는데 조금 전 박 대리라는 기생오라비하고 30대 후반쯤의 사내다. 3일 동안 대전의 공장 연수원에서 교육을 받을 때도 보지 못했던 인사다.

"모두 일어서."

이미 다 일어서 있는데도 박 대리가 엄숙하게 말했다.

"무역 부장님이시다."

일제히 굳은 7명이 제각기 머리를 숙여 인사를 했을 때 무역부장이 말했다.

"자, 앉아라."

대뜸 반말을 했지만 분위기에 어울렸다. 끝 쪽에 앉은 이광이 부장을 보았다. 지금 군대식으로 말하면 신병이 중대장을 만나는 꼴이다. 생사여탈권을 가진 중대장이다. 그러나 그때와 비교해보면 지금이 더 절박한 것 같다. 신병 때는 '오기' 같은 것이 있어서 눈에 힘을 줄 수도 있었는데 지금은 안 된다. 왠지 무력감이 든다. 아무것도 모르는 상황, '오기'만으로는 버틸 수가 없는 '무엇'이 있다. 그때 부장이 입을 열었다.

"내가 무역부장 강근제다. 앞으로 이야기할 기회가 많겠지만 너희들이 신입으로 온 첫날의 인사말을 하겠다."

강근제가 7명을 차례로 훑어보았다. 이광의 시선과 맨 마지막으로 마주친 강근제가 말을 이었다.

"지금은 대한민국이 도약하는 시대다. 내가 보기에는 이 시대가 대한민국의 기반이 되는 시대야."

이광이 숨을 들이켰다. 갑자기 깊은 산 속 어딘가로 떨어져 이상한 냄새를 맡은 느낌이 들었다. 상담실의 냄새가 아니다. 강근제의 말에서 신비한 느낌을 받은 것이다. 알 수 없는 감동이다. 그러나 앞에 앉은 조만규는 '뭔 소리?' 하는 표정을 짓고 있다. 물론 이광 쪽에다 얼굴을 보이고 있을 때다. 그때 강근제가 말을 이었다.

"너희들의 능력에 따라 이 시대를 영웅으로 살아가느냐 낙오자로 살아가느냐가 결정되는 것이다."

우연이겠지만 강근제의 시선이 이광에게로 옮겨졌다.

"영웅시대를 살기 바란다. 이상."

그러고는 강근제가 자리에서 일어섰으므로 모두 따라 일어섰다.

"앉아서 기다려."

강근제가 손을 들어 보이면서 말했다.

"과장들이 데리러 올 테니까 말이야."

이미 7명은 모두 발령이 나 있는 것이다. 강근제가 상담실을 나갔을 때 박 대리가 7인을 둘러보며 말했다. 여전히 차가운 표정이다.

"난 1과 박금철 대리다."

주머니에서 쪽지를 꺼낸 박금철이 읽었다.

"정인수, 하도성, 오세영은 1과다."

그러더니 어깨를 부풀리며 말했다.

"셋은 날 따라오고 나머지는 기다려, 각 과에서 데리러 올 테니까."

박금철이 셋을 이끌고 상담실을 나갔으므로 이젠 넷이 남았다. 그때 조만규가 다시 투덜거렸다. 그러나 맞장구치는 사람은 없다. 모두 긴장했기 때문일 것이다.

"난 3과장 윤병도다."

앞에 앉은 사내가 말했다. 긴 얼굴, 긴 코, 눈이 가늘었지만 호인 분위기, 30대 초반쯤, 지금 이광과 오덕수는 상담실에서 두 사내와 마주 보고 앉아 있다. 조금 전에 욕쟁이 조만규와 또 한 명이 2과 대리한테 끌려간 후에 둘이 들어온 것이다. 바로 소대장이 되겠지. 3과장 윤병도가 지그시 이광과 오덕수를 보았다.

"우리 과는 대리 하나에 사원 셋이 있었는데 너희들 둘이 충원된 거야."

윤병도가 옆에 앉은 사내를 턱으로 가리켰다.

"김 대리야, 김성규 대리."

그러자 잘생긴 사내가 입술 끝을 올리고 웃었다.

"잘 부탁해."

"예, 저도 잘……."

오덕수가 꾸벅 숙이면서 어물거렸지만 이광은 그냥 머리만 숙였다. 그때 윤병도가 이광을 보았다.

"이광 씨가 지금 스물일곱이지?"

"예, 과장님."

"김 대리하고 나이가 같군."

"아아, 예."

이광의 심장이 털썩 내려앉는 느낌이 들었다. 그 순간 고구마3 벙커로 떠밀려 온 조영관의 얼굴이 왜 떠올랐을까? 그때 윤병도가 말을 이었다.

"이광 씨, 군대 갔다 왔으니까 잘 알겠지? 사회도 계급이야. 상하 관계가 분명해야 된다고."

"예, 과장님."

"그리고 사원 둘이 있는데 그중 하나는 이광 씨보다 나이가 한 살 어리군."

윤병도의 얼굴에 웃음이 떠올랐다.

"상관없겠지?"

"물론입니다, 과장님."

"좋아."

머리를 끄덕인 윤병도가 자리에서 일어서며 김성규에게 말했다.

"김 대리가 팀 이야기를 해. 당분간은 업무 파악을 해야 할 테니까 과 설명도 해주고."

"알겠습니다."

"자, 그럼."

윤병도가 상담실을 나갔을 때 김성규는 의자에 등을 붙이며 말했다.

"오늘 저녁 때 회식합시다."

김성규가 웃음 띤 얼굴로 오덕수와 이광을 번갈아 보았다.

"우리 3과가 무역부에서 실적이 제일 저조해요. 그건 신생(新生)과라 그러는데, 3과가 작년 7월에 생겼으니까 아직 1년도 안 되었네."

둘은 시선만 주었고 김성규의 말이 이어졌다.

"우리 과장이 작년 초에 수출2과 대리로 있을 때 캐나다 바이어를 하나 잡은 거지. 거기서 45만 불 오더를 받은 거요."

김성규의 얼굴에 다시 웃음이 떠올랐다. 날씬한 몸매, 갸름한 얼굴, 눈웃음을 치는 모습이 영화배우 같다. 이광과는 대조적이다. 김성규가 말을 이었다.

"그래서 올 초에 과장 진급이 되면서 3과로 분리된 거요. 나도 덕분에 대리가 되었고."

그렇다면 둘 다 과장, 대리 1년 차다. 그야말로 신생과, 그럼 나머지 사원 셋은? 그때 김성규가 말을 이었다.

"사원 셋은 남사원 둘, 여사원 하난데 남사원 중 하나는 나하고 2과에서 같이 일했던 2년 차 사원이고 또 하나는 국내 영업부에서 올해 초에 무역부로 옮겨왔지. 그 친구가 이광 씨보다 한 살 어리겠군."

"괜찮습니다."

"이광이 손으로 뒷머리를 쓸며 웃었다.

"제가 2년 재수를 했기 때문에 만 2년을 썩은 거죠, 대가를 받는 겁니다."

"난 짐작하고 있겠지만 군 면제를 받았어요, 그래서 3년 번 거지."

웃음 띤 얼굴로 말한 김성규가 오덕수를 보았다. 오덕수는 제대로 대학에 들어갔고 군대 3년 마친 터라 25세다. 더구나 삼성대 출신, 이광보다 모든 면에서 앞선 셈이다.

"오덕수 씨는 과장님 팀이야."

오덕수는 물론이고 이광도 다시 긴장했다. 김성규가 말을 이었다.

“우리 3과도 팀으로 나눠서 일하고 있으니까, 나는 안창문, 이광 씨하고 셋이 팀이고, 오덕수 씨는 과장님, 조만식 씨까지 셋이지.”

그러고는 김성규가 이광을 향해 다시 웃었다.

“우리 셋은 27세 클럽이군, 안창문 씨도 27세니까 말이야.”

이제 김성규는 자연스럽게 말을 내렸는데 그것도 세련되었다. 이광이 홀린 듯한 시선으로 김성규를 보았다. 시쳇말로 남은 3년 동안 군대 가서 ‘좆뺑이’를 치고 있을 때 김성규는 그 천금 같은 3년을 회사 경력으로 채웠다. 더구나 이광은 2년 재수까지 했으니 같은 나이의 김성규보다 5년이나 뒤진 것이다.

“자, 사무실로 가지.”

대충 상황 설명을 마친 김성규가 자리에서 일어서며 말했다. 이광은 숨을 들이켜고 나서 김성규의 뒤를 따랐다. 이제 시작이다. 27세 클럽? 말은 그럴 듯하지만 엄연히 위계가 있다. 같은 나이인데도 가장 졸자다.

회식이다. 구로동 본사 근처에는 공단 근로자를 위한 싸고 맛있는 식당이 즐비했으므로 3과원 7명은 ‘서울식당’ 방 하나를 차지했다. 서울에 ‘서울식당’이 1천 개는 넘을 것이고 회사 근처에도 10여 개가 되어서 이곳은 ‘옥자네’ 서울식당이다. 주인 딸 이름이 옥자이기 때문이다. 둘러앉은 면면(面面)은 안쪽에 과장 윤병도와 대리 김성규가 나란히 앉았고 직사각형상 좌우에 안창문과 조만식, 그리고 방문 쪽에 오덕수, 이광, 정현애가 앉았다. 정현애는 3과 유일한 여사원, 22세, 여상 졸, 경력 3년 차다. 갸름한 얼굴, 반짝이는 눈, 도톰한 입술이 귀여운 모습이었는데 앞쪽에 앉는 김성규에게 시선을 주지 않는다. 김성규도 외면하고 있었는데 이광은 대번에 둘 사이를 눈치 채었다. 따먹었구나, 그래서 지금은 정현애가 구멍이 근질근질한 입장이며 김성규는 빼려는 것 같다. 소주잔이 세 번쯤 돌았을 때 윤병도가 주위를 둘러보며 말했다.

"어디, 신입사원 신상 소개 좀 들을까? 답답한 이야기 말고 여자 따먹은 이야기나 해봐."

"아유, 과장니임."

정현애가 비명처럼 외쳤지만 안창문과 조만식이 박수를 쳤다. 이광은 안창문이 먼저 박수를 친 것에 주목했다. 안창문은 같은 팀이다. 김성규와 동갑이지만 깍듯이 받들고 있다. 물론 이광과도 나이가 같다. 그때 김성규가 오덕수부터 지명했다.

"오덕수 씨부터 시작해."

"예."

자리에서 일어서려던 오덕수를 김성규가 말렸다.

"앉아서 해, 자연스럽게."

오덕수가 어깨를 폈다. 25세, 삼성대 출신, 중키에 차분한 성격, 군필, 범생이다.

"예, 저는 애인이 있습니다."

"옳지."

윤병도가 맞장구를 쳤다.

"그럼 따먹은 이야기를 해, 구체적으로."

"예, 과장님."

"박았을 때의 느낌까지 생생하게."

"아유, 과장니임!"

정현애가 다시 비명 반, 교태 반의 외침을 뱉었을 때 오덕수가 말을 이었다.

"예, 처음에는 아프다고 소리쳐서 못 했습니다."

"뭐야?"

윤병도가 빅 오더를 놓친 것처럼 눈을 부릅떴다.

"아프다고 해서 뺐단 말이야?"

"예, 과장님."

"이런 병……."

병신이라고 하려다가 말았을 것이다. 그때 김성규가 재촉했다.

"계속해, 빼고 어떻게 했어?"

정현애는 김성규한테는 외치지 않는다.

"예, 뺏다가 다시 박았습니다."

"우하하!"

윤병도가 젓가락으로 상을 치며 웃었다.

"그럼 그렇지, 내 새끼가 그냥 뺄 리가 있나, 그래서?"

"예?"

"그래서 어떻게 되었느냐고? 감이 어땠어? 물은 제대로 나오던가?"

"예, 과장님."

"몇 분이나 했는데?"

"한 10분쯤 한 것 같습니다."

"처음 한 거냐?"

"아닙니다, 그전에 다른 여자하고도……."

"시금도 만나?"

"예, 과장님."

이제 흥이 조금 줄어든 윤병도의 시선이 이광에게 옮겨졌다.

"자, 이광 씨, 시작해."

"예, 전 여자가 없습니다."

순간 이광의 눈앞에 나은현의 알몸이 떠올랐다. 엉켜서 몸부림치던 외침도 귓속에서 울렸다.

"뭐야? 정말?"

윤병도가 이맛살을 찌푸렸을 때 이광이 정색하고 대답했다.

"예, 과장님, 믿기지 않으시겠지만 아직 섹스 경험도 없습니다."

"기가 막혀서."

이것은 같은 팀인 안창문이다. 안창문이 이광을 노려보았는데 술기운으로 얼굴이 붉다. 넓은 얼굴, 작은 눈, 상체가 크고 하체가 상대적으로 빈약. 나이는 같지만 2년 고참이어서 지금은 선배 대접을 해야만 한다. 그때 윤병도가 다시 물었다.

"정말이냐?"

"예, 과장님."

"이런 천연기념물이 내 과에 있다니."

"기회가 있었긴 합니다만 못 했습니다."

"징그럽군."

그때까지 잠자코 있던 김성규가 이광에게 잔을 내밀며 말했다.

"이광 씨, 내가 곧 딱지 떼어줄게."

"부탁합니다, 대리님."

김성규의 잔을 받으면서 이광은 옆자리의 정현애가 몸을 굳히고만 있는 것을 보았다. 김성규가 따먹은 것이 분명했다. 그리고 윤병도와 안창문 등 기존 사원들도 눈치를 채지 못했을 리가 없다. 김성규의 잔을 받은 이광이 술을 한 모금에 삼켰다. 반면교사다. 회사에서는 여자

관계를 조심해야 한다.

바이어 사무실, 소공동 조선호텔 앞 10층 건물에 바로 트리톤사(社)가 입주해 있다. 5층의 사무실 앞에 섰을 때 김성규가 말했다.

"제니는 좀 날카로운 애니까 그냥 받아 넘겨버려. 오더 받으려면 어쩔 수 없으니까."

김성규는 지금 트리톤의 담당자 이야기를 하고 있다. 벌써 세 번째다.

"아주 존심이 강해서 한국 남자는 우습게 보는 경향이 있거든. 참아야지 어쩌겠어?"

사무실 안으로 들어선 이광이 숨을 들이켰다. 2백 평 가깝게 되는 사무실에 직원이 가득 차 있었던 것이다. 그중 절반이 외국인이다. 서양인, 가무잡잡한 인도계, 모두 바쁘게 움직이고 있어서 들어선 둘에게 시선도 주지 않는다. 앞장선 김성규가 왼쪽 창 옆으로 가더니 한국인으로 보이는 여자 책상 앞에 섰다.

"안녕하십니까? 제니."

김성규가 영어를 썼으므로 이광의 눈썹이 모아졌다. 저 여자가 제니? 김성규는 제니가 여자라고만 말해 주었을 뿐이다. 그때 여자가 자리에서 일어서며 말했다.

"상담실로 가시죠."

영어다. 여자의 시선이 이광을 스치고 지났다. 무표정한 얼굴, 그러나 키가 컸고 날씬한 몸매, 세련된 옷차림, 선명한 얼굴 윤곽, 입술의 선홍빛 루주가 육감적이다. 시선을 끌 만한 미모다. 앞장선 여자의 뒤를 따라 상담실로 들어선 둘은 제니와 마주보고 앉았다.

"제니, 이번에 새로 온 신입사원입니다."

김성규가 먼저 이광을 소개했다.

"이광 씨, 인사해. 제니 오, 담당이셔."

"만나서 반갑습니다, 이광입니다."

이광도 영어로 인사를 하면서 명함을 내밀었다.

"김한테서 이야기 들었어요."

제니가 제 명함을 내밀면서 대답했다. 명함에 '의류부 담당'이라고 영어로 박혀 있다. 이름은 제니 오, 오가 성(性)은 한국 성 같다. 그런데 캐나다에서 태어나 한국말을 삼켜 버렸는가? 다시 자리 잡고 앉았을 때다. 제니가 불쑥 이광에게 물었다.

"영어는 어디서 배우셨어요?"

"예, 대학에서 회화반에 좀 다녔거든요."

"어느 대학이신데요?"

"예, 오성대를……."

"아, 그러세요."

이광은 제니의 시선이 김성규를 스치고 지나는 것을 보았다. 이광에게는 그 시선이 '유성상사에서는 이제 오성대 출신도 채용하냐?'고 묻는 것처럼 느껴졌다. 그때 김성규가 말했다.

"여름 품목 샘플은 이광 씨한테 맡길 겁니다. 서둘러서 납기일에 맞추겠습니다."

"신입한테 일 맡겨서 돼요? 김 대리님이 체크를 해 주셔야지."

"아, 물론이죠. 하지만 일을 거들 조수가 하나 늘었으니까요."

"어쨌든 납기일 어기면 안 돼요. 다른 회사로 넘길 수도 있으니까요."

"아이구, 걱정하지 마십시오."

“내가 약속 어기는 걸 제일 싫어 한다는 거 알고 계시죠?”

김성규의 영어도 유창했지만 제니는 빠르면서도 정확했다. 외국인이나 똑같다. 둘 다 이광의 영어 수준이 아니었다. 제니의 말을 6할 정도만 알아듣던 이광의 등에 식은땀이 솟아났다. 그때 제니가 머리를 돌려 이광을 보았다.

“결혼했어요?”

“아닙니다. 아직…….”

“나이 들어 보이기에 한 줄 알았죠. 실례지만 지금 몇 살이죠?”

“스물일곱입니다.”

그때 김성규가 나섰다.

“나하고 동갑이죠.”

그러자 제니가 정색하고 김성규를 보았다.

“좀 힘들겠어요. 동갑을 신입사원으로 받다니.”

“할 수 없죠.”

“오늘 어때요? 한잔할까요?”

“좋습니다.”

“그럼 퇴근 시간쯤 전화하지요.”

“기다리겠습니다.”

제니가 자리에서 일어섰으므로 둘은 따라 일어섰다. 이것으로 바이어 인사는 끝난 셈이다. 이광은 제니의 윗선, 팀장과 그 윗선 매니저급 부장까지의 상견례도 예상하고 있었지만 ‘꿈 깨라’다. 담당자로부터 ‘수모’를 당하는 급으로 끝이 났다. 당사자 면전에서 동갑내기 신입 사원이어서 힘이 들겠다느니, 할 수 없다는 식의 이야기를 주고받았던 것이다. 사무실을 나왔을 때 김성규가 쓴웃음을 짓고 말했다.

"이광 씨, 이건 약과야."

이광의 시선을 받은 김성규가 말을 이었다.

"반년 전에 내가 과장하고 같이 왔을 때 저년이 어떻게 한 줄 알아?"

엘리베이터 앞에 선 김성규가 말을 이었다.

"15분 동안 나한테 시선 한 번, 말 한마디 주지 않았지. 내가 그런 수모는 처음 당했다니까."

빈 엘리베이터가 앞에 멈췄으므로 둘은 안으로 들어갔다. 버튼을 누른 김성규가 쓴웃음을 지었다.

"지금은 같이 술 마시는 상대가 되었지만 말이야."

"김성규 별명이 흡혈귀야."

점심시간에 회사 마당가의 벤치에 나란히 앉은 조만규가 말했다. 조만규는 2과 소속이 되어서 역시 신입으로 '좆빼이'를 치고는 있었지만 욕은 줄지 않았다. 조만규는 26세, 1년 재수에 3년 군대 짬밥을 먹은 터라 이광과 1년 차이, 삼성대 출신이다. 지금 조만규는 회사에서 도는 소문을 말해주고 있다.

"가차 없이 피를 빨아 먹는다는 소문이야, 뒤통수치기의 달인이라는 말도 있어."

"그게 무슨 말이야? 난 이해를 못 하겠는데?"

이광이 머리를 기울였다. 조만규하고는 신입사원 오리엔테이션 기간 동안 같은 방을 쓴 덕분에 친해졌다. 욕 잘하고 뒷소리가 많았지만 조만규는 정보력이 뛰어났다. 조만규가 담배 연기를 길게 뿜고 나서 말했다.

"내가 아래층 영업본부에 있는 우리 대학 동문한테서 들었어. 밑에 직원한테는 싸가지 없게 굴지만 윗놈한테 손바닥 비비는 게 끝내준다는 거야.”

“나한테는 잘하는데?”

“그러니까 뒤통수치기의 달인 소리를 듣는 거지.”

“우리 팀 안창문 씨도 뒤통수 맞은 것 같지 않은데.”

“물어봤어?”

“아니.”

“그 자식 김성규, 실실거리는 게 게이 같지 않아?”

“난 그런 눈치 못 챘는데?”

“근처의 여직원은 다 건드린다는 거야.”

“우리 과 정현애도?”

“몰랐어? 걔를 진즉 먹었다던데.”

“설마.”

소문 전달자한테는 시치미를 뚝 떼고 있어야 신이 나서 소문이 전해지는 법이다. 아는 체하면 김이 새서 입을 다무는 것이 고금의 진리다. 조만규가 손에 낀 담배를 흔들면서 말했다.

“김성규가 일주일에 한 번씩은 꼭 걔하고 외박을 한대.”

“그럴 리가, 그런 소문이 났다면 과장이 가만있을라고?”

“과장도 알겠지, 하지만…….”

“하지만 뭐?”

“이 회사는 남녀 사원 간 연애를 크게 문제 삼는 것 같지를 않아.”

“왜?”

“내 느낌이 그래.”

조만규가 얼버무리는 것이 제 주변에도 미확인된 남녀관계가 있는 것 같다. 이광이 다시 본론으로 돌렸다.

"김 대리가 어떻게 뒤통수를 친다는 거야?"

"안창문이 며칠 밤새워서 샘플 만들어 바이어한테 갖다 바쳤더니 다음 날 김성규가 바이어 만나 오더 땄다고 보고를 했다던데."

"그래?"

"트리톤 오더."

"그거야 우리 과장이 개척한 바이어인데."

"거기도 담당별로 오더를 하잖아?"

"그렇군."

이광이 머리를 끄덕였다. 과장 윤병도는 다른 담당자하고 다른 오더를 하고 있는 것이다. 트리톤은 연간 1천5백만 불 물량의 오더를 분배하는 거대 바이어다. 올해 유성상사의 1년 목표가 3백5십만 불이었으니 4배가 넘는 물량이다. 이광의 3과 올해 목표는 60만 불. 그중 트리톤이 50만 불을 차지하고 있었으니 신(神)이나 같다. 사무실로 돌아온 이광에게 정현애가 말했다.

"이광 씨, 대리님이 공장 샘플실에서 샘플 제작 일정을 받으라고 했어요."

"알았어."

김성규는 안창문하고 바이어 상담을 하려고 외출 중이다. 정현애가 머리만 돌려 이광을 바라보면서 말을 이었다. 싸늘한 표정이다.

"그리고 안창문 씨가 성호섬유에서 보낸 원단을 배송부에서 찾아오라고 했어요."

이제 이광은 머리만 끄덕였다. 3과 2팀의 가장 졸자가 자신인 것이다. 정현애는 3과의 행정 요원이지 졸자가 아니다. 나이만 어릴 뿐 경력

3년 차 고참이다. 이곳은 군대와 또 다른 위계질서가 있다. 바로 업무 숙련도라는 기술적 요인이다. 업무 능력에 따라 특진도 되고 좌천도 되는 곳이어서 별 탈 없이 시간만 지나면 진급이 되고 제대가 되는 군 생활이 차라리 천국이다. 이광이 바로 앞자리에 앉은 정현애의 등을 보면서 어금니를 물었다. 정현애는 이광이 반말을 하는 것에도 거부감을 나타내고 있는 것이다. 나이가 다섯 살 차이가 나는데도 그렇다. 그래서 같은 과로 배정된 오덕수는 아직도 정현애에게 존댓말을 붙이고 있다. 오덕수는 25세, 세 살 차이다. 그때 뒤쪽에서 부르는 소리가 들렸다. 윤병도다.

"이광 씨, 일루 와봐."

윤병도는 31세, 유성상사 입사 6년 차로 작년에 과장 진급, 3개 과장 중 가장 서열이 낮다. 삼성대 출신, 오덕수와 같은 삼성대급이지만 학교는 다르다. 이광이 책상 앞으로 다가서자 윤병도가 긴 얼굴을 들고 말했다.

"내가 김 대리한테 이야기했으니까 나하고 내일 대전 공장으로 검사를 가야겠어."

"예, 과장님."

"출하 검사니까 내일은 대전에서 자고 와야 될 거야. 그러니까 출장 보고서 올려."

첫 출장이다.

"아아아."

나은현의 비명이 방안을 울렸다. 두 다리로 이광의 몸을 감으면서 마음껏 비명을 지르는 것이다. 쾌락의 절정에 오르면 비명이 터진다.

온몸이 녹아버리는 것 같은 느낌이 들기 때문이다. 이광이 나은현의 절정이 이어지도록 온몸을 부둥켜안은 채 기다렸다. 밤 12시 반, 이곳은 신촌의 여관방 안이다. 방안의 불을 켜 놓아서 땀에 젖은 알몸이 번들거리고 있다. 방안은 아직 거친 숨소리와 비린 애액의 냄새로 가득 차 있다. 이윽고 이광이 몸을 비틀어 옆으로 떨어져 눕자 나은현이 가슴에 안겨왔다. 항상 이러는 버릇이 되었으므로 이광이 엉덩이를 움켜쥐며 당겨 안았다.

"너, 이제는 오르가즘을 제대로 느끼는 것 같다."

나은현의 귓불을 물면서 이광이 말했다.

"아주 색골이 다 되었어."

"아유, 싫어."

나은현이 몸을 비트는 시늉을 했지만 더 빈틈없이 안겨왔다. 가슴에 닿는 숨결이 아직도 뜨겁고 가쁘다.

"꼭 끝나면 그런 야한 말 하더라."

"저도 좋아하면서."

"싫어."

이광이 나은현의 귀를 입술로 물었다. 나은현이 이러면 자극을 느끼는 것이다. 과연 나은현이 몸을 웅크리는 것 같더니 이광의 젖은 남성을 두 손으로 움켜쥐었다.

"오빠 만나고 가면 다음 날은 하루 종일 졸려."

"거기가 근질근질하고?"

"또."

하면서 나은현이 이광의 남성을 주물렀다.

"너 주물러서 어쩌려고 그래? 또 하고 싶어?"

이광이 나은현의 볼에 입술을 붙이면서 물었다.

"좀 이따가."

"그럼 손 떼어야지."

"또 성났네 뭐."

나은현이 키득 웃었으므로 이광이 입을 맞췄다. 나은현이 금방 입을 벌리더니 뜨거운 뱀 같은 혀를 내밀었다. 이광이 혀를 받아들이자 나은현의 몸이 꿈틀거리기 시작했다. 이광의 남성을 쥔 두 손에 힘이 들어갔고 숨소리에 신음이 섞였다. 그때 다시 이광이 몸 위에 오르자 나은현이 자세를 잡는다. 이미 이광을 올려다보는 두 눈의 초점이 멀어져 있다. 그 순간 이광이 몸을 합쳤고 나은현의 입에서 커다란 비명이 터졌다. 나은현의 동굴은 이미 뜨거운 용암이 흘러넘치고 있다. 방안에 다시 폭풍이 휘몰아쳤다. 열풍이다. 서로 익숙해진 몸이어서 손으로 허리를 미는 시늉만 해도 나은현은 자세를 바꿔 엉덩이를 내밀고 엎드린다. 나은현의 비명이 다시 높아지기 시작했다. 그리고 시간이 끝없이 이어지는 것 같더니 어느 순간 의식이 끊어지는 느낌이 들면서 나은현이 다시 터졌다. 이번에는 더 크고 더 길었다. 언제부터인가 둘은 부끄러움도 잊어버렸다. 거침없이 드러내고 다 받아들인다. 그것이 모두 황홀했기 때문이다.

"오빠."

방안의 열기가 가라앉고 숨소리도 낮아졌을 때 나은현이 시트로 둘의 알몸을 덮으면서 이광을 부른다. 이광이 나은현의 어깨를 감싸 안은 채 시선만 주었다.

"아빠가 한번 만나자고 했어."

"아버지가?"

"응."

나은현의 얼굴에 긴장감이 덮였다.

"만날 거야?"

"만나야지."

그 순간 나은현이 이광의 가슴에 긴 숨을 뱉었다. 만나자는 이유는 뻔하다. 이광이 나은현의 결혼 상대로 적합한지를 보겠다는 것이다. 나은현이 이광의 몸에 바짝 붙었다. 눈동자가 반짝이고 있다.

"아빠는 오빠를 좋아할 거야. 나한테도 내가 좋으면 아빠는 상관없다고 했으니까."

"그렇구나, 고맙군."

"아빠가 좋다면 엄마는 따라오게 돼 있어."

"그래?"

나은현은 지금 어머니한테서 남자를 만나보라고 시달리는 중이다. 나은현이 대학을 졸업하자 여러 곳에서 매파를 통해 신랑 후보자가 어머니한테 전해진 것이다.

"언제 시간 있어?"

오늘 나은현이 할 이야기가 있다는 것이 이것이다. 짐작은 하고 있었으므로 이광이 나은현의 허리를 당겨 안았다.

"이번 주 토요일쯤."

"그럼 말해볼게."

나은현이 이광에게 몸을 붙이더니 길게 숨을 뱉었다.

"미안, 오빠. 집에서 자꾸 서둘러서 그래."

"괜찮아."

"결혼 안 해도 돼. 당분간은 엄마 아빠 허락만 받고 얼마든지 기다릴 수 있어.”

“고맙다.”

이광이 나은현의 알몸을 다시 당겨 안았다. 지금 결혼할 생각은 없다. 아니 몇 년 후에 결혼해야겠다는 계획조차 세워놓지 않은 것이다. 그러나 이런 상황이 된 나은현에게 내 입장만 내밀 수가 있겠는가? 그리고 이광이 나은현의 이마에 입술을 붙였다. 만일 결혼을 한다면 나은현과 같은 여자하고 할 것이다. 바로 여기.

윤병도 과장은 팀원 조만식과 오덕수를 미리 대전 공장에 내려 보냈기 때문에 고속버스에는 이광과 둘이 탔다. 오전 8시 반, 버스가 터미널을 출발했을 때 옆자리에 앉은 윤병도가 이광에게 물었다.

“좀 힘들지?”

“괜찮습니다.”

“견디라고.”

“예, 과장님.”

그냥 던지는 말인지 모르지만 듣는 이광의 입장은 가슴이 찡할 정도로 감동이 전해졌다. 그렇다. 졸자는 상관의 사소한 한마디에도 감동을 받는다. 의자에 등을 붙인 채 생각에 잠긴 표정을 짓던 윤병도가 다시 앞쪽을 향한 채 묻는다.

“오늘로 며칠째지?”

“보름 되었습니다.”

“시간이 더디게 가나?”

“정신없이 빨리 갑니다.”

“그럼 된 거다.”

"예, 과장님."

"더디게 간다는 건 하는 일이 없는 경우야. 생각할 시간이 많다는 말이고. 지금은 정신없이 지나가야 정상이라고."

"예, 과장님."

"모두 동갑내기라 좀 그렇지?"

"괜찮습니다."

"내가 일부러 그렇게 편성했어."

윤병도가 머리를 돌려 이광을 보았다.

"조만식이나 오덕수를 김성규 밑으로 집어넣으면 김성규가 시건방져질 것이거든."

"……."

"안창문이야 뒤가 무른 놈이니까 그렇다고 치고 이광 씨는 좀 단단하게 보여서 말이야."

다시 이광을 본 윤병도의 얼굴에 희미하게 웃음기가 떠올랐다.

"회사에서 사람을 6년쯤 겪어보면 본성을 대충 알게 되지, 그것이 참 중요해."

"……."

"관리자로서 가장 중요한 요소야. 저놈이 뒤통수를 치는 놈인가 어떤가를 판단하는 것이 말이야."

뒤통수라고 말한 순간 이광의 눈동자가 조금 커진 것을 윤병도는 눈치 채지 못한 것 같다. 윤병도가 말을 이었다.

"이광 씨를 김성규 팀에 붙임으로써 균형이 좀 잡혔어. 잘 될지 어쩔지 아직 확신할 수는 없지만 말이야."

"아아, 예."

가만있는 것이 미안해서 그렇게 대꾸했더니 윤병도가 쓴웃음을 지었다.

“팀으로 나눠서 내가 선배로서 충고해줄 여유가 별로 없을 것 같아서 한 말이야.”

“예, 감사합니다.”

“지금 시작이니까 다 스펀지처럼 빨아들이는 건 좋아. 하지만 머릿속에 꼭 박아두고 나중에 반면교사로 써먹으라고, 알았나?”

“예, 과장님.”

“반면교사가 무슨 말인지 알지?”

“예, 상대방의 잘못된 행동에서 가르침을 받는다는 뜻입니다.”

“그렇지. 내 행동에서도 배울 것이 많을 거야, 반면교사로 말이야.”

“아닙니다.”

“직장인 사이에 의리는 존재하지 않아, 경쟁만 있을 뿐이야.”

“예, 과장님.”

“손을 잡았을 때는 서로 이용 가치가 있을 때이고 없어졌을 때는 먼저 손을 떼는 자가 이롭다는 걸 명심해.”

“예, 과장님.”

“내가 이런 이야기 해주는 것도 김성규를 견제하려는 의도도 있어.”

그 순간 숨을 들이켠 이광을 향해 윤병도가 다시 웃었다.

“이건 당연한 일이야. 김성규는 나를 끌어당기려는 시도를 하겠지.”

“…….”

“하지만 3과를 위해서는 서로 힘을 합쳐야만 되고 말이야, 이것이 회사 생리야.”

이광은 스펀지처럼 윤병도의 말을 빨아들이고는 있었지만 나중에

복습을 해야겠다는 생각이 들었다. 대전의 하청 공장에 도착했을 때는 11시가 되어갈 무렵이다. 도마동의 하청 공장에는 조만식과 오덕수가 어제부터 와 있었는데 오늘 밤에 제품이 출하될 예정이었다.

"잘 왔어."

조만식이 이광을 반겼다. 26세, 군필, 입사 1년 차로 국내영업본부에서 무역부로 차출된 지 6개월째. 이광이 보기에 아직 헤매고 있는 것 같다. 내수 영업과 무역 업무는 차이가 큰 것이다. 공장 근로자 2백 명 규모의 하청 공장은 분주하게 움직이고 있었는데 오늘 오후에는 트리톤에서 바이어가 내려와 출하검사를 할 예정이었다. 제품이 다 되었더라도 출하검사에서 불합격이 되면 선적시킬 수가 없는 것이다. 윤병도는 공장 사장실에 들어갔으므로 이광은 조만식, 오덕수와 함께 공장 앞마당으로 나왔다.

"오늘 밤 제대로 출하시키면 황 사장이 술 한 잔 산다고 했어."

조만식이 말했다.

"룸살롱에서."

트리톤에서 내려온 바이어는 인스펙터(inspector), 즉 검사원 '머피' 씨와 김병익 과장, 이렇게 둘이다. 머피는 30대 후반쯤의 백인으로 장신에 회색 머리칼, 매부리코를 가진 사내였는데 상대방을 지그시 쏘아보는 버릇이 있다. 김병익은 이광 또래로 보였지만 윤병도가 꼼짝 못 하고 김 과장님, 김 과장님 하면서 설설 기었다. 김병익은 흰 피부에 갸름한 얼굴, 중키에다 목소리도 가늘어서 중성(中性) 같다. 그러나 업무 처리가 빠르고 정확했다. 빈틈이 보이지 않는다. 카튼 박스를 랜덤으로 골라 와서 사무실에서 개봉을 하고 검사를 하는데 하나도 빼놓고 넘어가지 않는다. 어소트(assort)가 맞는지부터 보더니 폴리백 규격, 내용물 사이즈를 일일이 자로 체크하고 마지막에는 박스 무게까지 달아보았다. 검사가 진행되는 동안 윤병도는 물론이고 공장 사장, 공장장, 재단반장, 미싱반장, 포장반장까지 사무실에 둘러서서 긴장하고 있다. 여기서 불합격을 받으면 선적이 보류되고 다시 재작업을 해야만 한다. 이미 컨테이너 트럭은 공장 창고 앞에서 대기 중이다. 컨테이너 트럭은 빈차로 돌아가게 되고 그 대기료만 이광의 한 달 월급이다. 이번 배에 싣지 못하면 열흘 후에나 싣게 되니 그때는 선적 지연의 클레임을 물어야만 한다. 클레임이 얼마인가? 최소 전체 금액의 10퍼센트다. 이번 수출량이 12만 불이었으니 1만2천 불이 깨지는 것이다. 그보다 최악의 경우가 있다. 검사에서 '완전 불합격'이 되면 다음 배에 실을 필요도 없이 캔설(취소)이다. 12만 불이 다 날아간다. 이러니 바이어의 권위가 대통령을 능가한다는 말이 나오는 것이다.

"쟤는 삼성대 출신이야."

사무실 뒤쪽에 서서 검사 과정을 숨죽이며 보던 조만식이 목소리를 낮추고 말했다. 조만식은 이성대 출신이다. 3과에서 이성대 출신은 김성규와 조만식이다. 같은 이성대라도 학교는 다르다. 2등급 대학이라는 말이다. 이광이 머리만 끄덕였더니 조만식이 말을 이었다.

"내가 무역부에 와서 6개월간 저놈을 10번도 더 넘게 만났는데 나한테 한 번도 웃어준 적이 없어."

"잘 웃지 않는 모양이군."

이광이 시큰둥한 표정으로 대답했다.

"왜 저런 새끼 웃는 것에 신경을 써?"

이젠 이광이 말을 놓는다. 경력 6개월과 나이 차 1년을 맞바꾼 셈이니까 득 본 것도 없다. 조만식이 입맛을 다셨다.

"존심이 상한다는 말이야."

"왜? 이성대 존심?"

"아, 시발, 비틀지 마."

"열 받지 마."

이광이 달래듯 말했다.

"그냥 넘어가버려."

"이광 씨는 뭐라고 소문이 난 줄 알아?"

"뭔데? 내 소문이 있어?"

"포스가 있대."

"무슨 포스? 냄새가 아니고? 오성대 냄새."

"건달 분위기가 풍긴다는 거야."

"좋네."

쓴웃음을 지은 이광이 자신을 돌아보았다. 내색하지 않았지만 무의식중에 그런 분위기를 풍겼을지도 모른다. 물론 신입사원보다 두 살이 더 많은 데다 체격도 컸고 움직이는 분위기에 그런 느낌을 받을 수가 있다. 이것이 윗사람들에게는 거북하게 비칠 수도 있을 것이다. 그때 머리를 돌린 이광이 이 기회에 확실하게 만들어 놓기로 작정을 했다.

"어이, 조 형."

머리를 돌린 조만식에게 이광이 웃음 띤 얼굴로 말했다.

"내 나이 1년하고 당신 경력 6개월하고 바꾸자. 따지고 보면 내가 6개월 손해인데 어때? 바꿀래?"

"맞먹자고?"

조만식은 이성대 출신이다. 출신 대학을 보면 오성대인 이광은 명함도 못 내민다. 이광의 시선을 받은 조만식이 머리를 끄덕였다. 정색한 얼굴이다.

"바꾸자."

"좋아."

이광이 손을 내밀자 조만식이 맞잡았다.

"당분간 우리 둘만 알자. 남들이 보면 조직을 만들었다고 할 테니까."

"좋지."

조만식이 웃음 띤 얼굴로 손을 흔들더니 낮게 말했다.

"우리 나가자. 우리 찾지도 않을 텐데 뭐."

머리를 끄덕인 둘은 사무실을 나왔다. 오전 12시 10분이다. 공장은 불을 환하게 켜놓았고 밖에는 카튼 박스가 산더미처럼 쌓여 있다. 검사를 합격만 하면 컨테이너에 실어야 하는 것이다. 카튼 박스는 380개, 40피트 컨테이너 2개 물량이다. 그래서 공장 앞에는 컨테이너 트럭 2대가 대기 중이다.

"김 대리 어때? 견딜 만해?"

마당 구석의 플라스틱 의자에 나란히 앉았을 때 조만식이 물었다. 조만식은 중키에 팔이 길었고 하체가 빈약했다. 넓은 얼굴에 머리숱이 적어서 이마가 넓다.

"왜?"

이광이 되묻자 조만식이 담배를 꺼내 입에 물었다.

"흡혈귀라는 소문 들었지?"

조만규한테서 들었지만 또 듣는다. 과연 김성규는 문제가 있는 놈이다. 이광이 머리를 저었다.

"못 들었는데?"

1BOX 안에 S·M·L·XL 사이즈의 제품이 각각 2, 3, 3, 2의 비율로 포장되어 있는 것을 어소트(assort)라고 한다. 그런데 그 어소트가 맞지 않은 박스가 발견되었다. S·M·L·XL가 2, 2, 3, 3의 비율로 들어간 것이다. M이 1개 부족하고 XL가 1개 늘어난 박스가 1개 발견된 것이다. 오전 12시 반, 머피는 검사를 중지시키고 380개의 박스 전량을 검사하겠다고 선언했다. 그러면 P·P밴드까지 찬 박스를 전부 개방하고 내용물을 모두 검사해야만 한다. 만 하루 작업이다. 컨테이너 트럭은 오전 3시 안에 출발해야 오후 1시쯤 부산 컨테이너 야드에 입고되고 그래야 내일 출항하는 배에 오늘 밤 선적시킬 수가 있는 것이다. 내일까지 기다릴 수가 없다. 다음 배는 12일 후, 더구나 그 배는 오사카에서 일주일을 거쳤다가 가기 때문에 캐나다에는 한 달 늦게 들어간다. 선적일보다 20일이 늦게 도착하는 것이다. 클레임이 1만2천 불, 당시의 물가로 30평짜리 아파트 1채 값이 날아간다.

"억지요, 저 새끼."

사무실 밖으로 나온 동일섬유 사장 홍진태가 분개하며 말했다. 50대 초반의 홍진태는 염색공장과 자수공장, 편직공장까지 소유한 부자다. 유성상사 수출 3과의 주(主) 하청 공장인 것이다. 어둠 속에 윤병도와 홍진태, 그리고 조만식과 오덕수, 이광까지 직원들도 모두 모였다. 공장 분위기는 뒤숭숭했다. 밖에서 컨테이너에 싣기만 기다리던 공장 근로자 수십 명이 이곳저곳에 모여 서서 웅성거렸고 사무실 직원들은 분주하게 오가고 있다. 그때 윤병도가 입을 열었다.

"누가 들어가서 김 과장 좀 데리고 나와라."

그러고는 길게 숨을 뱉었다.

"내가 보잔다고 해."

“제가 가지요.”

조만식과 오덕수가 주춤거렸으므로 이광이 나섰다. 이광이 사무실 쪽으로 몸을 돌렸을 때 윤병도가 말했다.

“박스 개방에 대해서 상의할 것이 있다고 해.”

사무실로 들어선 이광은 김병익과 머피가 웃으며 이야기하는 것을 보았다. 말을 그친 둘이 시선을 주었으므로 이광이 말했다.

“김 과장님, 우리 과장이 좀 보자고 하시는데요.”

그러자 김병익이 눈썹을 찌푸리더니 영어로 말했다.

“무슨 일요? 그리고 머피 씨도 있는데 영어로 말해요.”

“예, 미스터 윤이 밖에서 이야기 할 것이 있다고 합니다.”

이광이 영어로 다시 말했더니 김병익의 얼굴에 쓴웃음이 번졌다.

“여기서 말하자고 해요. 머피 씨하고 같이 듣겠다고.”

“예, 알겠습니다.”

이광이 몸을 돌렸을 때 김병익이 등에 대고 말했다.

“이건 타협할 문제가 아니라고 말해줘요.”

주춤했던 이광이 밖으로 나와 윤병도에게 들은 말을 전했더니 분위기는 더 가라앉았다.

“시발놈이 나를 악살 먹이려고 작정을 했군.”

이 사이로 말한 윤병도가 충혈된 눈으로 홍진태를 보았다.

“홍 사장님, 박스 다 개방하는 데 시간이 얼마나 걸릴까요?”

“보십시오.”

홍진태가 대답 대신 몸을 돌려 뒤쪽을 가리켰다. 1백여 명 가까운 공원 대부분이 여자다. 오전 12시 40분, 연 사흘간 철야 작업으로 지쳐 늘어졌던 공원들이 이제 마지막 출하 작업을 하려고 마당으로 나와 있는 것이다. 모두 이쪽에 신경을 쓰고 있던 터라 삼삼오오 몰려서 있던 공원들이 일제히 시선을 주었다. 홍진태가 떨리는 목소리로 말을 이었다.

"모두 지쳐 있는 데다 박스 개방 작업을 시키면 의욕까지 떨어져서 대여섯 시간은 걸릴 겁니다."

그러면 검사까지 끝나려면 하루 종일이 걸릴 것이다. 그때 홍진표가 윤병도에게 말했다.

"과장님, 같이 들어가 보십시다. 한번 매달려 보지요."

홍진표와 윤병도가 다시 사무실로 들어갔을 때 조만식이 길게 숨을 뱉었다.

"저 새끼가 억지를 쓰는 걸 보면 뭘 바라는 것 같은데 말이야. 지난번 담당 최 과장하고는 잘 통했는데 저 새끼는 영 팍팍해."

"잘 통하다니요?"

오성수가 묻자 조만식이 말을 이었다.

"대충 넘어가 주었거든. 그런데 트리톤은 각 업체 담당을 6개월 단위로 교체해, 업체와 유착되는 걸 막는 거야."

이광이 머리를 끄덕였다. 바이어 사무실도 한국 실정을 잘 아는 것이다. 조만식이 이광을 보았다.

"어때, 거기 김 대리하고 제니 오 사이는?"

"글쎄, 나는 잘 모르겠는데……."

"제니, 그년도 만만치 않을 거야. 지난번에 대일상사 과장 한 놈의 목을 날렸다고 들었어."

둘의 시선을 받은 조만식의 얼굴에 웃음이 떠올랐다.

"뇌물 봉투를 건네다가 당한 거지. 그년이 바이어 사무실 사장한테 보고했거든."

홍진태와 윤병도가 읍소를 했지만 머피의 고집은 꺾이지 않았다. 김병익은 머피를 움직일 능력도 의사도 없었기 때문에 결국 전량 검사가 시작되었다. 컨테이너 차량 2대는 대기료를 받고 돌아갔으며 공원들은 오전 6시 반까지 공장 마당에 380개 박스를 모두 풀어 놓았다. 일하다가 공원 둘이 쓰러져서 기숙사로 실려 갔는데 공원들은 지친 표정으로 시선만 주었다.

"다음 배에 실릴 테니까 천천히 합시다."

오전 7시, 윤병도가 충혈된 눈으로 홍진태를 보면서 말했다. 이미 배는 놓친 것이다. 다음 배는 12일 후에 출항이니 서둘 것이 없다. 이제는 지연 클레임을 내야만 한다. 홍진태는 어금니를 문 채 마당에 널린 박스를 둘러보았는데 굳은 표정이다. 머피와 김병익은 박스가 개방되었을 때 오겠다면서 오전 2시쯤 시내 호텔로 간 것이다. 지금쯤 자빠져 자고 있을 테니 일어나서 아침밥까지 처먹고 나서야 공장으로 돌아올 것이다. 그놈들도 선적 스케줄을 뻔히 알고 있는 상황이다.

"어디 가서 해장이나 하십시다."

머리를 끄덕인 홍진태가 얼굴을 일그러뜨리며 웃었다.

"참, 카튼 박스 한 개의 어소트가 틀리다고 박스 380개를 다 뜯어 쏟아놓는 건 내 평생에 처음이오."

윤병도가 어깨를 부풀렸지만 맞장구를 치지는 않았다. 자, 이제 사고가 난 상황인 것이다. 지금부터는 현실이다. 사고는 공장의 패킹(packing) 불량 때문에 발생했다. 수출3과 책임이 아닌 것이다. 따라서 하청 공장 동일섬유는 이번 선적분 오더에 대한 손해를 책임져야만 한다. 윤병도와 홍진태가 공장 밖으로 나갔을 때 이광 옆으로 미싱반장 오연숙이 다가왔다.

"이 선생님, 기숙사로 가세요. 거기서 조금이라도 주무시지요, 절 따라오세요."

"아, 고맙습니다."

허리를 편 이광이 오연숙을 보았다. 가운 차림의 오연숙은 숏커트 머리에 바지 차림이다. 스물서넛쯤 되었을까? 이광이 미싱팀과 함께 밤새 박스 개방 작업을 하면서 알게 된 것이다. 조만식과 오덕수는 오전 3시쯤 되었을 때 사라졌는데 남자 기숙사로 들어가서 자는 모양이다. 방금 밖으로 나간 윤병도와 홍진태는 안쪽 사장실에서 자다가 개방이 끝났다는 보고를 받고 나온 것이다. 기숙사는 공장 뒤쪽의 산비탈에 세워진 2층 시멘트 건물이다. 기숙사로 향하는 숲길을 안내하면서 오연숙이 물었다.

"이 선생님은 왜 다른 본사 직원들처럼 들어가 쉬지 않으세요?"

"아, 체력이 좀 남아 있으니까요."

여름 아침 햇살이 오연숙의 얼굴에 환하게 비치고 있다. 화장기가 없는 맑은 얼굴이다. 마치 인적이 닿지 않은 숲 속의 호수 같은 분위기의 여자다. 맑고 깨끗한 호수.

"오 반장은 여기서 오래 근무했어요?"

"5년째 되었어요."

오연숙이 맑은 눈으로 이광을 응시하며 웃었다.

"제 은인 같은 회사죠."

"어째서요?"

"이 회사에 다니면서 고등학교 졸업 검정고시에 합격했고 야간대학도 졸업할 수 있었으니까요."

"아아."

감탄한 이광의 시선을 받은 오연숙이 다시 수줍게 웃었다.

"2년제 초급대예요."

"나보다 낫네요. 난 오성대 출신입니다."

"아유, 이 선생님."

오연숙이 말의 뒤꼬리를 올리며 눈을 흘겼다.

"그런 겸손은 비꼬는 것처럼 들려요."

"사실인데, 난 있는 그대로를 말하는 성격이라서요."

기숙사 앞에 서자 오연숙이 손으로 오른쪽 입구를 가리켰다.

"이쪽이 남성용 숙소예요. 2층 첫 번째 방이 손님용 침실이고요."

"고맙습니다, 오 반장."

"쉬세요."

두 손을 모은 오연숙이 머리를 숙여 보이더니 몸을 돌렸다. 동일섬유는 2백 명 가까운 공원을 보유했고 동일염색, 동일자수, 동일편직까지 합하면 6백 명이 넘는다. 유성상사 수출3과의 하청 공장이었지만 홍진태는 지방 유지이며 재산가인 것이다. 이 층 방으로 들어섰더니 벽 쪽에 놓인 침대 2개에 조만식과 오덕수가 누워 있는 것이 보였다. 정사각형의 방의 3면에 침대가 1개씩 놓였고 중앙에 소파와 TV가 설치된 구조였다. 소파에 앉은 이광이 길게 숨을 뱉었다. 오전 7시가 넘어 있었지만 이곳은 한밤중이다. 양말을 벗은 이광이 러닝셔츠에 무릎까지 걷어 올린 바지 차림으로 슬리퍼를 끌면서 복도 끝 쪽 화장실로 들어섰을 때는 잠시 후다. 공용 화장실이어서 변기에 앉은 이광은 앞쪽 세면장을 오가는 남자 공원들의 기척을 들었다. 그때 앞쪽에서 사내 하나가 말했다.

"이번에 왕창 씌울 모양이야, 개새끼들."

그러자 사내 하나가 화난 목소리로 말을 받았다.

"불쌍한 우리들만 월급 깎이는 게지. 바이어는 유성상사한테, 유성상사는 우리 홍 사장한테, 홍 사장은 우리한테 뒤집어씌울 테니까 말이야."

"그런데 알아?"

사내 하나가 물었다. 그러더니 말을 잇는다.

"지금 검사 나온 김 과장 새끼 말이야. 그 새끼하고 3과 김 대리 놈하고 내가 지난달에 유성에서 봤어."

"유성에서?"

그때 사내가 이를 닦는지 우물거리다가 입안의 것을 뱉더니 말을 이었다.

"응, 그 새끼 둘이 나이트에서 기집애들 끼고 양주 마시고 있더라고."

"김 대리가 김 과장 담당 아닌데?"

"몰라. 두 놈이 시시덕거리기에 내가 술맛이 달아나서 그냥 나왔어."

"어딘데?"

"천지나이트."

그러고는 말이 그치더니 씻는 소리가 들리다가 조용해졌다. 잠시 후에 세면장을 나온 이광이 방으로 돌아왔더니 조만식 혼자 침대 끝에 멍한 표정으로 앉아 있었다.

"어, 씻고 왔어?"

이광에게 건성으로 아는 체를 한 조만식이 말했다.

"오덕수는 배고프다고 밥 먹으러 갔어."

"그런데 김병익이 말이야."

이광이 앞쪽 소파에 앉아 조만식을 보았다. 과장 칭호를 붙여줄 필요는 없다.

"그 새끼, 항상 저렇게 매국노처럼 구는 거야?"

"몰라. 어쨌든 우리 담당이 된 지 3개월인데 계속 팍팍해."

입맛을 다신 조만식이 말을 이었다.

"그 새끼하고는 이번이 첫 선적이거든? 과장이 여러 번 술 한 잔 마시자고 했는데도 거절했어."

"……."

"3개월 전에는 근대상사 담당을 했다더군."

"그 새끼 우리 회사에서 누가 아는 사람 없나?"

"없을걸. 왜?"

"미리 로비라도 했으면 이런 일 없었을 거 아냐?"

"우리 과장도 그 새끼 아는 놈이 있다면 진즉 손을 썼겠지."

이광이 심호흡을 했다. 조금 윤곽이 잡히는 것이다. 김성규가 김병익 과장과 술을 마시는 사이인데도 회사에서는 모르는 체하고 있다는 것은 분명해졌다. 그렇다면 그것으로 끝났을까?

"우리, 밥이나 먹으러 가자."

조만식이 일어나면서 말했으므로 이광이 따라 일어섰다. 이광은 문득 김성규가 나쁜 놈이라는 생각이 들지 않는다는 것을 깨달았다. 이것이 경쟁 사회의 맨얼굴인 것이다. 같은 과의 과장 소속이라고 해도 팀별 경쟁이다. 로비는 김성규가 윤병도보다 한 걸음 빠른지도 모른다. 그러나 두고 봐야 할 것이다. 그날 오후에 시작한 바이어 재검사는 저녁 7시 반이 되었을 때 끝났다. 별다른 하자가 없었기 때문에 제품은 내일 오전에 컨테이너에 실려 부산으로 내려 보내기로 합의가 되었다. 그러나 12일 후에 떠나는 배에 실릴 수밖에 없게 되었고 캐나다에는 한 달 늦게 도착한다. 만 하루가 늦춰졌기 때문에 한 달이 지연된 것이다.

"자, 그럼."

가방을 챙긴 김병익이 머피와 함께 공장을 나서면서 윤병도와 홍진태 사장을 번갈아 보았다.

"지연 클레임 건은 서류로 보내드리지요."

"알겠습니다."

이제는 윤병도가 일그러진 얼굴을 숨기지도 않고 말했다. 김병익은 28세, 윤병도에게는 동생뻘이다. 그러나 바이어는 대통령보다 더 높으신 신분이다. 대통령이라면 내가 투표권이 있다고 주장이나 하겠지만 이쪽은 어림 반푼어치도 없는 수작이다. 두 놈이 떠났을 때 윤병도가 홍진태에게 작별인사를 했다.

"연락드리지요."

그 연락이 어떤 내용인지 뻔한 터라 홍진태의 얼굴도 일그러져 있다. 그래서 수출 3과장을 포함한 직원 넷이 동일섬유를 나왔을 때는 오후 8시 반이다.

"야, 술 한 잔 마시자."

윤병도가 말하더니 지나는 택시를 잡았다.

"오늘은 유성에서 퍼마시고 내일 회사에 들어가자."

선적이 제대로 되었다면 오늘 밤 술값은 홍진태 사장이 냈을 것이다. 과장이 술 마시고 내일 들어가라고 했는데도 분위기는 가라앉았다. 윤병도는 유성에 여러 번 술 마시러 온 모양인지 먼저 우족탕 식당으로 들어가 우족탕을 안주로 소주를 마셨다. 술병이 3개쯤 비워졌을 때 조만식이 윤병도에게 물었다.

"과장님, 어떻게 하지요?"

"어떻게 하긴 뭘?"

술기운으로 긴 얼굴이 당근처럼 붉어진 윤병도가 되물었다.

"클레임 말입니다."

"시발, 내가 호구냐?"

"선적이 한 달이나 지연됐지 않습니까?"

"어소트가 1박스 틀리다고 재검시키고 선적을 한 달 늦춘 바이어가 어디 있어?"

한 모금에 소주를 삼킨 윤병도가 번들거리는 눈으로 셋을 둘러보았다.

"김병익이 그 새끼 직장 경력이 딱 1년 8개월이다, 트리톤에는 9개월 되었어. 난 월급쟁이 6년이다, 내가 6년 동안 우유만 마셨냐?"

무슨 말을 하려는 건가? 그때 윤병도가 말을 이었다.

"우선 김병익이 직속상관인 강기창 부장한테 홍진태 사장과 함께 사유서를 써낼 거다. 홍 사장이 적극 협조해 주겠지. 어소트가 1박스 다르다고 380개 박스를 전량 검사했지만 이상이 없었던 점, 그래서 하루 선적이 늦춰지는 바람에 한 달 지연이 된 것."

윤병도의 눈썹이 치켜 올라갔고 목소리가 주위를 울렸다. 옆자리의 손님들이 힐끗거렸지만 윤병도는 개의치 않았다.

"그 새끼, 바이어라면 메이커가 무조건 굽실거리고 찍소리도 못 하는 줄 알지만 트리톤 한국지사장 마가렛은 엄격하다고 소문난 여자야. 난 마가렛까지 올라간다."

"박수!"

조만식이 외치면서 박수를 쳤으므로 이광이 금방 호응했다.

"부라보!"

이광이 소리치자 오덕수는 그때서야 박수를 쳤다.

"얀마, 시끄러."

윤병도가 이광에게 눈을 흘기고는 술잔을 들었다. 아직도 어깨가 부풀려 있다.

"시발 1만2천 불이 누구 애 이름이냐? 2백여 명 공원이 피땀 흘려서 끌어들인 달러를 그 매국노 새끼 때문에 캐나다로 도로 보내?"

"박수!"

조만식이 다시 소리쳤다가 윤병도가 때리려는 시늉을 했기 때문에 박수를 치지는 않았다. 그날 밤 우족탕 식당에서 소주 8병을 마시고 나이트클럽에서 맥주를 20병쯤 마신 넷은 유성의 여관방 2개를 잡아 쉰 다음에 다음 날 오전 11시 반쯤에 회사로 출근했다.

"어떻게 된 거야?"

이미 선적서류를 작성하는 정현애로부터 이야기를 들은 김성규가 이광에게 물었다.

"클레임 먹었다면서?"

"예, 그렇게 되었어요."

윤병도가 투쟁할 예정이라는 이야기를 할 필요는 없다. 이광의 책상에 두 손을 짚고 선 김성규가 입맛을 다셨다.

"클레임 1만2천 불이면 윤 과장 올해 이익 목표의 20퍼센트가 날아갔군."

"그런가요?"

"거기 담당 김 과장이 깐깐하거든."

"아세요?"

"내가 그 친구를 어떻게 알아?"

“철야 작업 하느라고 혼났습니다.”

“그건 그렇고.”

김성규가 정색하고 이광을 보았다.

“내일 진주섬유에 중간 검사 갔다 와.”

이광의 시선을 받은 김성규가 말을 이었다.

“검사원 잉거슨이 갈 테니까, 진주섬유에서 11시부터 검사하기로 했으니까 10시까지는 가서 기다리도록 해.”

“알겠습니다.”

“저녁에 올라오도록 하고.”

몸을 세운 김성규가 말을 이었다.

“출장비는 미스 정한테 타가, 말해 놓을 테니까.”

각 팀별 독립 채산제로 되어 있어서 출장비 지급이 김성규 팀에서 나오는 것이다. 오후 4시가 되었을 때 전화가 왔다. 나은현이다.

“오빠, 바빠?”

“아냐, 괜찮아.”

전화기를 고쳐 쥔 이광의 입에서 긴 숨이 뱉어졌다. 신촌 카스파나 한일금융에 있을 때보다 이곳이 더 살벌하다. 더 긴장이 되는 것이다. 나은현이 말했다.

“오빠, 엄마 아빠가 좀 보재.”

“언제?”

“오빠 언제 시간이 있어?”

“내일 출장이니까 내일만 빼고.”

“그럼 이번 일요일은 어때?”

“괜찮아.”

"우리 집에 오는 거야."

"짐 싸갖고 가라고?"

"나, 참."

"몇 시에?"

"11시쯤 나부터 만나서 같이 가."

"내가 네 집 아니까 그럴 필요 없잖아?"

"오빠는 참."

"왜?"

"긴장 안 돼?"

"나, 지금 벌벌 떨고 있어."

"11시에 우리 집 근방 그 커피숍에서 만나."

"알았다."

전화기를 내려놓은 이광이 그때서야 커다랗게 숨을 뱉었다. 마침내 나은현의 부모가 사윗감 면접을 결정한 것이다. 오성대 출신에 100대 기업에도 못 드는 유성상사 신입사원, 거기에다 신입사원 평균 연령보다 두 살이나 위이며 가문(家門)도 별 볼 일이 없는 이광이다. 그때 정현애가 다가오더니 이광의 앞에 봉투 하나를 툭 내려놓았다. 던지듯 놓은 것이나 같다.

"이광 씨, 내일 출장비예요."

올해 22세, 여상을 졸업하고 올해 3년 차 무역부 직원이다. 동그란 얼굴에 큰 눈, 날씬한 몸매여서 남사원의 시선을 끌지만 이광은 만만하게 본다. 나이가 다섯 살이나 차이 나는데도 제가 선배 시늉을 한다. 이광은 정현애한테도 무시 받는 신세인 것이다.

잉거슨은 40대쯤의 백인으로 잿빛 머리칼의 거인이다. 이광이 아침 첫차를 타고 진주에 내려와 있었는데 잉거슨은 11시 5분 전에 진주섬유에 도착했다.

"어, 당신이 미스터 리로군."

공장 앞에서 기다리던 이광의 인사를 받은 잉거슨이 살찐 얼굴을 펴고 웃었다.

"난 검사하러 공장에 오는 것이 좋아."

공장으로 들어오면서 잉거슨이 말을 이었다.

"고속버스나 열차를 타고 오면서 경치 구경하는 재미가 특별하거든."

이광은 잉거슨의 몇 마디에 감동했다. 잉거슨은 검사원이면서도 팀장 김성규로부터 가볍게 취급당하고 있다. 검사에 따라가지 않는 것이 그 증거다. 영향력이 있거나 깐깐한 검사원이 간다면 김성규가 수행 안 할 리가 없다. 제품은 3만 불 물량으로 20피트 컨테이너 하나 분량이었고 출하 준비가 다 되어 가는 상태였다. 진주섬유는 근로자가 350명 정도로 큰 대형 하청 공장이었는데 생산량도 많을 뿐만 아니라 제품 품질도 우수했다. 이런 공장은 바이어도 좋아하는 것이다. 오전 11시에 검사를 시작한 잉거슨은 12시가 되었을 때 끝냈다. 박스 1개를 랜덤으로 골라 검사를 하고는 85박스의 검사합격증을 발부한 것이다.

"자, 미스터 리, 우리 관광이나 가지."

진주섬유 사장이 같이 점심을 먹자고 했지만 사양하고 나오면서 잉거슨이 말했다.

"여기 음식이 맛이 있는 건 내가 알아, 그리고 또 유명한 것 없나?"

"우선 점심을 먹으면서 물어보기로 하죠."

"그러지. 그럼 음식 맛 좋은 집부터 가자고."

그래서 둘은 시내의 비빔밥을 잘하는 식당에 들렀다. 잉거슨은 한국에 온 지 1년 반이 되었고 진주에는 10번쯤 온 터라 오히려 이광보다 맛집을 더 잘 안다. 비빔밥을 익숙하게 비비면서 잉거슨이 말했다.

"리, 한국 사람의 접대 문화는 세계 제1이야, 알고 있나?"

"예, 들었습니다."

"듣다니, 수출부 직원이 들었다고 말하는 건 어울리지 않지. 자네들이 접대문화를 일으켰지 않은가?"

"저는 신입이라 아직 겪어보지 못했습니다."

"그렇군, 입사 몇 개월인가?"

"한 달 겨우 넘었습니다."

잉거슨이 비빔밥을 가득 떠서 맛있게 씹어 삼키더니 말을 이었다.

"그런데 바이어 접대를 술하고 여자만 갖다 안기는 거야, 그래서 난 피곤해."

"아, 그렇습니까?"

"지난번 미스터 김이 룸살롱 가자는 걸 내가 싫다고 했어, 난 그런 스타일 싫어한다고 했지."

다시 비빔밥을 떠 넣은 잉거슨을 보면서 이광은 머리를 끄덕였다. 그때 잉거슨이 다시 물었다.

"리, 한국은 남북한이 전쟁을 했지?"

"예, 제 아버지 시대에 전쟁을 했지요."

"지금도 전쟁 중이고, 그렇지?"

"휴전 중이지요."

"그런데도 굉장히 역동적이야. 잘 살아보려는 의욕이 넘쳐나, 내 눈에 보인다니까."

잉거슨이 손으로 제 눈을 가리켰다.

"리, 난 역사를 공부했어. 그러다 트리톤에서 한국주재 검사원 모집을 하기에 지원해서 온 거라네. 내 본업은 고등학교 역사 선생이야."

이광의 시선을 받은 잉거슨이 빙그레 웃었다.

"3년 계획으로 한국에 왔지. 그동안 한국의 역사, 지리, 사회, 문화를 공부하고 겪은 후에 캐나다로 돌아가 아이들을 다시 가르칠 거네."

"그러시군요, 놀랍습니다."

"내가 이 나이에 미혼이라 가능한 일이야."

수저를 내려놓은 잉거슨이 말을 이었다.

"리, 내가 충고 하나 하고 싶은데 듣겠나?"

"예, 잉거슨 씨, 부탁합니다."

정색한 이광이 상반신을 세웠다. 가슴이 뛰었으므로 이광이 심호흡을 했다. 잉거슨이 말을 이었다.

"난 교사로 20년을 지냈고 앞으로도 15년은 더 하겠지."

"……."

"한국은 급성장을 할 거네. 내가 1년 반 겪었는데 한국인의 열정과 성취 의욕, 그리고 명석한 머리는 내가 겪은 어떤 민족보다 월등해."

"감사합니다."

"그런데 단점이 보여. 지금은 장점으로 솟아오르는 상황이라 단점이 가려져 있지만 말이야."

"예, 잉거슨 씨."

"그것은 이기심이야. 배려심 부족, 그것이 단합력, 협동심 부족으로 이어진다네."

"……."

"그렇게 되면 다 이룬 탑도 무너질 수가 있어."

"방법이 없을까요?"

이광이 묻자 잉거슨이 긴 숨을 뱉었다.

"교육이지. 내가 교육자지만 아이 때부터의 교육이 가장 중요하다네."

머리를 끄덕인 이광을 향해 잉거슨이 말을 이었다.

"지도층의 배려와 헌신이 있다면 그 단점을 보완시키겠지. 리, 지도자는 배려와 헌신을 해야 존경받는다네."

이광이 숨을 들이켰다. 금쪽같은 말이다.

일요일 오전 11시 반, 이광이 나은현과 함께 현관으로 들어서자 기다리고 있던 두 부부가 일어섰다. 나은현의 부모다.

"처음 뵙습니다, 이광입니다."

허리를 꺾어 절을 한 이광을 둘은 웃음 띤 얼굴로 맞았다.

"어, 체격 좋네."

나정국 씨가 떠들썩한 목소리로 말한 것은 분위기를 부드럽게 하려는 의도다.

"아유, 웬 꽃이야?"

이광한테서 꽃다발을 받은 유영아 씨가 웃음 띤 얼굴로 말했다.

"꽃, 오랜만에 받아보네."

소파에 앉은 이광에게 나정국이 말했다.

"자, 자, 긴장 풀고 오늘 나하고 술이나 한잔하자. 나도 오늘 술 마시려고 며칠 참았어."

나정국은 58세, 중키에 통통한 체격이었는데 호인 인상이다. 반대로 유영아는 키가 컸고 날씬한 몸매에 미모다. 나은현은 유영아를 닮았다. 가정부가 마실 것을 갖다 놓았다. 2층 저택은 아래층만 1백 평 가깝게 되었는데 가구와 장식이 고급스러웠다.

“부모님은 시골에 계신다고 들었어, 그런가?”

나정국이 묻자 이광이 상반신을 세웠다.

“예, 충청북도 옥천에 계십니다. 우체국장으로 퇴직하시고 지금 농사를 지으시지요.”

“건강하시지?”

“예, 두 분 다 건강하십니다.”

그때 유영아가 물었다.

“동생이 둘 있다면서?”

“예, 바로 밑의 남동생은 대전에서 자동차 정비소를 운영하고 있습니다. 그놈은 집안 형편상 고등학교를 졸업하고 기술자가 되었습니다.”

유영아는 머리만 끄덕였고 이광이 말을 이었다.

“밑에 여동생이 있는데 이번에 전문대를 졸업하고 대전의 유치원 교사로 취업이 되었습니다.”

“열심히들 사는군.”

나정국이 머리를 끄덕이며 말했다.

“부모님이 흐뭇하시겠어.”

“저희들 키우느라 고생 많이 하셨지요.”

“자, 이제 점심이 다 된 모양이네요.”

유영아가 자리에서 일어서며 말했으므로 모두 몸을 일으켰다. 그때까지 이광 옆에 붙어 앉아 있던 나은현이 힐끗 시선을 주었다. 이광보다 나은현이 더 긴장하고 있었던 것이다. 주방 식탁에 차려진 점심상은 진수성찬이었다. 가정부에다 외부에서 데려온 요리사들이 정성을 들여 만든 점심상이다. 나정국은 밥을 몇 술 뜨지 않고 술을 마셨는데 술이 세었다. 유영아가 말렸지만 점심상을 안주로 하고 이광과 소주를 마셨다.

"어머니들은 대개 비슷해."

술잔을 쥔 나정국이 둘이 남았을 때 이광에게 말했다.

"제 딸이 제일인 줄 알거든. 어떤 신랑감도 양에 안 차는 거야."

이광은 듣기만 했고 나정국이 말을 잇는다.

"내가 자네 주임 교수였던 유상문 교수한테 연락해서 자네 이야기를 들었네."

이광의 시선을 받은 나정국이 방긋 웃었다.

"나도 사윗감에 대해서 궁금했으니까 말이야. 그랬더니 유상문 씨 뭐라고 한 줄 아나? 자네가 지금까지 배출한 제자 중에서 가장 낫다는 거야."

"아아, 다른 사람들한테도 다 그러셨을 겁니다."

"뭔가 될 놈이라고 하더군. 이번에 태우실업도 추천해주었다고 하던데, 그랬나?"

"예, 면접에서 떨어졌지요."

"유 교수는 자네가 안 갔다던데. 태우실업 부사장 전화를 직접 받았다는 거야."

"……."

"내가 이 이야기를 은현이 엄마한테 안 했어, 나만 알고 있는 거네."

"감사합니다."

"감사할 건 없고."

쓴웃음을 지은 나정국이 이광에게 빈 잔을 내밀었다.

"자넨 내 사윗감으로 합격이야."

나은현의 집을 나왔을 때는 오후 4시 반이다.

"오빠, 술 많이 마셨지?"

이광의 팔짱을 낀 나은현이 상기된 얼굴로 말했다.

"나, 아빠가 저렇게 집에서 오래 술 마시는 거 처음 보았어."

"이건 입사 면접보다 더 힘들구나."

걸음을 멈춘 이광이 정색하고 나은현을 보았다.

"나, 오바이트를 해야겠는데, 어디에서 하지?"

놀란 나은현이 주위를 둘러보았지만 마땅한 장소가 있을 리가 없다. 이곳은 골목도 없는 주택가 도로다.

"어, 어떻게 하지?"

당황한 나은현이 말까지 더듬었을 때 갑자기 이광이 입을 벌리고 다가왔다. 오바이트를 하려는 것이다. 대경실색한 나은현이 몸을 돌려 도망을 쳤고 이광은 몸을 세웠다. 긴장을 해서 술이 취하지 않는다. 오바이트는 거짓말이다. 앞으로 지금까지 마신만큼 더 마실 수 있다.

김병익의 직속상관인 강기창 부장은 윤병도의 사유서를 받은 지 일주일이 지나서야 공문(公文)을 보내왔다. 그 공문을 읽은 윤병도의 얼굴이 일그러졌다. 공문은 짧았다. 윤병도가 보낸 사유서는 3페이지나 되었는데 이건 두 줄이었다.

"귀하의 사유서는 인정하지 못합니다. 트리톤은 정당한 방법으로 검사를 했습니다."

자, 이젠 클레임 가능성이 80퍼센트 비율로 높아졌다. 20퍼센트 남은 확률은 트리톤의 지사장 마가렛의 반응이다. 그래서 3과장 윤병도 주재하에 전체 회의가 열렸다. 3과가 2개 팀으로 나누어져 있지만 리더는 윤병도다. 팀별, 과별 목표가 따로 있기 때문에 이 사건은 과별 실적에도 영향이 있는 것이다. 윤병도가 찌푸린 얼굴로 말했다.

"이제 마가렛에게 매달리는 방법밖에 없는데, 그렇게 되면 담당자는 물론 강기창 부장까지 무시하는 꼴이 된단 말이야. 어떻게 생각하나?"

모두 말이 없다. 과의 2인자인 김성규도 테이블 위를 응시한 채 심각한 표정만 연출하고 있다. 이광은 다시 한 번 깨닫는다. 직장인 사이에서 남의 불행은 곧 자신의 행운과 연결되는 것이다. 김성규의 얼굴 피부를 한 꺼풀만 벗겨내면 웃음 띤 얼굴이 되어 있을 것이다. 그때 조만식이 정적을 깨뜨렸다.

"제 친구 회사에서 그런 일이 생겼는데 상사 중재위원회에 조정을 요청했다고 합니다. 그래서 해결을 했다는데요."

"그렇게 되면."

바로 김성규가 나섰다.

"트리톤하고 우리하고 관계는 완전히 틀어지게 돼. 그런 상황에서 우리한테 계속 오더를 주겠어?"

윤병도가 머리를 끄덕였으므로 조만식이 어깨를 늘어뜨렸다. 이광의 시선이 조만식에게 옮겨졌다. 이 발언으로 조만식은 윤병도의 점수를 땄다. 옆에 앉은 안창문이 노트에 뭔가를 끼적이고 있었으므로 힐끗 보았더니 그림을 그리고 있다. 별을 수십 개 그려 놓았다. 전혀 나설 생각이 없는 것 같다. 안창문, 같은 팀으로 이광과 같은 나이, 경력 2년 차, 김성규와 2과에서부터 호흡을 맞춰 온 측근, 사성대. 지금 나서서 이로울 것이 없다고 판단한 것 같다. 그때 이광이 윤병도를 보았다.

"과장님, 제가 강기창 부장을 만나고 오겠습니다."

순간 회의실이 조용해졌다. 김성규를 훔쳐보고 있던 정현애의 시선도 이광에게 옮겨졌다. 윤병도도 놀란 듯 숨을 들이켰다가 뱉더니 되물었다.

"어? 자네가 강기창을?"

"예, 면담 신청을 해서 직접 만나 상황 설명을 하겠습니다."

"그것이……."

말을 그친 윤병도의 얼굴에 쓴웃음이 떠올랐다.

"잘 될까?"

"일이 잘못되면 제가 신입이니까 뭘 모르고 덤볐다고 하면 되지 않겠습니까?"

이광의 목소리가 회의실을 울렸다.

"그리고 제가 검사 현장에 있었단 말입니다. 두 눈으로 다 봤습니다."

그리고 화장실에서 공원들이 하는 이야기도 들은 것이다. 그때 윤병도가 이광을 향해 머리를 끄덕였다.

"한번 해볼래?"

"예, 오늘 중으로 연락해서 약속을 잡겠습니다."

"알았다, 과격하게 나가지는 말고."

"저도 나이가 스물일곱입니다."

이광이 스물일곱을 강조했다. 그것은 김성규, 안창문과 같은 나이라는 것을 이번에 공개적으로 인식시킨 것이다. 회의가 끝났을 때 이광은 윤병도가 보낸 눈빛을 보았다. '고마움'이다. 눈빛에도 말이 쓰여 있는 것이다. 그러나 김성규는 이광의 옆을 그냥 스치고 지나갔다. 얼굴에 희미한 웃음기가 떠 있었는데 저는 '잘해봐'라는 표정을 내 보이려고 했겠지만 이광에게는 '네까짓 것이'라는 말로 읽혔다. 이광이 심호흡을 했다. 이것으로 김성규와의 험난한 팀원 생활이 개시될 것 같았기 때문이다. 그러나 안창문처럼 노트에 별이나 그리면서 때울 수는 없다.

"잘해봐."

조만식이 다가와 말했는데 표정이 말과 같았다. 진심이 담긴 말이다.

"고마워."

회의실에 둘이 남았는데도 조만식이 목소리를 낮추고 말했다.

"김성규 얼굴이 굳어지던데 그 자식 조심하라고."

"조심은 무슨."

"쓸데없는 일에 나서서 과장한테 점수 따려고 하느냐고 얼굴에 적혀 있더라니까?"

"아따, 얼굴에 길게도 적혀 있네."

그러나 곧 조만식도 시치미를 뚝 뗀 얼굴로 먼저 회의실을 나갔다. 팀은 다르지만 김성규하고 척을 져서 득 될 일이 없는 것이다. 더구나 김성규는 흡혈귀다.

"강기창은 일성대 출신으로 트리톤의 부장 6명 중 수석 부장입니다."

김방현이 정색한 표정으로 말했다. 오후 7시 반, 영등포 시장 근처의 식당 안이다. 주위는 저녁 술 손님으로 시끄러웠지만 그것이 비밀 대담을 나누기에 오히려 적당했다. 김방현이 준 강기창의 자료는 6장이나 되었다. 서류를 넘기는 이광에게 김방현이 목소리를 높여 말했다.

"그런데 사생활이 좀 지저분합니다. 와이프하고 별거 중인데 초등학교 2학년, 유치원에 다니는 두 아이가 있지요."

이광이 서류를 보았다. 와이프는 아이들하고 흑석동 아파트에서 살고 있다. 그때 다시 김방현이 말을 이었다.

"강기창은 장연아라는 여자하고 국제 아파트에서 동거하고 있더군요. 그런데 애인이 또 있습니다."

이광의 얼굴에 쓴웃음이 번졌다. 김방현은 카스파의 전문 용역 회사다. 그래서 뒷조사가 경찰 뺨 칠 만큼 철저했다. 김방현은 32세, '서울용역'의 부장으로 5년 차 경력이었으니 이광이 카스파에서 어떤 위치인지를 훤하게 알고 있는 것이다. 그래서 이광의 용역 부탁을 받자 직접 부하들을 지휘해서 만 이틀 만에 '족보'를 가져왔다. 족보는 신상 조사서를 말한다. 그때 이광이 물었다.

"김 부장님, 강기창의 약점이 무엇인 것 같습니까?"

"돈입니다."

김방현이 기다리고 있었다는 것처럼 대답했다.

"거기 기록해 놓았습니다만 강기창의 한 달 수입이 수당 합쳐서 1백만 원 정도입니다, 대기업 부장 월급 수준이지요. 그런데 회사에는 타고 오지 않지만 자가용이 있습니다."

이광이 서류에 붙은 자가용 사진을 보았다. 중형 국산차로 시가 2천만 원짜리다. 부장 월급 20개월분이다. 김방현의 얼굴에 웃음이 떠올랐다.

"별거 중인 와이프한테 한 달에 70만 원을 보냅니다. 거기에다 지금 살림 차린 여자한테도 생활비가 들어가겠지요."

"……."

"자동차 관리비, 또 다른 여자 만나는 데도 돈이 들지 않겠습니까?"

"한 달 생활비가 최소 5백이군."

"그렇습니다. 그런데 회사 내부 소문을 들었더니 주변 관리가 철저

하더군요. 오더를 준 공장 관계자하고는 밥도 안 먹는다는 소문이 났습니다.”

“그렇다면 이 돈을 어디서 만들지?”

“강기창이 직접 관리하는 오더가 2개 있더군요.”

주위가 시끄러웠으므로 김방현이 목소리를 높였다. 머리를 끄덕인 이광이 서류를 보았다. 창영섬유와 전일상사다. 김방현이 설명했다.

“이런 조사는 처음이라 우리도 무역 경험이 있는 전문가를 고용했습니다.”

“수고하셨어요.”

“누구 부탁인데 그냥 대충 넘길 수 있겠습니까?”

“이거, 신세 갚을게요.”

“회장님께 말씀이나 잘해주십시오.”

“당연히.”

머리를 끄덕인 이광이 다시 서류를 보았다. 강기창은 창영섬유에 450만 불, 전일상사에 600만 불 가까운 오더를 주고 있는 것이다. 이것은 연간 계속되는 오더로 생산자 측에서 보면 ‘금싸라기’를 줍는 것 같은 오더다. 예를 들어서 전일상사는 월간 50만 불씩 1년 동안 계속해서 트리톤 오더를 수출하는 것이다. 이광의 얼굴에 쓴웃음이 번졌다. 강기창의 자금원은 이곳인 것이다. 강기창은 이 두 곳 사장과 결탁해서 철저히 입막음을 해놓고 공생하는 중이다. 소문이 나면 같이 죽는 터라 결사적으로 비밀이 보장될 것이다.

“한 달에 1,500은 걷히겠군.”

혼잣소리처럼 이광이 말했더니 김방현이 숨을 들이켰다. 두 눈이 번들거리고 있다.

"어떻게 하실 겁니까?"

김방현이 눈을 가늘게 뜨고 물었으므로 가는 눈이 더 가늘어졌다. 그때 이광이 말했다.

"창영섬유와 전일상사하고 강기창이 거래하는 증거를 잡을 수 있겠어요?"

"시간만 더 주시면 잡지요."

김방현이 웃음 띤 얼굴로 말을 이었다.

"이런 뻔한 증거가 있는데 못 잡아낸다면 일 그만둬야죠."

"시간이 별로 없으니까 서둘러줘요."

"알겠습니다, 형님."

"이젠 형님이라고 부르지 말래도."

"한 번 형님은 영원한 형님입니다. 카스파가 엄연히 있는데 제가……."

"그리고 김성규 건 보십시다."

"아, 예."

김방현이 가방에서 다른 서류 한 부를 꺼내 이광에게 내밀었다.

"이 친구는 좀 쉬웠습니다."

김방현이 서류를 건네주며 다시 웃었다.

"두 명이 만 하루 만에 완전히 파악해놓았습니다, 형님."

강기창과 함께 김성규의 뒷조사도 시킨 것이다. 이광이 사비를 낸 용역이다.

강기창에게 전화연락을 한 것은 다음 날 오전 10시다.

"누구십니까?"

직통 전화를 받은 강기창이 굵은 목소리로 물었다. 이광은 강기창을 본 적도 없다.

"예, 유성상사 수출3과 이광입니다, 부장님."

이광이 최대한 공손하게 말했지만 강기창은 대답이 없다. 난데없다는 분위기를 풍기는 것이다. 다시 이광이 말을 이었다.

"부장님께 말씀 드릴 일이 있습니다."

"아, 뭔가요?"

가라앉은 목소리가 위압적이다. 마치 일등병이 중대장한테 직접 말을 걸었을 때의 분위기다. 중대장이 분대장, 소대 선임하사, 소대장, 중대 선임하사를 거치지 않고 직접 대화를 시도한 일등병을 어깨를 부풀리며 노려보는 상황이다. 그때 이광이 말했다.

"이번에 동일섬유에서 완성된 A-17오더 때문입니다. 그것 때문에 사유서도 보냈고 부장님 답장도 받았습니다만 제가 직접 뵙고 드릴 말씀이 있어서요."

"난 이미 사유서에 대답했는데."

"예, 압니다만……."

"그쪽의 사유서를 읽어보았는데 무슨 할 말이 더 있다는 거요?"

"예, 제가 직접 말씀드리면 이해하실 것입니다."

"이, 누구라고 했지요?"

"예, 이광입니다."

"수출3과?"

"예, 부장님."

"직급이 뭡니까? 거기 과장이오?"

"아닙니다, 사원입니다."

"3과 과장이 없어요?"

"있습니다, 사유서에도 윤병도 과장이라고……."

"대리는?"

"예, 있습니다, 김성규 대리라고……."

"그런데 사원이 날 만나겠다고?"

"제가 현장에 있었기 때문에……."

"입사는 언제 했어요?"

"예, 2개월째 되어 갑니다, 부장님."

"뭐라고?"

"예, 사흘 후면 2개월입니다."

"당신, 지금 장난해?"

"아닙니다, 부장님. 그럴 리가 있습니까?"

"입사 2개월짜리가 날 만나 사유서 해명을 하겠다고?"

"예, 부장님."

"당신 과장을 바꿔."

"지금 출장 중인데요."

"그럼 대리라도 바꿔!"

강기창의 목소리가 높아졌지만 이광은 고분고분 대답했다.

"지금 상담 중이십니다, 부장님."

"그럼 거기 강근제 부장 바꿔!"

이제는 강기창이 대놓고 반말을 했다. 전화기를 귀에 붙인 이광이 머리를 돌려 뒤쪽을 보았다. 말단이어서 맨 앞자리다. 여사원 정현애는 앞자리에 앉았는데 그것이 불만인 것 같다. 뒤쪽에는 서열대로 안창문, 김성규, 윤병도, 그리고 부장 강근제까지 모두 제자리에 앉아 있다. 출장가고 상담 중이라고 한 것도 거짓말이다. 그때 이광이 대답했다.

"부장님도 지금 자리에 안 계십니다."

그때 통화가 끊겼으므로 이광이 심호흡을 했다. 강기창은 바로 부장이나 과장에게 전화를 할 가능성이 있다. 자리에서 일어선 이광이 발을 떼었을 때 뒷자리의 김성규가 불렀다.

"이광 씨, 잠깐만."

이광이 다가서자 김성규가 물었다.

"강 부장한테 면담 신청했어?"

"예, 했는데 아직……."

"뭐라고 그래?"

"바쁘다면서 나중에 연락해준다고……."

"나중에 연락해준다고?"

"예, 바쁜 것 같습니다."

"언제 했는데?"

"30분쯤 되었습니다."

3분 전이 30분이 되었다. 김성규가 눈을 가늘게 뜨고 이광을 보더니 입맛을 다셨다.

"이광 씨, 용기는 인정해 줘야겠지만 일이 더 잘못될 가능성이 있어."

"저도 걱정이 됩니다."

"강기창이 트리톤의 실권자야. 주무르는 오더가 2천만 불이 넘는다고, 우리한테 주는 오더는 1백만 불도 안 된단 말이야."

그리고 김성규는 그중 30여만 불을 떼어 받아서 안창문, 이광을 거느리고 있는 것이다. 그때 뒤쪽에서 윤병도가 불렀다.

"이광 씨, 일루 와봐."

윤병도는 일어서 있었는데 얼굴이 일그러졌다. 뒤쪽 강근제 부장이 이맛살을 찌푸리고 있는 것을 보자 이광의 심장 박동이 빨라졌다. 강기창이 강근제에게 전화를 한 것이다. 그래서 강근제가 윤병도를 불러 화풀이를 했고 윤병도가 해명을 시키려고 이광을 부른 것이다. 이광이 다가가자 아니나 다를까 윤병도가 외면한 채 낮게 말했다.

"부장한테 해명을 해. 강기창이가 부장한테 네가 건방진 놈이라고 한 모양이야."

이광이 다가갔을 때 강근제가 자리에서 일어섰다. 얼굴이 일그러져 있었으므로 윤병도는 한 발짝 뒤로 물러나 있다. 강근제는 42세, 무역부 창립 멤버로 8년 전에 무역부 과장으로 왔을 때 대리 한 명, 사원 3명으로 시작했다. 그때의 대리와 사원 셋은 일에 치여서 모두 퇴사했고 지금 앉아 있는 과장들은 무역부 경력 4년짜리가 최고참이다. 고집이 세고 저돌형, 올해 유성상사의 수출액이 550만 불인데 강근제가 개발한 바이어의 오더가 330만 불이다. 유성상사 무역부는 강근제가 만들어놓은 오더를 먹고 산다고 해도 과언이 아니다.

"따라와."

이광에게 말한 강근제가 어깨를 부풀리며 옆쪽 상담실로 먼저 들어갔다. 그 뒤를 이광이 따르고 주춤대던 3과장 윤병도가 결심을 한 표정으로 따랐다. 그때 상담실 문을 열던 강근제가 찌푸린 얼굴로 윤병도를 보았다.

"넌 빠져."

"예, 부장님."

얼른 대답한 윤병도가 몸을 돌렸다. 무역부의 모든 시선이 이쪽으로 쏠린 상황이다. 잠깐 동안이었지만 무역부가 조용해졌다. 전화를 하든

받든, 모두가 말을 멈췄기 때문이다. 상담실로 들어선 강근제가 안쪽 자리에 앉더니 따라온 이광에게 앞쪽을 턱으로 가리켰다.

"앉아."

"예, 부장님."

이광이 앞쪽에 앉아 강근제를 보았다. 검은 얼굴, 중키에 눈이 가늘고 입술은 두껍다. 별명이 그래서 두꺼비다. 사장 황근만의 신임을 받고 있다는 소문, 업무는 3개 과장들에게 위임하고 시시콜콜 상관하지 않는 스타일이나 무역부 대 내수부 간 갈등이 일어났을 경우에는 나서준다. 그래서 이광 같은 졸자는 대화를 나눌 기회가 없다. 입사 이후 부장과 첫 독대다. 그때 강근제가 눈을 가늘게 뜨고 이광을 보았다.

"야, 내가 지금 소리 지를 테니까 놀라지 마라."

"예?"

이광이 물었을 때 강근제가 버럭 소리쳤다.

"무슨 일을 이따위로 하는 거야!"

상담실이 쩌렁 울렸고 바깥 사무실에서 들리던 소음이 뚝 그쳤다. 그때 강근제가 다시 낮게 말했다.

"한 번만 더 할게."

"네가 뭔데 건방지게 나서!"

목소리가 커서 방이 울리는 것 같다. 바깥에서는 이제 숨소리도 죽이고 있는 것 같다. 그때 어깨를 늘어뜨린 강근제가 낮게 물었다.

"네가 강기창이한테 둘이서 만나자고 했어?"

"예, 부장님."

"그랬더니 뭐라고 하데?"

"건방지다고 하더군요."

"그랬겠지."

머리를 끄덕인 강근제의 얼굴에 웃음이 떠올랐다.

"너, 그놈 만나서 뭐하려고 그랬어?"

"제가 검사 현장에 있었기 때문에 상황을 자세히 압니다. 그래서 설명해주고 클레임을 취소시켜 달라고 할 생각이었습니다."

"가능할 것 같았냐?"

"예."

"뭐? 가능할 것 같았어?"

눈을 치켜뜬 강근제가 지그시 이광을 보았다.

"어떻게 하려고?"

그 순간 이광이 숨을 들이켰다. 강근제에게 사실을 털어놓을 생각이 솟아올랐기 때문이다. 심호흡을 한 이광은 참았다. 지금은 시기상조다. 이광이 입을 열었다.

"가만있을 수는 없었기 때문입니다, 부장님."

"그 친구가 길길이 뛰었어, 건방지다고 말이야, 저를 무시한다는구나."

"제가 어쨌든 만나겠습니다."

이광이 똑바로 강근제를 보았다.

"그래서 클레임을 물리지 않도록 하겠습니다, 부장님."

"저렇게 난리를 치는데도?"

강근제가 검은 얼굴을 펴고 소리 없이 웃었다.

"얀마, 그러다가 트리톤 오더 끊긴다, 3과가 굶어 죽는단 말이다."

"제가 따로 부장님께 보고해도 되겠습니까?"

"뭘 말이냐?"

"강기창을 만난 결과를 말씀입니다."

그러자 강근제의 얼굴에서 웃음이 지워졌다. 그러더니 심호흡을 하고 나서 말했다.

"야, 한 번 더 소리칠 테니까 놀라지 마라."

"예, 부장님."

그때 강근제가 버럭 소리쳤다.

"정신 똑바로 차리란 말이다! 알았어!"

다시 상담실이 부르르 떨리는 느낌이 들었고 바깥 사무실의 소음이 뚝 그쳤다. 그때 강근제가 목소리를 낮추고 말했다.

"그래, 그 결과는 나한테만 직보해라."

"예, 부장님."

"사내자식이 그런 배짱이 있어야지."

"예, 부장님."

"내가 먼저 나갈 테니까 넌 조금 이따 얼굴 구기고 나와."

자리에서 일어선 강근제가 지그시 이광을 내려다보더니 혼잣말처럼 말했다.

"내가 미꾸라지 속에서 장어를 건졌는지 어쨌는지 모르겠군."

몸을 돌린 강근제가 상담실을 나갔다.

"어떻게 된 거야?"

사무실로 돌아왔을 때 먼저 김성규가 물었지만 이미 다 알고 있는 터라 궁금한 얼굴은 아니다. 이광이 일그러진 얼굴로 김성규를 보았다.

"뭐, 그저……."

그때 윤병도가 다가와 이광의 어깨를 툭 쳤다.

"이봐, 기운 내."

강근제가 사무실에 보이지 않았으니까 이러는 것이다. 만일 강근제가 자리에 앉아 있었다면 이광 옆에 아무도 오지 않을 것이다. 자리로 돌아온 이광이 건성으로 서류를 펼쳤을 때 탁상 위의 전화기 램프가 반짝였다. 구내전화다. 전화기를 든 이광이 응답하기도 전에 목소리가 울렸다. 여자 목소리다.

"나야, 오세영."

신입사원 오세영이다. 머리를 돌린 이광이 오세영을 보았다. 오세영은 이쪽에 옆얼굴을 보인 채 전화기를 귀에 붙이고 있다. 1과여서 중간에 2과 남사원에 가려져서 머리만 보인다.

"응, 왜?"

"들었어."

오세영이 사근사근 말했다.

"이 선배, 트리톤 부장한테 만나자고 엉겼다면서? 그래서 이 난리가 난 거라며?"

"그래, 그래서 작살이 나고 있다."

"대단혀."

"약 올리려고 전화한 거냐?"

"아니, 칭찬해 주려고."

"야, 그래도 동기 중에는 너밖에 없구나."

오세영이 전화를 해주리라고는 예상 밖이다. 같은 입사 동기지만 오세영은 이광보다 다섯 살 밑이고 학번은 3년 아래다. 이광이 2년 재수에 3년 군 생활을 했기 때문이다. 그래서 신입사원 오리엔테이션 때 인사 한 번 했다. 같은 무역부로 발령을 받았지만 과가 다르다 보니 사무실에서 봐도 눈인사만 했을 뿐이다. 그런데 오늘 같은 날 오세영이 위로 전화를 해준 것이다. 마침 앞자리에 정현애도 없었으므로 이광이 업무 전화인 것처럼 정색하고 말했다.

"이왕 위로해주려면 오늘 저녁 술 한잔 사줄래?"

"이 선배, 바로 그렇게 작업 들어가면 어떡해?"

"난 널 여자로 안 봤는데 작업 이야기를 하니까 정신이 나는군."

그때 오세영이 머리를 돌려 이광을 보았다. 우연히 머리를 돌린 것처럼 정색한 표정이다.

"내가 여자로 안 보였어?"

"내 처지가 이런데 여자가 보이겠냐? 부장한테까지 박살이 나고 장래가 암울해."

"그러니까 왜 잘난 척하고 트리톤 부장을 만난다고 하냔 말이야, 이 바보야."

"어라?"

이미 오세영은 머리를 돌린 후였으므로 이광이 옆얼굴에 대고 으르릉거렸다.

"그렇게라도 해야 내 존재감이 드러나지, 어떻게 하냐?"

"전화 끊어."

그러고는 오세영이 통화를 끝냈고 이광은 조금 후에 전화기를 내려놓았다. 점심시간이 되었을 때 이광은 같은 팀원 안창문이 김성규하고 먼저 나가는 것을 보았다. 정현애는 진즉 보이지 않았으니 미리 방을 잡아놓고 기다리는 것 같다. 셋은 자주 그렇게 모이는 것이다. 3과에 여직원이 한 명뿐이었지만 김성규가 장악한 셈이다. 여직원은 과의 경비 지출을 맡고 있어서 김성규는 정현애를 통해 윤병도 팀의 지출 내역을 파악하고 있는 것이다. 이광이 회사에서 5분쯤 거리인 공단 안의 순대국밥 식당에서 점심을 먹고 나왔을 때는 오후 12시 40분경이다. 식당 근처 커피숍으로 들어간 이광이 커피를 시켜놓고 20분쯤 기다렸더니 정확히 1시 정각에 김방현이 들어섰다.

"형님, 일찍 오셨네요."

서둘러 온 듯 가쁜 숨을 뱉은 김방현이 앞쪽 자리에 앉더니 이광 앞에 가방을 놓았다.

"이제 강기창이 꼬리를 잡았습니다."

김방현이 가방에서 녹음기를 꺼내더니 주위를 둘러보았다. 다방 안에는 손님이 그들 둘뿐이다. 카운터에 앉은 종업원은 꾸벅꾸벅 조는 중이다. 김방현이 녹음기의 버튼을 누르자 곧 사내의 목소리가 울렸다.

"이번 달에 7백 가져왔습니다. 다음 달부터는 1천쯤 될 것 같습니다, 부장님."

"아, 그래요."

강기창의 목소리였으므로 이광이 숨을 들이켰다. 강기창이 말을 이었다.

"자료는 넘기지 않으셨죠? 세무서에서도 알면 안 됩니다."

"아이구, 그럼 저도 큰일 나게요? 이 돈은 제 용돈 명목으로 나가는 걸로 하는 겁니다, 우리 회사 경리는 말할 것도 없고 내 와이프도 모르는 돈입니다."

그때 김방현이 녹음기 버튼을 누르고는 웃었다.

"전일상사 전기수 사장 목소리입니다. 그 비밀은 이제 우리가 알게 되었네요."

"수고했어요."

이광이 주머니에서 봉투를 꺼냈다. 이것은 사비다.

2장 무시

오후 6시 10분 전에 구내 전화기의 램프가 반짝였다. 서둘러 전화기를 귀에 붙였더니 오세영의 목소리가 울렸다.

"형, 술 한잔해."

"이게 선배라고 했다가 이젠 형이라고 하네?"

"7시에 영등포역 앞에서 봐."

그러고는 전화가 끊겼으므로 이광이 천천히 전화기를 귀에서 떼면서 오세영의 자리를 보았다. 비었다. 오세영은 다른 곳에서 전화를 한 것이다. 이광이 영등포역 앞에 도착 했을 때는 6시 50분, 6시 55분에 오세영이 버스에서 내려 다가왔다. 숏커트한 머리에 바바리코트를 걸쳤고 단화를 신었는데 날씬한 몸매에 잘 어울렸다.

"형, 밥 먹을 거야? 술 먹을 거야?"

다가선 오세영이 물었으므로 이광이 풀썩 웃었다.

"같이 먹자."

"그럴 줄 알았어, 삼겹살에 밥하고 술 먹자."

오세영이 이광의 팔짱을 끼면서 말했다.

"내가 잘 하는 집 알아."

"역시 오세영이가 진골이야."

"성골은 있어?"

"있을 리가 있나?"

"형은 뭐야?"

"반골(反骨)."

"흐흐, 어울리네."

오세영이 이를 드러내고 웃었으므로 이광이 홀린 듯이 바라보았다. 그러자 오세영이 눈을 흘겼다.

"뭘 봐?"

"보지도 못 하냐?"

"그게 그냥 보는 거야?"

"내가 어쨌기에?"

"침을 질질 흘리는 표정 아냐?"

"여대 나온 애들이 왜 이러지?"

오세영은 삼성대지만 여대(女大)다. 영등포 시장 골목으로 들어선 오세영이 허름한 '삼겹살식당' 안으로 앞장서 들어갔다. 식당은 이미 손님이 가득 차서 둘은 겨우 출입구 근처에 자리 잡았다. 삼겹살과 된장찌개, 소주까지 함께 시킨 둘은 곧 밥과 삼겹살을 안주로 술을 마셨다. 지금까지 오세영의 분위기는 다소 새침했고 조금 오만했으며 약간 신비스러웠던 것이다. 그래서 신입은 물론이고 아직 미혼인 김성규까지 오세영을 보는 시선이 심상치 않았다. 그와 반비례해서 정현애 같은 부류는 오세영에 대한 적개심을 드러내놓고 나타내었다. 열등감이 겹쳤기 때문일 것이다.

"형, 알아?"

한 모금에 소주를 삼킨 오세영이 예전의 새침한 얼굴로 이광을 응시하며 말했다.

"뭘?"

딴생각을 하던 이광이 눈동자의 초점을 잡고 오세영을 보았다. 그때 오세영이 제 잔에 소주를 따르면서 말했다.

"무역부 안에서 날 건성으로 보는 남자는 형이 유일해."

이광은 삼겹살을 뒤집었고 오세영이 말을 이었다.

"그래, 형이 맞아. 날 여자로 보지 않은 남자가 바로 형이었어."

이광이 구워진 삼겹살을 씹었다. 잘 보았다. 지금 여자를 여자로 볼 정신이 있냐? 일주일에 세 번, 월, 수, 금요일 아침 5시부터 7시까지 2시간 동안 이태원의 영어학원에 가서 영어회화 고급반에 다니고 있다. 두 달 동안 한 번도 빠진 적이 없는 것이다. 아무리 술을 마셨어도 그렇다. 거기에다 일주일에 두 번 오후 8시부터 10시까지 광화문 학원에서 무역실무를 공부한다. 눈코 뜰 새가 없는 생활이다. 머리를 든 이광이 오세영을 보았다.

"그래서 나한테 반했단 말이구나."

"나, 미쳐."

"미칠 것까지는 없고."

"형, 애인 있어?"

"없을 리가 있냐?"

"사랑해?"

"얼마 전에 그쪽 부모님 만났어."

"결혼?"

"뭐, 부모들은 다 그렇지, 제 딸이 죽네 사네하고 좋아하니까 어떤 놈인지 보고 싶은 거지."

"합격이야?"

"몰라, 그쪽 집안이 좀 세서."

"어떻게?"

"회사 사장이야, 내 부모는 시골에서 농사짓고."

"남자만 똑똑하면 됐지."

"여자는 이성대야."

나은현은 삼성대급이었지만 하나 올렸다. 역시 삼성대급인 오세영이 쓴웃음을 지었다.

"재주가 좋군."

"네가 이렇게 나와 준 것하고 비슷한 맥락이지."

"형, 만족해?"

"나한테 벅찬 여자야, 만족해."

"아니, 여자 말고 회사."

"야, 말 왔다 갔다 하지 마."

눈을 부릅뜬 이광이 물잔의 물을 바닥에다 버리더니 거기에다 소주를 따랐다. 그러고는 벌컥벌컥 잔을 비우고는 내려놓았다. 이광이 어깨를 부풀렸다 내리면서 말했다.

"난 최선을 다할 거야, 그러고 나서 판단할 거다."

"……."

"입사 두 달밖에 안 됐는데 뭘 안다고 만족, 불만족을 찾아? 그런 놈들은 회사원이 될 자격이 없어."

밤 11시 반, 2차로 카페에 가서 소맥을 10잔쯤 마셨더니 취했다. 카페를 나온 오세영이 이광의 팔짱을 끼더니 말했다.

"가자."

"어디로?"

"아무 데나."

"여관 갈래?"

"호텔 가, 나 돈 있어."

돈은 이광도 있다. 걸음을 멈춘 이광이 오세영을 보았다. 영등포 시장, 뒷골목을 아직 벗어나지 못하고 있다.

"너, 집이 어디라고 했지?"

"상계동."

"택시 타면 한 시간도 더 걸리겠는데."

"신경 쓰지 마."

"이런 일 자주 있어?"

"그렇다, 어쩔래."

"집에 전화했냐?"

"신경 꺼."

심호흡을 한 이광이 다시 발을 떼었다. 7시부터 4시간이 넘도록 이야기를 했지만 머릿속에 들어오는 내용은 없다. 오세영이 초등학교 교사인 언니가 하나 있고 아버지가 치과의사인 집안이라는 것은 기억난다. 유복한 가정이다. 택시 정류장 앞에 섰을 때 오세영이 눈동자의 초점을 잡고 이광을 보았다.

"어디 가게?"

마침 빈 택시가 앞에 섰으므로 이광이 먼저 탔고 오세영의 팔을 끌어 옆에 앉혔다. 오세영이 이광의 어깨에 머리를 기대더니 혼잣말처럼 말했다.

"아무 데나 가, 가서 빨랑 씻고 싶어."

"상계동으로 갑시다."

이광이 말하자 택시 기사가 힐끗 백미러를 보더니 차에 속력을 내었다. 장거리 손님이다. 그때 오세영이 이광의 어깨에서 머리를 떼고 물었다.

"상계동?"

"응."

"우리 집까지 데려다줄 거야?"

"응."

"집이 사당동 아냐?"

"응."

"거기까지 돌아가려고?"

"너 집에다 데려다주고 집 근처 여관에서 자고 가야지, 내가 뭐 하러 아무도 없는 집에 꾸역꾸역 들어가?"

"아유, 형 말 길게 하네."

"술 깨려고."

"나하고 안 잘 거야?"

"야, 기사 아저씨 듣는다."

"들으면 어때?"

오세영이 이광의 몸에 딱 붙어 앉더니 팔짱까지 끼었다. 그러더니 다리 한짝까지 이광의 다리 위에 얹었다.

"형, 나 만져도 돼."

"야, 이러지 마."

"진짜, 내가 오늘 밤 줄게."

"이거 다 녹음해 놓을 거다."

"해라, 해."

오세영이 얼굴을 들더니 이광의 볼에 입을 맞췄다. 오세영은 폭탄주를 5잔은 마셨다. 삼겹살 먹으면서 소주를 2병쯤 마셨으니 취할 만했다. 이광이 반응하지 않자 오세영이 더 안겼다. 이제는 두 팔로 이광의 목을 감아 안는 것을 겨우 떼어 내었다.

"형, 나 매력 없어?"

가쁜 숨을 뱉으면서 오세영이 물었으므로 이광이 쓴웃음을 지었다.

"30분만 자고 일어나, 자고 나서 다시 이야기해."

식식거리던 오세영이 이광의 시선을 받더니 얼굴을 가슴에 붙였다. 이광이 어깨를 벌리면서 팔로 오세영의 상체를 부드럽게 안았다. 몸을 비스듬히 눕혀 주면서 기대는 면적을 넓게 만들어준 것이다. 오세영이 이광의 팔에 안기더니 눈을 감고 길게 숨을 뱉었다. 그러더니 곧 고른 숨소리를 내기 시작했다. 머리를 든 이광이 운전자에게 말했다.

"상계동 진주아파트 108동으로 가주세요."

"예, 손님."

백미러로 이광의 시선을 잡은 60대쯤의 운전사가 부드러운 표정으로 말했다.

"신사시군요."

"아이구, 아저씨도, 참."

쓴웃음을 지은 이광이 오세영을 더 편하게 안았다.

"저, 신사 아녜요."

"택시를 30년 몰았지만 손님 같은 분 처음입니다."

"다 처음이죠 뭐."

"복 받으실 겁니다."

"전 아끼고 싶어서 그러는 겁니다."

이광이 오세영의 얼굴을 내려다보았다. 어머니 품에 안긴 아이처럼 오세영은 편안한 표정으로 잠이 들었다. 한동안 오세영의 얼굴을 내려다보던 이광이 길게 숨을 뱉었다. 불쑥 입을 맞추고 싶은 욕망이 솟았기 때문이다. 아낀다고? 그냥 한 말이다.

"당신, 지금 장난해?"

이광이 이름을 밝혔을 때 강기창의 첫 반응이다. 오전 10시 반, 한창 바쁠 때다. 김성규는 안창문과 둘이서 회의실에 들어가 30분째 나오지 않았는데 이광이 보기에는 '비밀' 이야기를 하는 중이다. 그 '비밀' 이야기란 바로 '리베이트'에 관한 것이라는 것을 이제는 이광도 안다. 두 달이 넘어가고 있는 것이다. 정현애는 경리부에 내려갔고 주위 자리는 비었다. 이광이 헛기침을 했다.

"장난 아닙니다, 부장님."

"당신, 강 부장한테 아무 말 듣지 못했어?"

"깨졌습니다, 부장님."

"그럼 왜 이 지랄이야? 이 자식아."

마침내 강기창이 욕을 했다. 당연하다. 나이로 봐도 10살 가깝게 어린놈이 더구나 신입사원, 더더구나 메이커 놈이 바이어의 최고 실세인 부장에게 엉기고 있으니 이건 강아지가 사자에게 덤비는 꼴이나 같다. 그때 이광이 말했다.

"부장님, 10분쯤 후에 누가 연락할 것입니다, 녹음 테이프를 들려 줄 테니까 듣고 11시까지 저한테 연락 주시지요."

"뭐야?"

"그 사람한테 잠깐 이야기를 들으시면 이해되실 겁니다, 그 사람이 부장님께 굉장히 중요한 녹음 내용을 잠깐 들려 드릴 테니까요."

"아니, 이 새끼가 미쳤나?"

"그거, 듣지 않으시면 큰일 날 일입니다, 부장님."

그러고는 전화기를 내려놓고 이광이 시계를 보았다. 강근제 부장은 바이어 사무실에 갔기 때문에 직접 통화는 하지 못할 것이다. 그러나 해도 상관없다. 어쨌든 강기창이 큰일 난 것은 사실이니까, 그로부터 정확히 10분 후인 10시 45분, 일손이 잡히지 않아서 담당 과장들에게 짜증을 내던 강기창이 직통전화 벨 소리를 듣고 심호흡을 했다. 전화기를 노려본 강기창이 벨 소리가 네 번 울렸을 때 송수화기를 들었다.

"여보세요."

"아, 강기창 부장님이시죠?"

사근사근한 남자 목소리.

"예, 그런데요?"

긴장을 풀지 못한 강기창이 되물었을 때 사내가 서두르듯 말했다. 여전히 사근사근한 목소리.

"바쁘실 텐데 먼저 녹음한 내용부터 들으시죠, 부장님. 자, 녹음기 작동 합니다."

눈만 치켜뜬 강기창이 송수화기를 귀에 붙인 채 곧 이어지는 목소리를 들었다.

"이번 달에 7백 가져왔습니다, 다음 달부터는 1천쯤 될 것 같습니다, 부장님."

전일상사 전기수 사장이다. 숨을 들이켠 강기창이 무의식중에 주위를 둘러보았다. 앞쪽 과장 하나와 시선이 마주쳤으므로 황급히 머리를 돌렸을 때 제 목소리가 들렸다.

"아, 그래요? 자료는 남기지 않으셨죠? 세무서에서도 알면 안 됩니다."

그때 이어지는 전기수의 목소리.

"아이구, 그럼 저도 큰일 나게요? 이 돈은 제 용돈 명목으로 나가는 걸로 하는 겁니다, 우리 회사 경리는 말할 것도 없고 내 와이프도 모르는 돈입니다."

그때 사근사근한 목소리가 말했다.

"강 부장님, 이 테이프를 트리톤 지사장 마가렛은 물론이고 트리톤 직원, 그리고 각 언론사, 필요하다면 경찰에까지 제공할까 하는데 어떻게 생각하시는지요?"

"……."

"조금 생각을 하셨다가 이광 형님한테 먼저 전화를 하시는 것이 낫지 않겠습니까?"

"……."

"부장님께선 이광 형님을 잘못 보신 것 같습니다, 참고로 하나만 더 말씀 드리지요. 부장님께서 그저께 밤에 거기 디자인부 양영혜 씨하고 서소문 루비호텔에서 떡을 치시는 장면이 또 녹음되어 있습니다. 그건 지금 동거 중인 장연아 씨에게도 보내드릴까 고민 중입니다."

"……."

"어이구, 10분이 다 되어가네요, 전화가 없으면 바로 보내겠습니다. 저, 빈말 안 합니다, 부장님."

그러고는 통화가 끝났으므로 강기창이 어깨를 늘어뜨리고서 송수화기를 내려놓았다. 그때 조금 전에 시선이 마주쳤던 백길성 과장이 다가왔다. 품질관리 과장이다.

"부장님, 유성상사 클레임 건인데요, 오늘 결재 올려야겠지요?"

강기창의 시선을 받은 백길성이 어깨를 폈다.

"김병익 과장이 서류 다 작성했다고 합니다."

"이런."

심호흡을 한 강기창이 손을 저었다. 가라는 표시다. 거친 표현이었으므로 백길성이 주춤했다.

"나중에 이야기해."

백길성이 자리로 돌아갔을 때 강기창은 다시 전화기를 노려보았다. 귀에 아무것도 들리지 않았고 머리가 텅 빈 것처럼 느껴졌다. 이윽고 강기창이 송수화기를 들고 버튼을 눌렀다.

"예, 유성상사입니다."

교환이 상냥하게 전화를 받았지만 왠지 소름이 끼쳤다. 강기창이 어금니를 물었다가 풀었다.

"수출부 이광 씨 부탁합니다."

오후 1시, 소공동 국제호텔 라운지 밀실에서 강기창과 이광이 마주 보고 앉아 있다. 강기창이 미리 밀실에서 기다리고 있었던 것이다. 강기창은 입을 꾹 다물고 어깨를 세운 채 이광을 응시하고 있다. 조금이라도 빈틈이 보이면 물어뜯으려는 야수 같다. 아직 현실을 인정하기 싫은 것이다. 숨소리도 거칠다. 코로 뱉어지는 숨소리가 들릴 정도다. 마주보고 앉았지만 아직 입도 열지 않았다. 이광이 잠자코 들어와 앞자리에 앉았을 뿐이다. 먼저 입을 연 것은 이광이다. 똑바로 강기창을 응시한 채 이광이 말했다.

"당신 참 더럽게 살고 있더만, 동정의 여지가 없는 사람이야."

"뭐?"

강기창이 어깨를 부풀렸지만 기선을 제압당한 상태다. 그리고 여기까지 와야만 했던 약점이 와락 되살아나 위축되었다. 이광이 낮고 무거운 목소리로 말을 이었다.

"기 쓰지 마, 억지 부리지 말란 말이야. 쉽게 말해서 나 화나게 하지 마."

"아니, 이런."

"입 닥치고 눈 깔아."

물잔을 든 이광이 눈을 가늘게 뜨고 강기창을 노려보았다.

"그냥 확 테이프 뿌리고 끝낼까? 그럼 당신 어떻게 되는지 알지?"

"……."

"넌 그대로 인생 조지는 거야, 아깝지 않아?"

"……."

"트리톤 수석부장, 월수 2천, 자가용, 여자……."

"……."

"내가 1만몇천 불 클레임 때문에 달려들었다가 얽혔는데, 자, 당신 조건을 듣지."

한 모금 물을 삼킨 이광이 말을 이었다.

"그 가방에 녹음기 들었다고 해도 상관없어, 지금 이야기 다 녹음해서 뿌려도 돼."

"나한테 뭘 원하는 거냐?"

마침내 강기창이 묻자 이광이 의자에 등을 붙였다.

"먼저 네 조건을 듣자, 강기창."

"뭐라고? 강기창?"

"그래, 이 나쁜 놈아. 자, 시간 버리지 말고 네 조건을 말해."

"그 테이프 내, 원본까지 다."

"그래서?"

"내가 1천, 아니 2천까지 내겠다."

"이거 미친놈 아냐?"

이광이 손으로 강기창을 가리켰다.

"그 테이프가 5백 원밖에 안 가는데 2천만 원을 준다니, 미쳤네, 미쳤어."

"3천까지 내겠다."

강기창이 손등으로 이마의 땀을 닦았다. 이제 기가 완전히 꺾인 것이다. 기를 세워봤자 손해만 날 것이라고 계산했기 때문이다. 쓴웃음을 지은 이광이 지그시 강기창을 보았다.

"뭐 급할 것 없어."

숨만 헐떡이는 강기창을 향해 이광이 말을 이었다.

"창영섬유에서도 해 먹었을 테니까 곧 증거가 잡힐 거야. 뭐 세무서에서 나가면 10분 만에 체크된다고 하더군."

"……."

"하지만 방법이 있을 거야."

"말, 말해봐."

강기창이 눈을 부릅뜨고 말했다.

"조건을 말해 보라고."

그때 문에서 노크 소리가 들리더니 문이 열렸다. 머리를 든 강기창의 이맛살이 찌푸려졌다. 낯선 사내가 들어서고 있었기 때문이다.

"응, 어서 오시오."

이광이 사내를 맞았다. 바로 김방현이다. 머리를 숙여 보인 김방현이 이광 옆자리에 앉더니 웃음 띤 얼굴로 물었다.

"이야기 잘 됩니까?"

"아니, 내가 할 이야기가 있어야지."

입맛을 다신 이광이 힐끗 강기창을 보았다.

"나한테 돈을 주겠다는데, 돈으로 해결하려고 그런 것 같아요."

"그럼 우리도 같이 들어가는 거로, 이 작자가 자폭을 하자면서 네가 협박해서 돈 뜯어 갔지 않느냐고 할 가능성이 많거든요."

"아냐, 내가 그럴 리가 있어?"

질색을 한 강기창이 손까지 저었을 때 이광이 자리에서 일어서며 말했다.

"그럼 두 분이 이야기 나눠보시고."

이광의 시선이 강기창에게로 옮겨졌다.

"우선 입가심으로 한 건만 시작하지. 회사에서는 내가 오늘 당신 만나는 줄 알고 있어."

순간 숨을 들이켠 강기창을 향해 이광이 손을 흔들었다.

"겁낼 것 없어. 클레임 문제 해결하러 간 것으로 알고 있으니까."

"……."

"들어가서 당신 만났다고 할 거야. 사정했다고 할 테니까 내일 중으로 우리 회사에 연락해."

"……."

"먼저 윤 과장한테, 그다음에 강 부장한테 말이야."

그러고는 이광이 웃었다.

"무슨 말을 할지 알지? 이광 씨 성의에 감동해서 클레임 청구 안 하겠다고 해."

"다녀왔습니다."

이광이 말하자 윤병도가 쓴웃음부터 지었다.

"응, 그래?"

허리를 편 윤병도가 물었다.

"뭐라고 해?"

"검토해보겠다는군요."

"검토."

입맛을 다신 윤병도가 머리를 끄덕였다.

"어쨌든 만나준 것만 해도 다행이야."

윤병도는 이광이 만나지 않고 만났다고 거짓말을 하는 것으로 아는 것 같다. 그러나 그것을 추궁할 염치는 없다. 신입사원 이광이 그만큼만 해준 것도 제 능력 이상인 것이다. 실패했더라도 그 적극성을 칭찬해줘야 한다.

"곧 연락을 드린다고 했습니다."

이광이 말하자 윤병도가 다시 머리를 끄덕였다. 이제는 외면하고 있다.

"수고했어, 이광 씨."

더 거짓말하지 말고 어서 가라는 것 같다. 그때 이광이 정색하고 말했다.

"과장님, 기운 내십시오. 제가 간절하게 사정했으니까 곧 연락이 올 것입니다."

머리를 든 윤병도가 숨을 들이켰다. 갑자기 가슴이 메었고 코가 시렸기 때문이다. 눈에 열이 났으므로 윤병도가 어금니를 물었다가 풀고 말했다.

"일이 안 되더라도, 이광 씨 고맙다."

"아닙니다."

머리를 숙여 보인 이광이 몸을 돌렸다. 오후 3시 반이다. 퇴근 전에 강기창은 윤병도에게 전화를 할 것이다. 자리로 돌아갔을 때 정현애가 눈을 내리깔고 말했다. 이것이 정현애가 사람을 무시하는 자세다.

"이광 씨, 3번 상담실에서 팀장님이 오래요."

"어, 그래."

자리에서 일어선 이광이 정현애의 옆모습을 보았다. 김방현의 김성규 조사 보고서에 의하면 정현애는 지난 토요일에 김성규와 외박을 했다. 처녀 총각이 연애하는 것은 자유다, 죄가 아니다. 그러나 둘이 시치미를 뚝 떼고 있는 것은 역겹다. 제3 상담실로 들어섰더니 안창문과 이야기를 하고 있던 김성규가 손을 들어 안창문 옆자리를 가리켰다. 웃지도 않는다.

"이광 씨, 트리톤 다녀왔다면서?"

"예, 팀장."

"근데 트리톤 직원들은 당신이 오지 않았다고 하던데?"

"아, 그래요?"

김성규가 웃음 띤 얼굴로 안창문과 시선을 마주치고 나서 다시 물었다.

"진짜 강 부장 만났어?"

"예, 만났습니다."

"사무실에서?"

"아니, 밖에서요."

"밖에서?"

김성규와 안창문의 시선이 다시 마주쳤다.

"강 부장을 밖에서 만났단 말이야? 둘이서?"

"예."

"그 양반이 만나줘?"

"예."

"에이, 이 사람아."

입맛을 다신 김성규가 이맛살을 찌푸렸다.

"윤 과장한테 그렇게 이야기했어?"

"아니, 그런 이야기는 안 했습니다, 그냥 만났다고만."

"강 부장은 회사 밖에서 메이커 사장도 만나지 않는 사람이야."

김성규가 정색하고 말을 이었다.

"그런 강 부장이 겨우 50만 줄 정도 오더를 가져가는 메이커의 신입 사원을 밖에서 만났다니, 누가 들으면 미쳤다고 할 거야."

"……."

"그러니까 그런 말 하고 다니지 마. 윤 과장한테는 한 번 뱉었지만 말이야."

"……."

"윤 과장한테는 뭐라고 했어? 강 부장 만나서 이야기 잘했다고 했겠지?"

"예, 그렇게 말했습니다."

이광이 똑바로 김성규를 보았다. 잘생긴 용모다. 목소리도 매끄럽고 매너도 좋다. 그래서 회사 내 여직원들이 인기투표를 한 결과 인기 1위다. 그래서 김성규는 사장의 전속비서 정지현을 노린다고 소문이 났다. 노리는 상대는 여럿이다. 수출1과 오세영도 포함되어 있다. 김성규의 시선을 받은 이광이 이놈하고는 공론하지 못할 것이라는 생각을 했다. 믿을 놈이 못 된다. 그때 머리를 끄덕인 김성규가 말했다.

"할 수 없지, 그럼 나가 봐."

이광은 머리를 숙여 보이고는 상담실을 나왔다. 동갑짜리 팀장에게 수모를 당한다는 느낌은 없다. 군대에서 단련이 되었기 때문이다. 거기서는 왕(王) 같은 소대장이 모두 자신보다 나이가 아래였지 않은가? 군대는 철저히 계급사회이고 직장은 더 철저한 곳이다. 자리로 돌아온 이광이 서류를 펼쳤을 때 구내전화가 깜박였다. 서둘러 전화기를 든 이광이 응답하자 곧 오세영의 목소리가 들렸다.

"머리 돌리지 말고 듣기만 해."

오세영이 대뜸 말했다.

"왜 일을 사서 고생이야? 형이 회사로 돌아오기도 전에 형이 쇼한다는 소문이 났어. 형 팀장이 퍼트린 것 같아."

오후 5시 30분이 되었을 때 윤병도는 외부 전화를 받았다.

"예, 수출3과장, 윤병도입니다."

"아, 윤 과장님."

목소리가 낯설었기 때문에 윤병도가 머리를 기울였다. 누구인가? 그때 사내가 말했다.

"저, 트리톤 강기창입니다."

"아."

소리가 그렇게밖에 안 나왔다. 놀랍고 두렵다는 느낌이 올 뿐 머릿속이 하얗게 비워졌다. 그때 강기창이 말했다.

"오후에 수출3과 이광 씨를 만났습니다."

"아, 예."

"이광 씨의 간곡한 해명을 듣고 제가 감동했습니다. 듣고 보니까 우리 트리톤 측에서 잘못한 것이라는 판단이 되었습니다."

"아, 아니, 그것은……."

"그래서 그 오더는 늦게 도착하더라도 클레임 청구를 하지 않기로 했습니다."

"아이구, 부장님."

감동한 윤병도의 목이 메었고 강기창의 말이 이어졌다.

"이광 씨 해명을 들어서 다행입니다, 그럼 이만 끊겠습니다."

"저, 저기……."

그때 통화가 끊겼으므로 격정을 참지 못 한 윤병도가 벌떡 일어섰다. 앞쪽 이광의 책상은 비었고 이광 팀장인 김성규가 안창문하고 수군대고 있었지만 갑자기 두 놈이 역겨워졌다. 몸을 돌린 윤병도가 뒤쪽을 보았다. 강근제는 신문을 읽고 있었는데 다가오는 윤병도를 보더니 눈을 가늘게 떴다. 윤병도의 얼굴이 일그러져 있었기 때문이다.

"무슨 일이야?"

"방금 강기창의 전화가 왔습니다, 부장님."

"그래? 클레임을 얼마로 친대?"

"클레임 안 물리겠답니다."

앞쪽 자리에 앉은 윤병도가 길게 숨을 뱉었다.

"이광 씨 해명을 듣고 감동했답니다. 그래서 트리톤의 잘못이라고 인정을 했습니다."

"뭐야?"

"오히려 해명을 들어서 다행이라면서 전화를 끊었습니다."

"정말이야?"

강근제가 믿기지 않는다는 얼굴을 짓고 윤병도를 보았다.

"이광 해명을 듣고 감동을 받았다고?"

"예."

그때 앞에 놓인 직통전화가 울렸으므로 강근제가 전화기를 집어 들었다.

"예, 강근제입니다."

그때 수화구에서 사내 목소리가 울렸다.

"트리톤의 강기창입니다."

"아이구, 강 부장님."

눈을 치켜뜬 강근제가 앞에 앉은 윤병도를 향해 한 손으로 전화기를 가리켜 보였다. 바로 화제의 주인공이 나타났다는 표시다. 그때 강기창이 말했다.

"윤 과장한테 조금 전에 연락했습니다만 이광 씨 해명을 듣고 트리톤에서는 클레임을 물리지 않기로 했습니다, 부장님."

"아아."

강근제의 입에서도 탄성이 터졌다.

"그럼 전화 끊습니다."

강기창이 미처 이쪽에서 인사도 하기 전에 통화를 끝내는 바람에 강근제가 전화기를 내려놓으면서 심호흡을 했다. 격정을 억누르려는 것이다.

"이광이 어디 갔어?"

떨리는 목소리로 묻자 윤병도가 앞쪽에 대고 소리쳐 물었다.

"어이, 김 대리! 이광이 어디 갔어?"

외침 소리에 놀란 수출부 전 직원이 머리를 돌려 이쪽을 보았다. 자리에서 일어선 김성규의 눈동자가 번들거렸다.

"자수공장에 들렀다가 퇴근하라고 했는데요."

김성규가 보고하자 윤병도는 몸을 돌렸다. 김성규하고는 더 이상 말을 섞기 싫었기 때문이다. 그때 강근제가 윤병도에게 말했다.

"쟤들 팀 셋이 동갑이지? 이광이까지 말이야."

"그렇습니다."

"이광이가 견제를 받겠는데, 그렇지?"

"그렇게 될 것 같네요."

둘은 지금 목소리를 낮추고 있다. 머리를 끄덕인 강근제가 말을 이었다.

"신입사원 때는 짓밟히고 폭풍이나 가뭄에 시달리면서 잡초처럼 자라나야 한다고. 온실에서 자라면 생존력이 떨어져."

"그렇지요."

"오랜만에 물건 건진 것 같은데."

"맞습니다."

그때 앞쪽에서 김성규가 힐끗거렸으므로 강근제가 몸을 돌리면서 말했다.

"이광이를 공개적으로 칭찬하지 마. 저 자식, 김성규가 노골적으로 견제할 테니까 말이야."

"알겠습니다."

윤병도도 김성규를 외면하고 활짝 웃었다.

"참 별일이 다 있습니다, 부장님."

다음 날 트리톤에서 클레임을 취소했다는 소식이 번개처럼 회사 안에 퍼졌다. 그런데 그 이유가 제각기 달랐다. 김성규는 트리톤이 관용을 베풀었기 때문이라고 했다. 트리톤 측으로부터 들었다는 것이다. 윤병도 과장은 지난번 강근제 부장과 트리톤 강기창 부장의 통화 이후로 양사(兩社)의 분위기가 좋아졌기 때문이라고 했다. 공통점은 이광의 이름이 양쪽에서 쏙 빠진 것이다. 수출부 직원들도 이광의 역할은 거의 없었다고 믿는 것 같았다. 이광이 트리톤 강 부장을 만난다고 허풍을 떨다가 전화로 면담 신청을 하는 과정에서 '박살'이 난 것으로 끝난 것이다. 오전 11시 반, 이광이 제 자리에서 작업합의서를 검토하고 있을 때 구내전화기에 신호등이 번쩍였다. 전화기를 들면서 평행선상인 오세영의 자리를 보았더니 비었다.

"여보세요."

그때 윤병도의 목소리가 울렸다.

"나다. 모른 척하고 듣기만 해라."

"예."

이광이 뒤에 들어간 '과장님'을 뺐다, 앞자리에 정현애가 귀를 곤두세우고 있을 것이다, 간첩. 그때 윤병도가 말했다.

"어제 오후에 내가 강기창 씨 전화를 받았어. 그러고 나서 우리 부장님도 받았다."

"아, 예."

"네 간곡한 해명에 감동했다고 하더라. 그래서 조사를 해보니까 트리톤 측의 과실이었다는 거야, 그래서 클레임을 취소한다는 거다."

윤병도의 목소리에 열기가 띠어졌다.

"다, 네 덕분이다."

"아닙니다."

"그런데 나하고 부장님이 상의를 했어. 이것이 네 덕분이라고 하면 네가 팀 내에서 견제를 받게 될 거라고 말이야."

"아, 예."

"회사란 게 다 그렇다. 남이 잘 되는 걸 배 아파하는 놈들이 많지."

"예."

"신입인 네가 그렇게 튀면 위아래에서 견제가 심할 거야. 그래서 이번 일은 나하고 부장님만 알기로 했다. 이해가 가냐?"

"예."

"그러니까 그런 줄 알아라. 어쨌든 고맙다."

"예."

그러고는 전화가 끊겼으므로 전화기를 내려놓은 이광이 자리에서 일어섰다. 일어서면서 슬쩍 뒤쪽을 보았더니 윤병도 자리는 비어 있다. 다른 곳에서 전화를 한 것이다. 점심시간에도 클레임 취소가 화제로 떠올랐는데 구내식당에서 옆자리에 앉은 조만식이 말했다.

"어쨌든 네가 미친 짓한 것도 일조를 했어. 그러니까 강기창이가 다시 체크를 했겠지."

"맞아요."

별로 말이 없는 오덕수가 거들었다.

"이 형이 나서지 않았다면 김병익이 페이스에 끌려갔을 것이라고요."

"그런데 김병익한테서는 연락이 없어?"

이광이 물었더니 조만식의 얼굴에 웃음이 떠올랐다.

"이건 소문인데 김병익이가 강기창한테 대들다가 깨졌다는 거야."

"그거 잘됐네."

"그놈, 임자 만나야 돼."

그때 오세영이 식판을 들고 다가와 이광 옆자리에 앉았다. 그러자 조만식의 관심이 즉시 오세영에게로 옮겨졌다.

"오세영 씨, 오늘 성남 염색 공장에 안 가?"

"오늘은 다른 일로 바빠서요."

오세영이 사근사근한 표정으로 말했다.

"가게 되면 조 선배한테 연락드릴게요."

"어, 그래."

먼저 점심을 먹은 조만식과 오덕수가 식탁을 떠났을 때 오세영이 앞쪽을 응시한 채 이광에게 말했다.

"형, 오후에 발안 공장에 간다고 차량 사용증 받았던데, 나하고 같이 가자."

"미쳤냐? 소문나게?"

이광도 앞쪽을 향한 채 말했다. 발안에 있는 봉제 공장으로 부자재를 갖다 주려는 것이다. 졸자라 잡일만 담당이다. 상담이나 검사 등은 김성규와 안창문이 맡고 있다. 그때 오세영이 말했다.

"내가 유성병원 앞에서 기다리고 있을게."

"얘 좀 봐."

"난 부자재 업체에서 단추 샘플 가져오겠다고 나가는 거야. 샘플은 입수해 놓았으니까 오후에 농땡이 칠 수 있는 거지."

"안 돼."

"발안까지 데이트하면서 스트레스 좀 풀자, 형도 요즘 스트레스 쌓였잖아?"

오세영이 서두르듯 말을 이었다.

"내가 1시 반에 유성병원 앞에 서 있을게, 차 끌고 와."

식판을 들고 일어선 오세영이 찬바람을 일으키며 나갔으므로 식탁에 둘러앉은 직원들은 둘의 대화 내용을 꿈에도 상상할 수 없었을 것이다.

차는 국산 왜건 승용차다. 뒷좌석을 접으면 짐칸이 되어서 이광은 뒷좌석까지 폴리백과 라벨을 가득 싣고 있다. 유성병원은 회사에서 2백 미터쯤 떨어진 대형 병원이었는데 오세영은 손에 샘플 가방을 들고 새침한 표정으로 서 있었다. 그러다가 이광이 운전하는 왜건이 다가가자 활짝 웃었다. 새침한 표정에서 활짝 웃는 모습으로 변한 것이다. 차가 멈추자 오세영이 서둘러 옆자리에 올랐다.

"빨랑 가, 총무과 직원이 병원 안으로 들어갔어."

차가 출발했을 때 오세영이 눈을 반짝이며 말했다.

"우릴 보면 소문낼 거야."

"뭐라고 소문낼 것 같으냐?"

"형이 날 꼬셨다고 하겠지, 오세영이는 먼저 꼬리치는 여자가 아냐."

"그러다가 네가 넘어갔고?"

"불쌍해서 만나준 것이지."

"너, 술 매너 바꿔야 돼, 그러다가 신세 망친다."

이광이 불쑥 말했더니 오세영이 입을 다물었다.

"앞으로 소주 두 병, 폭탄주 여덟 잔 이상은 마시지 마. 둘을 섞었을 때는 소주 한 병, 폭탄주 세 잔."

"그거 어떻게 계산한 거야?"

"너 마시는 거 보고."

오세영이 차 안을 둘러보더니 혼잣말을 했다.

"부자재 다 내리면 카섹스 되겠다."

차는 국도로 안양 쪽으로 내려가는 중이다. 이광은 잠자코 차에 속력을 내었다.

"형, 들었어?"

"응? 뭐?"

"카섹스."

"난 별로인데, 너무 좁아서."

"뭐가?"

"차가, 너 말고."

그때 오세영이 이광의 허벅지를 힘껏 꼬집더니 좌석에 등을 붙였다. 아픔에 어금니를 물었던 이광이 눈을 치켜떴다.

"너, 오버하지 마, 안 어울려."

"나, 오버 아냐, 오버를 가장해서 형한테 접근한 것이지."

"나, 같은 회사에서 불편한 연애 안 해."

"하지 마, 그럼."

차 안에 어색한 정적이 흘렀고 차량 통행이 뜸한 국도를 왜건은 기운차게 달렸다. 제대한 후에 주차장 근무할 때부터 틈틈이 운전을 익히고 나서 면허증을 딴 것이다. 차가 수원에서 발안으로 꺾어지자 국도는 좁아졌고 차량 통행이 뚝 끊겼다. 비포장도로가 나오면서 차는 쉴 새 없이 덜컹거렸는데 가끔 길 위로 야생 고라니가 건너갔고 꿩이 날아올랐다. 차가 산모퉁이를 돌았을 때 이광이 차를 세웠다. 앞쪽은 황무지였고 왼쪽 끝에 붉은 벽돌로 지은 2동의 건물이 보였다. 공장이다.

"공장에다 짐 내려놓고 올 테니까 넌 여기서 기다려."

"여기서?"

오세영이 주위를 둘러보았다. 산비탈은 칙칙한 나무로 덮였고 옆쪽 골짜기는 어둡다. 황무지는 갈대와 바위가 엉켜서 1차선 찻길만 뚫려 있을 뿐이다. 이광이 머리를 끄덕였다.

"괜찮아, 옆쪽 골짜기에서 10년쯤 전에 살인 사건이 일어났다고 하지만 또 일어날 가능성은 같은 사람이 번개를 두 번 맞는 것 같은 확률이라고 하더라."

"싫어! 이 자식아!"

버럭 소리친 오세영이 이광을 노려보았다. 어깨가 부풀려졌고 두 눈이 치켜떠졌다.

"나, 안 내려!"

그때 팔을 뻗친 이광이 오세영의 어깨를 끌어당겼다. 놀란 오세영이 숨을 들이켰지만 이미 늦었다. 이제 허리까지 감아 안은 이광이 오세영의 상반신을 끌어당기고는 입을 맞췄다. 오세영이 두 손으로 이광의 어깨를 움켜쥐었다가 곧 힘이 풀렸다. 그때 이광의 입술이 이미 오세영의 입을 열고 혀를 끌어내었다. 이윽고 오세영이 이광의 목을 두 팔로 감아 안았다. 차 안에 곧 가쁜 숨소리에 섞여 낮은 신음까지 울렸다. 이광은 오세영의 젤리 같은 혀를 힘껏 빨아들이면서 신선한 느낌을 받았다. 그렇다. 오세영은 신선한 여자다. 때 묻지 않고 의사 표현에 적극적이다. 이윽고 이광이 입을 떼었을 때 오세영이 가쁜 숨을 고르면서 물었다.

"형, 싫다면서?"

얼굴이 빨개졌고 시선을 마주치지 않는다.

"싫기는 뭐가? 오버한 거지, 나도."

"미쳤어."

다시 이광이 오세영을 당겨 안았다.

"형, 지금 해?"

오세영이 가쁜 숨을 뱉으면서 물었을 때 이광이 손목시계를 보았다. 3시가 되어가고 있다.

"내가 공장에 짐 내려놓고 올게, 넌 여기서 기다려."

"형, 살인 사건, 거짓말이지?"

오세영이 물었으므로 이광은 얼굴을 펴고 웃었다.

"조금 더 가서 내려줄게."

다시 차에 시동을 건 이광이 말을 이었다.

"응, 거짓말이야."

오세영이 다시 꼬집으려고 손을 뻗었으므로 이광이 서둘러 팔목을 잡았다.

오세영은 말만 앞세웠지 막상 몸이 부딪치는 순간이 되자 잔뜩 움츠러들었다. 말도 제대로 못 했고 시선도 마주치지 못했다. 그러나 무르익은 몸이다. 길가 갈대숲에 반쯤 가려진 차 안은 곧 열풍으로 뒤덮였다. 이광의 거친 리드에도 오세영은 거부하지 않고 호흡을 맞춘다. 이윽고 열풍이 그쳤을 때는 오후 5시가 되어갈 무렵이다. 어느덧 정신을 차리고 보니 한 시간이 지나간 것이다.

"늦었다."

서둘러 옷을 찾아 입으면서 이광이 말했다.

"차 안에 팬티 같은 거 떨어뜨리지 마, 큰일 난다."

그 순간 신발 한 짝이 날아와 이광의 가슴을 쳤다. 뒤쪽에서 옷을 입던 오세영이 던진 것이다.

"휴지도 다 찾아, 차 안에 있으면 안 돼."

이광이 바닥에 흩어진 휴지를 집어 창밖으로 던지며 웃었다.

"이곳을 지날 때마다 네 생각이 나겠다."

"형, 입 좀 다물어."

"고맙다, 오세영."

"뭐가?"

"줘서."

"나, 미치겠네."

옷을 다 입은 이광이 운전석에 앉자 차 뒷좌석까지 꼼꼼하게 점검한 오세영이 옆에 탔다. 이제 다시 새침한 표정이 되어있다. 차를 출발시키면서 이광이 긴 숨을 뱉었다.

"우리 팀에서 내 발전 가능성은 너희들보다 적어."

어둠이 덮이기 시작하는 황무지를 달리면서 이광이 말을 이었다.

"김성규가 날 잔뜩 경계하고 있거든, 더구나 안창문은 김성규의 심복이야."

"나도 들었어."

이광의 이야기에 빠져든 오세영이 의자에 등을 붙이며 말했다.

"형이 3과 B팀에서 밀린다는 소문."

"가장 졸자니까 할 수 없긴 한데 미래가 불투명하다는 거야."

"그래서 어떻게 하려고?"

"할 수 없어, 둘을 상대해야지."

차는 이제 라이트를 켰다. 도로는 차량 통행도 없는 데다 비포장이다. 마치 미개척지를 달려가는 것 같다. 이광은 오세영에게서 풍겨오는 우정(友情)을 느끼고 있다. 직장 생활은 도처에 적이다. 군에서는 적과 아군이 명확하게 구분이 되고 아군 내부에서의 서열과 기(氣) 싸움이 일어날 뿐이다. 그러나 직장은 다르다는 것을 요즘 실감하고 있다, 방심하지 말고 시간이 날 때 동지를 모아야 한다. 그러나 오늘의 동지가 내일 적이 될지도 모르니 경계하자, 속을 내보이지 마라. 그때 오세영이 앞쪽을 응시한 채 물었다.

"형, 어떻게 생각해?"

"뭘?"

"우리 유성상사 말이야."

"유성상사가 어떻다고?"

"비전이 있다고 생각해?"

이광이 심호흡을 했다. 회사는 들어오기 전에 본 것하고 들어가 겪은 것하고 차이가 많이 날수록 견디기 어렵다.

"난 회사가 날 위해서 길을 열어주는 것을 바라지 않아. 내가 먼저 길을 열 거다."

이광이 말하자 오세영이 머리를 기울였다.

"어디서 많이 듣던 말인데."

"내 말이야."

"계속해봐, 형."

"내가 길을 만들 거다."

"김성규, 안창문을 제치고?"

"그래야겠지."

"이 회사가 그런 여유가 있을까?"

"그렇다면 내가 만들어야지."

"꿈도 크네."

오세영이 웃음 띤 얼굴로 이광을 보았다.

"형은 신입 중에서 가장 두드러져."

"야, 또 오버하지 마."

"아냐, 진심이야."

"나, 너하고 결혼 못 해."

"미쳤어?"

풀썩 웃은 오세영이 눈을 흘겼다. 차 안이 어두워지면서 오세영의 눈동자가 반들거렸다.

"형의 적극성, 성실성, 그리고 자신감을 내가 파악하고 있어."

"너, 섹스 경험 없지?"

"대학 1학년 때 두 번 하고 끝이야."

"그게 어떤 놈이냐?"

"3학년 선배, 그땐 그렇게 멋있게 보였는데."

"컸어?"

"뭐가?"

되물었던 오세영이 주먹으로 이광의 허벅지를 내려쳤다.

"말 딴 데로 돌리지 마, 이놈아."

"유성상사에서 '특진 제도'가 있어, 아직 한 번도 특진한 사원이 없지만 말이야."

핸들을 쥔 이광이 이제는 어두워진 앞쪽을 응시하며 말했다.

"회장님이 10년 전에 만든 '특진 제도'야."

오세영이 숨만 들이켰다. 사규는 읽어보지도 않았기 때문이다.

"난 수송부에 있었어."

안창문이 한 모금 커피를 마시고 말을 이었다.

"특과병이었지, 수송부 내부의 내 보직 말이야, 행정실에 있었기 때문에 일등병 시절부터 외박을 나갔어, 매주 토요일은 한 번도 빠지지 않고."

"신났겠군."

"그럼, 아마 춘천에서 여자 1백 명은 따먹었을 거야."

"부럽다."

이광이 의자에 등을 붙이고는 안창문을 보았다. 점심시간이다. 구내식당에서 식사를 마친 둘은 상담실로 올라와 잡담을 하는 중이다. 입사 3개월이 되면 상대방의 성격이 파악되고 각각 대처법도 만들어진다. 이광과 안창문의 관계는 동갑이지만 신입과 입사 2년 차의 선배로 시작되었다. 그러다가 3개월이 된 지금 슬슬 말을 놓는 단계로 변했다. 이광의 기세에 안창문이 밀렸다고 봐도 될 것이다. 이것은 팀장 김성규가 조정할 수 없는 사항이다. 안창문이 2년 고참이지만 '직급'이 없기 때문이다. 이 관계에서 팀장이라고 이광에게 안창문을 상관으로 대접하라고 할 수는 없다. 이광이 똑바로 안창문을 보았다.

"이봐, 안 형."

시선을 든 안창문에게 이광이 말을 이었다.

"난 편의공작대에서 뺑이 치느라고 외박 나간 것도 3년 동안 3번뿐이었어, 그것도 산골짜기 민박집으로."

안창문의 시선을 받은 이광이 소리 없이 웃었다.

“만 3년 동안 사회에서 10년은 구른 것만큼 단련을 했지. 이젠 사자 무리 속에 던져진다고 해도 살아나올 자신이 있어.”

“잘됐군, 축하해.”

건성으로 웃은 안창문이 작은 눈을 가늘게 뜨고 이광을 보았다.

“이 형은 수단이 좋다고 소문이 났어, 출세할 거야.”

“운이 좋았을 뿐이야. 까마귀 날자 배 떨어진다고 내가 윤 과장한테 생색을 냈더니 트리톤에서 자체 검사를 한 거지.”

“어쨌든 말이야.”

“안 형도 한번 나처럼 나서봐.”

“비꼬는 거야?”

“이런, 호의로 말했는데 비꼬는 것처럼 들려?”

“응, 난 그렇게 들렸어.”

“너, 참 개떡 같은 놈이구나.”

“뭐라고?”

안창문이 눈을 치켜떴을 때 이광이 빙긋 웃었다.

“잠깐 밖에 나가서 한번 붙을래? 우리, 각서 써놓고 10분만 붙자.”

안창문은 어금니를 물었고 이광이 말을 이었다.

“다쳐도 변상이나 신고 안 하기로, 그리고 둘만의 비밀로 하기로 각서를 쓰고 뻰잔 말이다.”

“…….”

“야, 인마, 동갑에 같은 사원인데 1년 8개월 빨리 들어왔다고 내가 너한테 존댓말 써야 되겠어?”

“내가 말을 말아야지, 이 자식.”

커피잔을 내려놓은 안창문이 자리에서 일어섰을 때 이광이 손을 들었다.

"얀마, 너 대일자수에서 이틀 전에 50만 원 받았지? 김 대리 모르게 말이야."

순간 몸을 굳힌 안창문이 눈만 껌벅였고 이광의 말이 이어졌다.

"경리 이 양이 너한테 줬다고 했어, 극동 다방에서 오후 2시 반에. 맞지?"

얼굴이 노랗게 굳은 안창문이 입안에 고인 침부터 삼켰다. 이광이 의자에 등을 붙였다. 지금은 어쩔 수 없다. 약점을 잡아서 기선을 제압할 수밖에, 안창문이 50만 원 리베이트를 받는 증거를 확보하려고 김방현에게 1백만 원을 지급한 것이다. 시선을 든 이광이 안창문을 보았다.

"어떻게 할래? 내가 이 증거를 김 대리한테 넘기면 넌 어떻게 될 것 같냐? 물론 대일자수는 김 대리의 자금원 중의 하나지만 말이야. 넌 김 대리가 해먹는 증거 확보 못 했지?"

안창문이 입만 달싹였다가 도로 닫았을 때 이광이 쓴웃음을 지었다.

"자식, 열심히 통박 굴리고 있군."

"어, 어쩌려는 거야?"

마침내 안창문이 갈라진 목소리로 물었을 때 이광이 지그시 시선을 주었다.

"너, 팀장으로 김 대리 어떻게 생각해?"

"어떻게 생각하다니?"

"보스로 믿고 네 앞날을 맡길 수 있겠느냐고 물은 거다."

"맡기기는 개뿔."

불쑥 안창문이 말했으므로 이광이 풀썩 웃었다.

"뭐? 개뿔?"

"그냥 어쩔 수 없으니까 따르는 거다, 왜?"

"눈 깔아, 이 자식아."

이맛살을 찌푸린 이광이 겁을 주고 나서 다시 정색하고 말했다.

"자, 이 증거를 어떻게 했으면 좋겠냐? 나도 짐작이 가. 이걸 김 대리한테 내놓으면 김 대리가 어떻게 할 것인가를 말이야."

쓴웃음을 지은 이광이 지그시 안창문을 보았다.

"그래서 말인데, 우리 둘이 김 대리를 끌고 가는 것이 어떻겠냐? 물론 비밀리에 말이야."

안창문은 믿을 만한 위인이 아니었다. 석 달 겪어본 결과 김성규의 심복이 되어 앞에서는 굽실거리다가 제 동기들 앞에서는 험담을 늘어놓았다. 소문은 돌고 돌아서 이광의 귀에도 들리는 것이다. 김성규가 정현애하고 그렇고 그런 사이라는 소문도 안창문이 퍼뜨렸다. 그러나 약점을 딱 쥔 상태였으니 안창문은 낚시에 꿰인 망둥이 꼴이 되었다. 그날 저녁, 이광은 안창문을 데리고 영등포 시장 뒷골목의 '아정' 살롱으로 갔다. 이곳은 신촌 카스파가 진출해온 룸살롱 중 하나로 3급이다. 지배인은 오금수, 미리 연락을 한 터라 현관에서 기다리고 있다 이광을 맞는다.

"형님, 오셨습니까?"

오금수는 체중이 135kg이나 나가는 돼지다. 몸이 날래지는 않지만 잡히기만 하면 '떡'으로 만드는 터라 '전쟁'이 있을 때는 선봉에 선다. 별명이 오 돼지로 이번에 아정의 지배인으로 승급되어서 기세가 충천한 상태, 오금수의 시선을 받은 안창문이 대번에 오그라들었다.

"어, 오늘 물 좋냐?"

이광이 묻자 오금수가 뒤를 따르며 대답했다.

"준비해 놓았습니다만 마음에 드실지 모르겠습니다."

진심에서 우러나오는 접대니 안창문은 영문을 모르면서도 더 오그라질 수밖에 없다. 방에 자리 잡고 앉았더니 마담 셋이 모두 인사를 왔고 카스파 똘마니들이 순서대로 들어와 허리를 120도로 꺾어 절을 하고 나가는 바람에 안창문의 눈동자는 초점이 멀어졌다. 인사가 다 끝나고 나서야 이광이 오금수에게 안창문을 소개했다.

"내가 다니는 회사 동료다."

"아, 예."

미리 연락을 받은 터라 오금수가 불량한 눈으로 안창문을 흘겨보았다.

"아직 날 잘 모르는 것 같아서 데려온 거다."

"아, 예."

안창문은 숨도 죽였고 이광의 말이 이어졌다.

"내가 이러기는 싫지만 니가 내 대신 간단하게 내 피알을 해줘라."

"예, 형님."

어깨를 편 오금수가 갑자기 양복을 벗어 던졌다. 그러고는 셔츠를 찢어발기면서 버럭 소리쳤다.

"야들아! 들어와!"

방안이 쩌렁 울렸고 다음 순간 방안으로 웨이터들이 몰려 들어왔다. 모두 손에 대검, 도끼, 대장간에서 맞춘 장검을 들고 있었는데 기세가 흉포했다. 그 순간 안창문이 숨을 들이켜더니 입을 딱 벌렸다. 몸이 돌처럼 굳어 있다. 그때 오금수가 셔츠까지 찢어발겨서 상반신은 알몸이 되었다. 보라, 거대한 알몸은 검은 문신으로 뒤덮여 있다. 사천왕이 눈을 부릅떴고 굵은 뱀이 몸을 뒤덮고 있다. 오금수 옆으로 칼과 도끼를 든 흉측한 무리들, 그때 오금수가 어깨를 부풀리며 말했다.

"형님 한 말씀이면 야들 중 하나가 저놈 목을 딸 것입니다."

오금수가 눈을 가늘게 뜨고 안창문을 노려보았다.

"형님께서 회사에 들어가셔서 무쟈게 고생하시는 것 같습니다. 이렇게 저런 쪼다한테까지 겁을 주셔야 되다니요?"

"할 수 없다."

쓴웃음을 지은 이광이 벌려선 웨이터들에게 손을 흔들어 나가라는 시늉을 했다.

"됐다, 너희들은 나가 봐."

"예, 형님!"

7, 8명이나 되는 웨이터들이 일제히 한목소리로 대답하더니 130도로 허리를 꺾어 절을 했다. 웨이터들이 나갔을 때 이광이 아직도 웃통을 벗고 있는 오금수에게 말했다.

"야, 내 피알하라고 했더니 갑자기 왜 옷을 찢어? 셔츠, 내복 버렸잖아?"

"갑자기 그럴 생각이 난 겁니다, 형님."

"회장님한테는 내가 왔다는 말 하지 마."

"예, 형님."

대답은 막둥이처럼 했지만 이광이 술 마시는 동안 보고를 할 것이다. 아니 미리 보고를 했는지도 모른다.

"술 가져와라, 아가씨들 둘 부르고."

이광이 안창문을 턱으로 가리키며 말했다.

"오늘 이 친구 오입시킬 거다."

"예, 형님."

오금수가 방을 나갔을 때 이광이 아직도 얼어있는 안창문에게 말했다.

"너, 입 가벼운 거 아는데, 오늘 일, 입 다물어라. 내가 조폭 출신이라는 말 들린 순간에 너는 끝나, 알았지?"

"예."

안창문이 심호흡을 하고 나서 다시 대답했다.

"알았어."

"입만 다물고 있어, 그리고"

이광이 지그시 안창문을 보았다.

"나하고 같이 뛰자고, 그게 너한테도 이로울 테니까 말이야."

그때 방문이 열리더니 마담의 안내로 아가씨 둘이 들어섰다. 눈이 번쩍 뜨일 만한 미인들이다. 굳어 있던 안창문의 작은 눈까지 크게 떠질 정도였다. 마담이 둘을 자리에 앉히면서 조심스러운 표정으로 이광을 보았다.

"마음에 드시지 않으면 바꿔 드리겠습니다."

"난 몰랐어."

다음 날 아침, 회사에서 만났을 때 안창문이 정색하고 이광에게 말했다.

"앞으로 이광 씨가 하자는 대로 할게."

이광 씨라고 했다. 둘은 상담실에 앉아 있었는데 김성규는 트리톤에 들렀다가 온다면서 외부 출근으로 해놓았다. 거짓말이다. 트리톤에 출근 카드가 있는 것도 아니고 확인도 안 된다. 이광의 얼굴에 쓴웃음이 번졌다.

"야, 여긴 회사야, 조폭 회사가 아니란 말이다. 내가 내 바탕을 비밀로 하고 지낼 작정이었지만 여기도 개판이라 할 수 없었다."

이광이 똑바로 안창문을 보았다.

"하지만 오더 받는 데 조폭이 필요하냐? 어젯밤 오금수 같은 놈이 웃통 벗고 덤빈다고 누가 오더 주냐? 그래서 클레임이 해결돼? 여기는 다른 세상이야."

"……."

"난 유성상사에서 밑바닥에서부터 올라가기로 작정한 놈이야. 하지만 너한테는 2년, 김성규한테는 4년 늦게 시작한 데다 너희들의 모략에 휘둘릴 수만은 없었던 거다."

"모략이 아니라……."

"왕따지."

안창문의 말을 자른 이광이 얼굴을 펴고 웃었다.

"내가 정현애한테까지 무시를 받고 일하기는 힘들지 않겠냐? 너희들이 날 왕따시키니까 걔도 덩달아서 그러는 거야."

"하긴……."

마침내 안창문도 머리를 끄덕였다. 얼굴에 쓴웃음이 떠올라 있다.

"그럼 앞으로 잘하면 되겠지?"

"잘해보자."

안창문의 시선을 받은 이광이 말을 이었다.

"김성규가 한 달에 5백 정도씩 챙기는 거 너 알고 있어?"

"5백이나?"

놀란 듯 안창문이 눈을 치켜떴다.

"내가 알기로는 대일자수에서 월 50, 대전 세일섬유에서 월 50, 전주섬유에서 월 50 정도를 정기적으로 상납 받고 있어. 거기서 난 월 50 정도를 떼어 받고."

이광이 주머니에서 꺼낸 수첩을 폈다.

"대일자수에서 월 100, 전주섬유에서도 월 100이야 그리고 트리톤의 제니 오한테서 소개받은 다라나 오더의 수수료는 둘이 나눠 먹어."

"……."

"수수료가 6%지? 그중 2%가 김상규 몫이라고, 그걸 제니 오가 다 받아서 2%를 김상규한테 주는 거지."

"그걸 어떻게 알아?"

안창문의 얼굴이 굳어 있다. 심호흡을 한 안창문이 말을 이었다.

"믿을 수가 없어. 다라나 오더의 수수료를 제니 오하고 나눠 먹다니? 그럼 다라나 오더는……."

"수수료가 없는 거지."

이광이 똑바로 안창문을 보았다.

"다라나에 확인했고 김성규와 제니 오가 돈 나누는 현장에서 대화 내용을 녹음해 놓았어, 오늘 퇴근 후에 들려주지."

"아이구, 젠장."

안창문이 진저리를 치는 시늉을 했다.

"그 자식은 도대체 얼굴이 몇 개야? 내 앞에서는 이런 얼굴, 또 다른 사람한테는 저런 얼굴."

"나도 어지간하면 눈감아 주려고 했는데 이놈은 용납 못 하겠다."

"그럼 어떻게 할 거야?"

이제는 자연스럽게 이광이 주역으로 변했다. 안창문의 시선을 받은 이광이 입을 열었다.

“여긴 회사야, 조폭 사회가 아니라고.”

안창문이 머리만 끄덕였고 이광이 말을 이었다.

“김성규가 없어지면 우리 팀이 해체될 것이고 우리는 다른 팀으로 가게 될 거야.”

“그렇지.”

“당분간은 김성규하고 같이 가는 수밖에 없어.”

“저렇게 하도록 놔두고?”

“증거를 확실하게 축적해야지.”

“도대체.”

어깨를 늘어뜨린 안창문이 이광을 보았다.

“네 계획은 뭐야?”

그러자 이광이 상담실 안을 둘러보는 시늉을 했다.

“한 5년은 걸릴 거야.”

“뭐가?”

“유성상사의 무역부를 내가 장악하는 시간.”

안창문이 숨을 들이켰다. 작은 눈이 더 작아졌고 눈동자가 먼 곳을 보는 것 같다. 깊은 생각에 잠긴 표정이다. 다른 때 이런 이야기를 들었다면 미쳤다고 할 것이다. 그러나 어젯밤 이광의 엄청난 배경을 본 것이다. 안창문은 오금수 같은 인종과 처음 상종했다. 3미터도 안 떨어진 거리에서 꿈틀거리던 거대한 사천왕과 구렁이 문신 그리고 도끼와 칼을 들고 몰려온 조폭, 130도 꺾은 허리, 안창문은 한숨을 쉬고 나서 다시 물었다.

“그럼 난 어떻게 해야 돼?”

“전처럼 똑같이 해.”

이광이 정색하고 안창문을 보았다.

"아직 그놈한테 우리가 배울 것이 많아."

안창문이 천천히 머리를 끄덕였다.

"알았어, 네가 시킨 대로 할게."

직장 생활에서 능력이 뛰어나다고 다 인정을 받는 것이 아니다. 그렇다고 조화를 이룬다면서 위아래 비위만 맞춘다면 없어도 될 인간으로 평가받는다. 그러면 직언(直言)을 해서 틀린 것을 바로 잡는다? 세상에 입바른 소리 잘해서 출세했다는 사람 못 보았다. 충신이 간언을 한다는 말을 간혹 역사서에서 읽게 되는데 그거, 목숨을 걸고 대의를 위해서 하는 일이다. 대리가 과장에게 사원이 과장, 또는 부장에게 직언, 간언을 해? 목숨, 목을 걸고? 제사상의 도야지 대가리가 웃는다. 그렇다면 어떻게 해야 하는가? 순발력, 임기응변, 그리고 열의다. 이광은 그렇게 확신했다. 능력은 천재가 끼어있지 않는 이상 다 엇비슷한 존재들이다. 모자라는 능력은 열의로 채우고 순발력과 임기응변으로 대처하자. 그리고 가장 중요한 것은 목적의식이다. 당장 배고프다고, 지금 괴롭다고 목적을 잊는다면 짐승이나 마찬가지다. 목적을 갖는다는 것은 곧 희망, 미래에 대한 꿈을 품는다는 말이다. 나는 꿈 없이 살지는 않겠다. 이것이 이광의 자세다.

"어떠냐?"

윤병도가 물었으므로 이광이 정색했다. 윗사람이 친근한 척했을 때 금방 해롱거리면 가볍게 보인다. 나아가 기어오르고 호가호위할 놈으로까지 보일 수 있다.

"예, 열심히 하고 있습니다."

오늘도 이광은 김성규의 지시로 발안의 공장에 카튼 박스를 갖다 주려고 자재과 창고로 나와 있다. 그런데 창고 앞을 지나던 윤병도가 들어와 물은 것이다. 창고 안에는 둘뿐이다. 그때 윤병도가 말했다.

"네가 도와준 거 잊지 않고 있어, 1년만 버텨라. 그때 팀 조정이 될 테니까 나하고 같이 뛰자."

"감사합니다."

"김성규가 네 평가를 낮게 했더군."

숨을 들이켠 이광을 향해 윤병도가 이를 드러내고 웃었다. 팀장의 업무평가다. 각 팀장은 3개월에 한 번씩 팀원의 업무평가를 하는 것이다. 물론 그 평가는 팀장, 과장, 부장을 거쳐 사장까지 올라간다. 윤병도가 말을 이었다.

"그 평가를 보고 나하고 부장님이 웃었다, 김성규가 벌써부터 너를 견제한다고 부장님이 그러시더군."

"……."

"너, 김성규가 남 전무 인척인 거 알지?"

이광이 숨을 들이켰다. 모른다. 김방현도 알아내지 못했다. 그때 윤병도가 웃음 띤 얼굴로 말을 이었다.

"부장님하고 나, 아마 총무부장까지는 알고 있을 거야. 남 전무가 김성규의 이모부야, 꽤 가까운 친척이지."

"……."

"남 전무는 사장님 대학 후배고 말이다."

이광의 어깨가 내려갔다. 사회는 넓은 것 같지만 좁은 것이다. 남영호 전무는 국내영업담당 전무로 무역담당 전무 박민수보다 서열이 높다. 사장, 부사장 다음 서열인 것이다. 윤병도가 손바닥으로 이광의 어깨를 툭 쳤다.

"기운 내, 나하고 강 부장님은 네 후원자야. 넌 뭐가 될 놈이야."

몸을 돌린 윤병도가 창고를 나갔을 때 이광이 길게 숨을 뱉었다. 김성규는 금수저를 입에 물고 태어난 놈이나 같다. 이성대 출신으로 유성상사에 입사한 것도 대망을 품었기 때문이리라. 이광이 태우실업을 마다하고 유성에 온 이유하고 같을지도 모른다. 왜건에 박스를 가득 채워 싣고 창고를 나왔을 때 자재과 직원이 다가왔다.

"이광 씨, 전화 왔는데요."

이광의 시선을 받은 직원이 안쪽 사무실을 가리켰다.

"나은현 씨 어머니라고 하시는데."

순간 심장 박동이 빨라진 이광이 서둘러 사무실로 들어섰다. 자재과 사무실 안은 비었다. 책상 위에 내려놓은 전화기로 다가간 이광이 집어 들었다.

"예, 전화 바꿨습니다, 이광입니다."

"아, 이광 씨."

여자의 부드러운 목소리가 울렸다.

"나, 은현이 엄마예요."

"예, 어머님."

웬일이시냐고는 묻지 않았다. 그러나 회사로까지 무슨 일인가? 불안한 예감이 들었다. 그때 은현 어머니가 말을 이었다.

"언제 시간이 있어요? 좀 만났으면 좋겠는데."

"예, 오늘 퇴근 후에도 시간 됩니다."

"그럼 퇴근 후에 만날까요? 몇 시가 좋겠어요?"

"7시면 되겠는데요."

"그럼 7시에 소공동 고려호텔 커피숍에서 만나요..그런데 저녁은 같이 못 하겠네, 내가 일찍 집에 들어가야 해서."

"네, 괜찮습니다, 어머님."

"그리고"

한 호흡 하고 난 어머니가 말을 이었다.

"우리 만나는 거, 은현이한테 알리지 않았으면 좋겠어요. 내가 둘이만 할 이야기가 있어서 그러니까요."

이광은 어깨를 부풀렸다가 내렸다. 둘만의 이야기?

"바쁘지요?"

먼저 와 기다리고 있던 유 여사가 웃음 띤 얼굴로 이광을 맞았다. 그런데 옆에 여자 하나가 앉아 있다.

"안녕하셨습니까?"

이광이 인사를 하자 유 여사가 옆에 앉은 여자를 소개했다.

"내 동생, 은현이 이모예요."

"처음 뵙습니다."

이광이 다시 인사를 하자 여자가 웃었다.

"아유, 믿음직스럽기도 하지, 만나서 반가워요."

두 여자를 마주보고 앉은 이광이 심호흡을 했다. 종업원이 다가와 커피 주문을 받고 갔다. 나은현한테도 말하지 말라는 말을 들은 순간부터 감은 잡았다. 내가 누구인가? 고구마3에서 공비 잡았던 편의공작대장이다. 중소기업의 사장 외동 따님이 오성대 출신으로 100대 기업에도 들어가지 않는 이름도 모르는 무역 회사 신입사원하고 엮이는 것이 걸리고 또 걸렸을 것이다. 지난번 집에서 만났을 때 내내 상냥하고 웃음 띤 얼굴로 맞았지만 눈빛이 강했다. 스치는 눈빛이 차가웠다. 그걸 눈치 채지 못할 내가 아니다. 내가 누구인가? 그때 유 여사가 입을 열었다.

"바쁜데 보자고 해서 미안해요."

"아뇨, 괜찮습니다."

다른 때 같으면 뒤에 '어머니'를 붙였겠지만 이광은 뺐다. 그러자 은근히 비위가 뒤틀렸고 앞에 앉은 하청 공장 사장 '사모님'이 눈에 거슬렸다. 나은현의 아버지는 일제 브랜드의 시계를 OEM 방식으로 수출하는 하청 공장 사장이다. 그러나 규모는 꽤 커서 근로자 200여 명, 사무실 직원은 30여 명이다. 그때 유 여사가 입을 열었다.

"그런데 갑자기 이런 이야기를 해서 미안한데요."

"네, 말씀하세요."

"은현이하고 좋아하는 사이인지는 알고 있어요, 그런데……."

"아유, 언니."

그때 이모가 나섰다. 목에 콩알만 한 가짜 진주 목걸이를 걸고 있는데다 얼굴하고 목 색깔이 너무 다르다. 그래서 머리통은 딴 데서 가져와 목에다 박은 것 같다.

"은현이를 놓아 줬으면 해요."

이모가 똑바로 시선을 준 채 말을 이었다.

"이런 이야기 처음 듣겠지만 집안에서 오래전부터 혼담이 오갔거든요. 은현이는 이미 정해진 남자가 있답니다."

"……."

"그래요, 우리를 뭐라고 해도 상관없어요. 하지만 은현이하고 이광 씨하고는 결혼이 어렵겠어요."

"……."

"젊을 때 잘못 맺어진 사이가 시간이 지나고 나서 큰 상처가 될 수가 있어요. 그러니 집안에서 반대하는 결혼은 안 하는 것이 낫습니다."

"……."

"이해하시겠지요?"

이모가 눈을 딱 치켜뜨고 묻는 바람에 이광이 심호흡을 했다. 지금 나은현에 대한 미련은 눈곱만큼도 일어나지 않았다. 그런데 앞에 앉은 두 여자가 가증스럽게 보이는 것이다. 골탕을 먹이고 싶었다. 이걸 어쩌면 좋아, 하고 발을 동동 구르면서 울고 짜게 만들고 싶었다. 이런 여자들에게는 그것이 약이다. 아랍 속담에 '이에는 이, 피에는 피'라고 했던가? 딱 맞는 말이다. 깨물었는데 쓰다듬고 칼로 찔렀는데 웃어? 왼쪽 뺨을 치면 오른쪽 뺨을 내밀어? 그러다가 나라 빼앗기고 종이 되었지, 이윽고 머리를 든 이광이 이모를 보았다.

"결국은 제가 돈 없고 장래성이 없다고 생각해서 이러시는 것이군요."

"아니, 그게 아니라……."

이모가 정색하고 손부터 저었다.

"집안끼리 미리 약속이 되어 있어서요, 그러니까……."

"알겠습니다."

이광도 손바닥을 펴 이모의 말을 막았다. 이 여사는 시선만 주고 있었는데 얼굴이 굳어 있다. 그때 이광이 둘을 번갈아 보았다.

"헤어질 마당에 계산은 확실하게 하죠."

"계산?"

이모가 눈을 가늘게 떴고 유 여사는 입안에 고인 침을 삼켰다. 그때 이광이 어깨를 펴고 말했다.

"위자료라고 생각하시죠, 1천만 원이 필요합니다."

"어머머."

이모가 비명 같은 외침을 뱉었으므로 지나던 종업원이 이쪽을 보았다. 이광이 말을 이었다.

"이왕 돈 없고 장래성 없는 놈으로 찍혀서 쫓겨났으니 돈이나 받아야겠습니다."

그러고는 이광이 이를 드러내고 웃었다.

"세상이 냉혹하다는 건 사모님들이 먼저 알려 주셨으니까 저도 한 말씀 올린 겁니다."

"어머머머머머."

"만일 1천만 원을 내일까지 내지 않으시면 나은현이 시집 못 갑니다. 내가 그 남자한테 가서 은현이는 내 여자라고 할 테니까요."

그러고는 이광이 다시 웃었다.

"법으로 해보시지요, 그럼 더 시집 못 갑니다."

"용돈으로 써."

김성규가 이광 앞으로 봉투 하나를 밀어놓았다. 오후 7시, 퇴근 시간이 지났지만 김성규 팀은 아직 일이 끝나지 않았다. 회의실 안이다. 봉투를 집은 이광이 김성규에게 물었다.

"뭡니까?"

"대충 눈치는 챘겠지만 공장에서 용돈이 나와, 그것도 가끔 말이야, 거기서 떼어주는 것이니까 그렇게만 알고 있으라고."

"알겠습니다."

봉투를 집어 바지 주머니에 넣은 이광이 웃음 띤 얼굴로 김성규를 보았다.

"잘 쓸게요."

"30이야."

김성규가 의자에 등을 붙이면서 말을 이었다.

"입 조심하고, 그리고……."

이광의 시선을 잡은 김성규가 입술 끝을 비틀면서 웃었다.

"우린 이제 공생공사(共生共死)다. 손에 같이 오물을 묻힌 셈이지."

"그렇군요."

"나 먼저 퇴근할 테니까 작업합의서 끝내고 퇴근해."

"알겠습니다."

김성규가 회의실을 나갔을 때 이광이 한동안 우두커니 테이블에 펼쳐놓은 작업 합의서를 보았다. 공장에 송부되는 원단과 부자재 명세, 그리고 각 사이즈별 생산량과 소요량이 일일이 기록된 것이다. 이 작업 합의서 작성법을 알아야 진정한 무역부 직원이 되는 것이다. 영어 좀 씨부리고 원가 계산 좀 한다고 무역부 직원이 된다면 대한민국 국민의 절반은 될 것이다. 자신이 파는 상품의 제조법부터 알아야 한다. 그래야 제대로 된 원가 계산이 나오고 바이어하고 상담할 때 막히지 않는다. 바이어는 앞에 앉은 무역부 직원이 깡통인지 아닌지를 대번에 알아맞힌다. 생산을 모르는 제조업체 직원은 상담을 할 수 없는 것이다. 그러니 상품 공부를 해야 한다. 이제 이광은 상품 제조법을 배워가고 있다. 시키지 않아도 찾아서 배우는 중이다. 그때 회의실로 안창문이 들어섰다.

"김성규가 금방 퇴근했어."

안창문이 앞쪽에 털썩 앉으면서 쓴웃음을 지으며 물었다.

"나한테 50 주더라, 넌 30 받았지?"

이제 그들은 둘이 있을 때 거침없이 반말을 한다. 이광이 그러자고 했기 때문인데 안창문도 익숙해졌다.

"너, 어떻게 알아?"

이광이 묻자 안창문이 어깨를 추켜올렸다.

"내 앞에서 네 돈 봉투를 만들었으니까."

"너하고 차등을 두는 것을 보여줬군."

"얄팍한 수작이지. 그놈은 이번 달 다라나 오더를 제외하고도 350 가져갔어, 우리한테 떼어준 80을 제외하고 말이야."

"네가 이제는 나보다 계산이 정확하구나."

"계산할 때마다 눈이 뒤집히는 것 같다."

"돈 욕심 너무 부리지 마라."

"다라나에 이번 달에 300이 나갈 예정이니까 거기서 2%면 60이 나오겠군."

안창문이 다시 돈 계산을 했다. 그럴 만했다. 안창문은 동생이 넷이고 원주의 집에는 교통사고로 하반신이 마비된 아버지가 있다. 동생 넷 중 셋이 대학과 고등학교에 다니는데 아버지 병원비도 내지 못하는 형편이다. 안창문 집안 조사를 하고 온 김방현은 '극빈가정'이라고 했다. 제 주머니의 돈을 주고 오고 싶었다는 것이다. 안창문은 대림동에서 월 10만 원짜리 월세방에 사는데 월급 45만 원 중 20만 원씩을 원주 어머니한테 보낸다는 것이다. 한 달에 50만 원 정도 김성규가 던져주는 돈이 안창문에게는 가뭄의 단비 같은 역할이다. 지난번 대일자수에서 받은 50만 원도 집에 보내줬다고 했다.

"어떻게 할 거야?"

불쑥 안창문이 물었으므로 이광이 작업 합의서에서 머리를 들었다.

"뭘?"

"김성규를 이대로 둘 거냐고?"

"잠깐 이것 좀 가르쳐주라."

이광이 작업 합의서 한쪽을 손으로 가리켰다.

"로스가 여기선 3.5퍼센트인데 왜 염색 끝나고 5.8퍼센트로 늘어났지?"

"염색 로스가 발생하기 때문이야, 2퍼센트에서 2.5퍼센트 정도가 늘어나서 그래."

"그렇군, 그래서 5.8이 되었군."

커다랗게 머리를 끄덕인 이광이 안창문을 보았다.

"내가 생산까지 다 깨우칠 때까지 놔둘 거다."

"넌 그만하면 됐어, 생산도."

"아냐, 조금 더 공부하고."

합의서를 덮은 이광이 안창문을 보았다.

"야, 그건 그렇고 이번 일요일에 너 뭐 할 거야?"

"할 일 없어, 집에서 잠이나 자야지."

"왜? 돈 없어서 그러냐?"

"이것까지 다 보내야 돼."

안창문이 바지 주머니를 두드리는 시늉을 했다.

"아버지 수술비가 그래도 모자라."

입맛을 다신 안창문이 외면했다. 이제는 안창문이 제 집안 이야기를 다 털어놓을 정도가 되었다. 김방현을 시켜 조사할 필요도 없다.

"오빠, 무슨 일 있어?"

대뜸 나은현이 물었으므로 이광이 심호흡부터 했다. 오전 9시 40분, 회의를 마치고 자리로 돌아왔을 때 전화가 온 것이다.

"아니, 왜?"

일단 그렇게 물었더니 나은현이 말을 이었다.

"왜 요즘 연락도 안 해? 내가 어제 세 번이나 전화했는데. 여직원한테 메모해서 전화해달라고 했어."

"아, 그것……."

이광이 정현애의 등에 시선을 준 채 쓴웃음을 지었다. 정현애는 한 번밖에 전해주지 않았다. 그것도 메모가 아니라 귀찮다는 듯이 툭, 말을 던져준 것이다.

"미안해, 바빴어."

"오빠, 오늘 바쁘더라도 만나."

"왜?"

"글쎄, 만난 지도 오래되었잖아?"

"일주일쯤 되었나?"

"나 보고 싶지 않아?"

정현애가 귀를 세우고 있을 것이므로 숨을 한번 들이켰다가 뱉었더니 나은현이 말을 이었다.

"오빠, 나 요즘 스트레스야."

"……."

"엄마가 이모하고 누구 만나라고 난리인데 아주 짜증 나."

"……."

"도대체 왜 그러는지 모르겠어. 그때 오빠 보고 나서는 다 좋다고 하더니."

"너, 지금 어디야?"

"회사."

"그럼 내가 전화할게."

"언제?"

"오후 3시쯤."

"꼭 해야 돼."

"알았어."

전화기를 내려놓은 이광이 정현애의 등을 노려보다가 다시 버튼을 눌렀다. 전화기를 귀에 붙였을 때 신호음 세 번 만에 연결되었다.

"여보세요."

유 여사다. 자택에 전화를 한 것이다. 이광이 어깨를 부풀렸다가 내리면서 말했다.

"저, 이광입니다."

유 여사는 주춤한 듯 대답이 없다. 이광이 말을 이었다.

"준비되셨습니까?"

"준비야 되었는데……."

"조금 전에도 전화가 왔는데요, 만나자고."

정현애의 등판을 노려본 이광이 말을 이었다.

"어떻습니까? 오늘 저녁 7시에 지난번 뵈었던 곳에서요, 오늘 끝내지요."

그러고는 이광이 전화기를 내려놓았다. 정현애는 그 작은 뇌로 온갖 상상을 다 하겠지만 이런 엄청난 일이 뒤에서 벌어지고 있을 줄은 꿈도 꾸지 못할 것이었다. 그날 오후 7시 10분에 이광이 고려호텔 커피숍으로 들어섰다. 안쪽 자리에는 유 여사와 동생, 그리고 낯선 사내 둘까지 넷이 앉아 있었는데 이광이 앉을 자리 하나는 남겨 놓았다. 다가간 이광이 사내들을 보았다. 둘 다 30대 중반쯤으로 양아치다. 이광의 관점에서 양아치는 조폭의 발뒤꿈치 때보다 못하다. 못된 송아지가 엉덩이에 뿔 난다고 온갖 더러운 짓을 다 하는 부류다. 조폭은 위계가 분명하고 체면과 명예를 따진다. 그것이 흐려지면서 양아치 급으로 내려간다고 보면 된다. 자리에 앉은 이광이 인사도 생략하고 유 여사에게 물었다.

"준비되셨지요?"

"아니 그보다."

이광의 말을 받은 것이 양아치 A다. 둘 중 선임으로 보였는데 맞춤 양복에 짧은 머리, 눈매가 불량했고 어깨를 부풀린 자세다. 사내가 이광을 쏘아보았다.

"각서라도 써야지? 안 그래? 날강도같이 돈만 날름 처먹고 나 몰라라 하면 우린 새 되게?"

다 듣고 난 이광이 유 여사에게 물었다.

"지금 양아치 놈을 데리고 와서 겁주시는 겁니까?"

"아니, 그게……."

"뭐라고? 이 새끼가……."

유 여사와 양아치 A의 말이 동시에 터졌다. 양아치 B는 가능한 최대의 인상을 쓰고 있었는데 얼굴이 작아서 고추 말린 것 같았다. 그때 뒤쪽에서 사내 둘이 다가와 그중 하나가 양아치 A의 어깨를 손바닥으로 툭 쳤다.

"너, 동철이 아니냐?"

그 순간 양아치 A가 벌떡 일어섰다.

"아이고, 형님, 여기 웬일이십니까?"

마치 죽은 아버지가 나타난 것 같은 표정이다.

"잠깐 나가자."

사내가 엄숙하게 말하고 나서 머리를 돌려 이광을 보았다. 그러더니 깜짝 놀라 허리를 90도로 꺾어 절을 했다. 옆쪽 사내도 그런다.

"형님이 여기 웬일이십니까?"

"응, 너는 여기 웬일이냐?"

이광이 묻자 사내의 시선이 양아치 A에게로 옮겨졌다.

"이 양아치를 만나 이야기를 좀 하려고 했는데 형님 일행이십니까?"

"아니 일요일에도 회사에서 원가 계산서를 검토해?"

눈을 치켜떴던 안창문이 곧 기가 막힌다는 표정으로 웃었다.

"아이구야, 충신 났다. 유성상사의 충신이다."

"야, 시끄러."

이맛살을 찌푸린 이광이 계산서 한쪽을 손으로 짚었다.

"이거 도저히 모르겠다. 왜 경상이익이 이렇게 낮은 거냐?"

할 수 없이 다가간 안창문이 계산기로 원가 계산서를 두드렸다. 안창문이 작성한 원가 계산서다. 한참 두드리던 안창문이 숨을 들이켜더니 머리를 들고 이광을 보았다.

"내가 계산을 잘못했는데."

입맛을 다신 안창문이 쓴웃음을 지었다.

"이거, 부장까지 다 결재가 났네. 김성규도 건성으로 넘어갔고 과장,

부장은 김성규가 체크했을 거라고 믿고 도장 찍었어."

그러더니 눈을 가늘게 뜨고 이광을 보았다.

"이광이가 이젠 원가 계산을 마스터 했군."

"그러냐?"

의자에 등을 붙인 이광이 안창문을 보았다. 오전 11시 반, 회사 사무실에는 둘뿐이다. 이광의 시선을 받은 안창문이 물었다.

"왜 회사로 나오라고 했어? 네 원가 계산 하는 거 도와달라고? 이젠 네가 나보다 낫잖아?"

그때 이광이 의자 밑에 놓았던 가방을 들어 안창문에게 내밀었다.

"이거 받아라."

"뭔데?"

묵직한 가방을 받은 안창문이 지퍼를 열고 안을 들여다보더니 숨을 들이켰다. 작은 눈을 한껏 치켜뜨고 있다.

"이, 이게 뭐야?"

안에 돈뭉치가 가득 채워져 있었기 때문이다. 1만 원권 신권으로 10뭉치, 1천만 원이다. 어제 나은현의 어머니 유 여사한테서 받은 돈이다. 양아치들이 카스파 중간간부가 되어 있는 윤방철에게 끌려 나갔다가 5분 안에 돌아와서는 두 놈이 이광 앞에 무릎을 꿇고, 잘못했습니다, 저희들은 물러갈 테니까 용서 해주십쇼, 하고 나서 사라졌다. 커피숍 손님들이 다 보는 데서 그런 것이다. 그 후의 일은 말하나마나다. 이광에게 각서 요구는커녕 그저 '약속 지키기를 희망한다는' 말을 겨우 내놓고 유 여사와 동생은 총총히 사라졌다. 그 뒤에 대고 이광은 폭력배까지 동원한 둘의 행각을 준엄히 꾸짖는 것을 잊지 않았던 것이다. 그 돈이다. 유 여사가 가져온 1천만 원을 그대로 가방에 갖고 온 것이다. 그때 이광이 말했다.

"너, 그 돈 갖고 집에 가."

가방을 쥔 안창문이 시선만 주었고 이광이 말을 이었다.

"내가 빌려주는 돈이니까 나중에 여유 생기면 갚아라."

"……."

"그 돈이면 집에서 가게 하나는 낼 수 있을 거다. 그럼 집안이 좀 안정되지 않겠냐?"

"……."

"그럼 너도 마음을 잡고 나하고 일할 수 있겠지."

"……."

"내가 돈이 좀 생겨서 그런다. 그러니까 나한테 부담이나 갖고 돈 가져가."

이광의 '부담이나 갖고'라는 말에 정신이 들었는지 안창문의 눈동자가 그때서야 흔들렸다.

"너, 나한테 왜 이래?"

안창문의 목소리는 억양이 없고 말끝이 떨리기도 했다. 안창문의 시선을 받은 이광이 웃었다.

"널 내 손바닥 위에 놓으려고 그러지 왜는 무슨 왜야, 이 자식아."

의자에 등을 붙인 이광이 지그시 안창문을 보았다.

"같이 뛰자는 거다. 내가 널 데리고 이곳 유성상사에서 뻗어 나가야겠다는 말씀이야."

"……."

"내가 뻗어 가면 당연히 너도 출세하게 되겠지. 난 네 계산이 빠른 점, 그리고 집안에 성실한 네 책임감을 높게 평가한 거다."

"……."

"어떠냐? 같이 뛸래?"

"내가 어떻게 해야 되는데?"

마침내 안창문이 물었으므로 이광이 입맛을 다셨다.

"대차대조표 작성 요령만 알려주고 바로 그 돈 갖고 집에 갔다 와, 그럼 돼."

그때서야 안창문이 어깨를 늘어뜨리더니 들고 있던 가방을 내려놓았다. 바닥에 내려놓았던 돈 가방을 다시 든 안창문이 제 책상 위에 올려놓았다가 또다시 의자 위로 옮겼다. 그리고 의자를 책상에 바짝 붙이더니 서랍을 뒤졌다. 대차대조표 자료를 찾는 것이다. 이광에게 엉덩이를 보이면서 안창문이 말했다.

"고맙다."

이광은 다시 이맛살을 찌푸린 채 원가 계산서를 보았고 안창문이 말을 이었다.

"솔직히 난 네 발가락 사이에 끼어 있어도 돼. 난 계산은 빠를지 모르지만 리더십도, 목표도 없는 놈이었으니깐."

대차대조표를 찾은 안창문이 허리를 펴고 말했다.

"난 이런 감동 처음 먹었어, 잊지 않을게."

3장 전장보다 더한 사회

"형, 힘들지?"

오늘도 창고에서 부자재를 챙기는 이광 옆으로 오세영이 다가와 물었다.

"야, 저리 가."

창고 안에는 둘뿐이었지만 이광이 주위를 둘러보는 시늉을 했다.

"너, 요즘 내가 뭐가 된 지 알아?"

"뭔데?"

"사고자."

"나도 들었어, 6개월 감봉 받은 것도 알아."

쓴웃음을 지은 오세영이 다가서더니 손바닥으로 이광의 엉덩이를 툭 쳤다.

"형은 엉덩이가 섹시해."

"이게 미쳤군."

"사고 좀 쳐, 나한테."

"얘 좀 봐."

이광이 눈을 부릅떴더니 저도 무안한지 시선을 돌리고는 피식 웃었다. 그렇다. 이광을 요즘 '사고자'라고 부른다. 아주 드물게도 이광이 지난 한 달 사이에 세 번이나 사고를 쳤기 때문이다. 한 번은 생산 소요량을 잘못 산출해서 원단 2백 킬로를 과잉 공급시켰고 또 한 번은 원가계산을 잘못해서 3천 불가량 손해를 보았으며 최근의 사고는 부자재 발주를 잘못해서 75만 원 상당의 부자재를 재발주해야만 했다. 그래서 팀장 김성규는 직권으로 이광의 봉급 30퍼센트로 6개월간 변상하도록 했다. 전체 손해량의 25퍼센트에 해당되는 금액이다. 그래서 회사 안에서 이광이 '사고자'라는 별명으로 불렸는데 김성규와 정현애가 별명을 퍼뜨린 것이다. 오세영이 외면한 채 말했다.

"형, 기운 내. 사고자라고 불리긴 해도 형은 인기가 최고야."

"그게 무슨 말이야?"

"남사원들한테 말이야, 여사원은 말할 것도 없고."

"왜?"

"형이 남자 같기 때문이지."

"야, 네 삔 눈으로 봐서 그렇지."

이광이 폴리백을 박스에 담으면서 말했지만 조금 이해는 된다. 대리급 이하의 남사원들 사이에서 이광은 어느새 '중견' 취급을 받고 있는 것이다. 입사 5개월째였지만 2년짜리까지는 터놓아도 받아들여 준다. 대부분 2년짜리와 나이가 비슷하거나 이광이 오히려 위인 때문이기도 한 것이다. 그리고 여직원도 그렇다. 분위기를 보면 알 수가 있다. 정현애만 빼놓고 나머지는 다 호의적이라고 봐도 될 것이다. 이제 정현애가 김성규의 '자가용'이라는 소문은 하청 공장까지 다 퍼졌지만 본인 둘만 모르고 있다.

"형, 오늘 시간 있어?"

오세영이 묻자 이광이 입맛을 다셨다.

"야, 김성규, 정현애 짝 날래?"

"우린 다르잖아?"

"그래, 오늘 술 한잔 하자."

이광이 박스를 내리면서 말했다.

"알았어, 내가 퇴근 때 전화할게."

몸을 돌린 오세영이 서둘러 창고를 나갔으므로 이광은 길게 숨을 뱉었다. 김성규의 압박은 점점 심해지고 있다. 지난달 세 번의 사고 중 두 건은 안창문이 저지른 것이다. 안창문은 지난달 어머니에게 '슈퍼'를 차려주는 일 때문에 퇴근을 하고 원주 집까지 갔다가 새벽차로 올라오기를 반복했다. 일요일에는 아예 가게에서 일하다가 월요일 새벽차로 올라왔다. 이제 한 달이 지난 지금 '슈퍼'는 '정상 가동'이 되었고 닷새 만에 하루 순이익이 2만 원이 되었다고 펄펄 뛰었다. 그러는 사이에 사고를 두 번이나 친 것이다. 안창문이 제가 자백하겠다는 것을 이광이 뒤집어쓴 것인데 김성규한테 한 번 불신임을 받으면 계속 괴롭기 때문이다. 매는 맞아본 놈이 맞는 것이 낫다. 어쨌든 이광은 덮어쓴 바람에 '사고자'가 되었다. 그러나 그 '사고자'는 김성규에게 사고자지 회사 내부에서는 아니다. 이것으로 안창문의 '충성심'은 더욱 굳어졌으며 김성규의 진면목은 다 드러났다. 그러나 아직은 아니다. 김성규의 비리는 이제 거의 다 쥐고 있어서 남 전무가 아니라 사주(社主) 황근만이 김성규의 '백'이라고 해도 잘리게 되어 있다. 그러나 자르는 게 능사가 아니다. 잘린 후에 3과 B팀장이 새로 온다면 다시 고생이 시작되는 것이다. 그러나 당분간 두고 보면서 기량을 쌓기로 하자. 이것이 이광의 계획이다. 그날 퇴근 시간이 되었을 때 책상 위의 전화벨이 울렸다. 이광이 전화기를 귀에 붙이면서 정현애의 등을 보았다. 어깨에 비듬이 여러 개 떨어져 있다. 이광이 응답했다.

"여보세요."

"형, 8시까지 인사동 골목 안에 순천집이 있어, 거기로 와."

"그래."

"앞에 정현애가 귀를 기울이고 있는 것 같은데 딴말을 해봐."

"라벨 모자란 건 없어, 전화 끊어."

부자재 담당 직원의 전화를 받는 시늉을 하면서 전화기를 내려놓았을 때 정현애의 어깨가 내려갔다. 이게 내 전화를 도청하고 있었단 말인가? 슬쩍 머리를 돌려 오세영을 보았더니 아직도 전화기를 귀에 붙인 오세영이 우연인 것처럼 머리를 돌려 이쪽을 보았다. 그 순간 이광이 숨을 들이켰다. 아름답다. 이제 나은현은 다 잊었다. 전화 안 온 지 열흘이 되었다.

술잔을 내려놓은 오세영이 손목시계를 보았다. 인사동의 순천집 안이다. 이광은 오세영과 함께 소주를 두 병째 마시고 있다. 순천집은 한정식 백반을 전문으로 하는 식당인데 반찬이 많고 먹음직해서 술안주로도 적당하다. 오후 9시 반, 손님들이 많아서 홀 안은 떠들썩하다.

"너 일찍 가야 돼? 왜 시계를 자주 봐?"

이광이 묻자 오세영이 피식 웃었다.

"응, 여기서 친구 만나기로 했거든."

"그렇구나."

머리를 끄덕인 이광이 술잔을 들었다.

"나하고 둘이 있으려는 건 아니었군."

"오해 마. 오늘 형하고 잘 거니까."

"이게 말 하는 것 봐, 누가 너하고 잔대?"

"오늘은 본격적으로 침대에서 할 거야."

이광의 시선을 받은 오세영이 얼굴을 붉혔지만 시선을 피하지는 않았다.

"오세영이 이런 말투를 쓰는 건 이 세상 남자들 중 몇 명이 알까?"

"형 하나뿐이야."

"도대체 왜 나한테 그러냐?"

"형은 그래야 통하니까."

"내가 어때서?"

"보통 자극이 먹히지 않는 놈 같아서."

"놈?"

"자식."

"내가 그렇게 무디냐?"

"아니, 단단하게 보여."

"내 거시기가?"

"아니, 가슴이."

"그게 편의공작대에서 단련된 가슴이다."

"또 편의점 이야기."

"편의공작대."

"아, 저기 온다."

오세영이 반색하면서 손을 흔들었으므로 이광이 머리를 돌렸다. 여자 하나가 따라서 손을 흔들며 다가왔다. 미인이다. 그런데 그 뒤로 놈씨 하나가 따라온다. 일행인가? 일행이다. 오세영을 보고 웃는 것을 본 것이다. 이윽고 둘이 다가와 섰고 오세영이 일어나 소개했다.

"여긴 내 고등학교 동창 서정혜, 여긴 정혜 남친 장기현."

이광이 인사를 나누고는 자리에 앉았다. 서정혜는 볼수록 미인이다. 웃는 얼굴이 특히 예쁘다. 오세영이 차분한 인상인데 서정혜는 밝다. 웃는 모습이 전혀 꾸미지 않아서 더욱 빛난다. 장기현은 중키에 귀공자 타입, 얼핏 봐도 범생이다. 그때 서정혜가 이광에게 말했다.

"제가 이광 씨 데려오라고 했어요, 지금까지 우리 셋이 만났거든요."

장기현까지 셋이 만났다는 말이다.

"이제 쪽수가 맞으니까 내 남자가 덜 피곤하겠죠."

"아이구, 소름."

어깨를 추켜올린 오세영이 웃었다. 장기현은 웃기만 한다. 그때 이광이 장기현에게 물었다.

"장 형 학번은 어떻게 됩니까?"

"형하고 같아."

오세영이 대신 대답했다.

"장기현 씨는 고시 패스해서 지금 연수원 2년 차야."

"아이구."

대번에 신음을 뱉은 이광이 눈을 가늘게 뜨고 장기현을 보았다.

"내가 고시 패스한 분을 이렇게 가깝게 앉은 건 처음인데."

"하하, 왜 이러셔, 이 형."

입을 크게 벌리고 웃은 장기현이 술잔을 들고 마시자라는 시늉을 했다.

"서로 같이 시작한 건 마찬가지지요, 30년 후에 봐야지."

술잔을 부딪친 둘이 먼저 한 모금에 술을 삼키고 잔을 내려놓았다.

정색한 이광이 장기현을 보았다.

“30년이라고 했어요?”

“예, 30년.”

장기현이 눈을 크게 떴다. 잘생긴 귀공자 얼굴이 굳어졌다.

“그때 내 인생이 어땠는가, 돌아보고 판단하는 거요, 지금은 우리가 시작한 단계니까.”

“그렇군.”

이광이 머리를 끄덕였다.

“장 형이 나보다 멀리 보는군, 난 10년인데.”

“우리 가끔 만납시다, 이 형.”

“장 형은 만나는 남자한테 가끔 이러는 거요?”

“아니, 왜요?”

“내가 마음에 들어서 그러는 거요? 아니면 예의상?”

“지금은 둘 다지.”

“서로 바빠서, 일부러 시간 내기 힘들 텐데.”

“이렇게 넷이 만나는 거지 뭐.”

“그렇군.”

이광은 장기현에 대한 거부감이 조금씩 엷어졌다. 고시 패스한 신분이면 이광과 그야말로 하늘과 땅 사이만큼 차이가 난다. 처음에는 이런 커플을 데려온 오세영의 무신경에 화는 아니고 짜증이 났던 이광이다. 너무 차이가 나는 분위기면 억지로 노력을 해도 어색해지는 법이다. 오성대 출신에 중소기업 사원 신분인 자신이다. 이런 때 뻣뻣하면 오기로 보이고 기가 죽으면 딱 병신이 되는 것이다. 공자님이라도 여기서 초연해질 수는 없다. 슬그머니 오세영의 의도가 궁금해진 이광이 머리를 들었다. 그때 오세영과 시선이 마주쳤고 오세영이 웃었다.

"형, 기분이 꿀꿀해?"

이 상황에서 유쾌한 놈이 있다면 지진아다. 이광의 적응력이 그때 발휘되었다. 편의공작대에서 조영관을 거느리고 고구마3 천하를 호령했지 않은가? 내 M-1총으로 공비 두 놈을 쏴 죽이기도 했다. 나는 표창까지 받고 1계급 특진까지 한 영웅이다. 어깨를 편 이광이 빙그레 웃었다. 세 쌍의 시선이 자신을 주시하고 있다.

"아, 그럼 꿀꿀하지 않을 리가 있냐?"

이광이 부드러운 시선으로 장기현을 보았다.

"하지만 장 형, 진심으로 축하합니다, 그리고 존경합니다."

"아유, 존경까지는."

장기현의 얼굴에 쓴웃음이 번졌다. 그러나 이광이 머리를 저었다.

"고시 패스 할 때까지의 그 집념, 그 목표의식, 그리고 그때까지의 열정은 존경받아 마땅하지요."

"아이구, 소름."

이번에는 서정혜가 어깨를 움츠리는 시늉을 했지만 환하게 웃었다. 연꽃이 갑자기 활짝 피어나는 것 같은 웃음이다. 그때 이광이 정색했다.

"그리고 성공한 사람이 자연스럽게 인정받는 사회가 되어야 합니다. 예를 들어서 돈 많이 번 사람이 비행기 1등석을 탈 때 당당해야 하고 그를 바라보는 사람들도 먼저 부러움과 함께 존경심을 보이는 사회가 되어야 한단 말입니다."

"박수!"

서정혜가 웃으며 박수를 쳤고 마침내 장기현도 따라 웃었다.

"아이구, 이 형 대단하셔."

"내 축하가 진심이란 것을 설명한 거요."

"오늘은 내가 살게요."

장기현이 말했지만 이광이 머리를 저었다.

"오늘은 나한테 기회를 주시지요, 장 형."

"이 형은 물건이 될 가능성이 보입니다."

"두고 보셔야죠."

그때 오세영이 이광의 잔에 술을 따르며 말했다.

"형, 사랑해."

"와아."

서정혜가 환성을 질렀으므로 주위의 시선이 모였다. 장기현도 벙글벙글 웃는다.

"너, 왜 그래?"

눈을 크게 뜬 이광이 오세영을 보았다.

"너, 지금 영화 찍어?"

"미안."

오세영이 얼굴을 펴고 활짝 웃었다. 그 순간 이광은 심장이 철렁 내려앉는 느낌을 받는다. 오세영이 이렇게 활짝 웃는 모습은 처음 보았기 때문이다. 아니 이런 웃음이 처음이다. 얼굴에서 빛이 나는 것 같다. 저도 모르게 숨을 들이켠 이광이 숨을 길게 뱉으면서 말했다.

"오늘은 편의공작대장이 자주 놀라는군."

"편의 공장요?"

서정혜가 물었으므로 오세영이 얼른 정정했다.

"아니, 편의점 사장, 형이 군대에서 편의점을 운영했거든."

"아, PX를 말하는 것이군요."

장기현이 아는 체했다.

"거기, 특과병이죠, 이 형 군대생활 편하게 하셨는데."

이광이 한숨을 쉬고 나서 화제를 바꿨다.

"우리 2차 갑시다. 이곳은 장 형이 내시고 2차는 내가 내지요."

오후 10시 반이 되었을 때 이광 일행 넷은 마카오클럽 앞에 택시에서 내렸다. 마카오클럽은 신촌 카스파의 직영 영업점으로 그동안 카스파의 위상과 함께 브랜드 가치도 격상되어 있다. 이제는 최고급 클럽으로 젊은이들이 가장 가고 싶어 하는 곳이 되어 있다. 홀은 물론 방까지 예약제로 운영되어서 회원이어야 출입이 가능한 곳이며 술값이 무지하게 비싼 곳으로 여러 번 신문에도 난 곳이다.

"형, 괜찮아?"

택시에서 내렸을 때 오세영이 다섯 번째 그렇게 물었다. 신촌 마카오클럽에 가자고 했더니 와락 주눅이 든 것이다. 서정혜가 아무 말 안 한 것은 이광의 '마지막' 자존심을 다치게 하지 않으려는 배려 같았다. 내세울 것이 없어 보이는 이광이 기를 쓰고 부리는 호기로 여기는 것은 당연했다. 마카오가 어느 곳인가? 양주 한 병에 50만 원씩 판다는 곳이다. 이광의 한 달 월급이 넘는다. 넷이 양주 한 병만 먹겠는가? 안주 값까지 합하면 보통 마신다고 해도 오늘 밤 서너 달 월급이 날아간다. 거기에다 이광은 '사고자'가 되어 월급의 30퍼센트를 감봉당한 신세다. 그것까지 서정혜 팀이 안다면 얼마나 기가 막힐 것인가? 그러나 이광은 잠자코 앞장을 섰고 그 뒤를 반걸음 간격으로 오세영, 그리고 서정혜와 장기현이 바짝 붙어 따른다. 장기현의 얼굴도 굳어 있다. 아직 연수원 신분이라 사고를 내면 안 된다. 검사와 판사가 되고 나면 앞에서 알아서 기어 주지만 지금은 아니다. 서정혜도 긴장한 것이 장기현의 팔을 힘껏 끌어안는 것으로 증명되었다. 마카오 현관 앞은 손님 20여 명이 줄을 서 있다. 모두 회원인 모양으로 예약까지 한 터라 하나씩 담당 웨이터가 나와 확인을 하고 모시고 들어가는 중이다. 현관 앞에는 기도 세 명이 버티고 서 있었는데 덩치가 모두 커서 그 사이로 모기 한 마리 빠져 들어갈 틈도 보이지 않았다.

"형, 줄 서야지."

오세영이 갈라진 목소리로 말한 것은 이광이 줄 서 있는 사람들을 지나 그냥 그 무서운 기도들을 향해 다가갔기 때문이다. 오세영이 뒤를 서둘러 쫓아갔다. 말려야 한다. 그때였다. 문지기 셋이 다가오는 이광을 보더니 '이게 웬 놈이야?' 하는 듯이 눈을 치켜뜨고 일제히 어깨를 폈다. 늘어서 있던 회원 손님들도 숨을 죽였고 말리려고 뒤를 쫓아갔던 오세영, 그리고 서정혜, 장기현 팀은 얼어붙었다. 그 기간이 2초쯤밖에 안 되었지만 오세영에게는 무한대의 정적처럼 느껴졌다. 다음 순간, 2초간 이광을 식별한 거구의 문지기 셋이 일제히 허리를 90도로 꺾어 절을 했다. 누구에게? 이광에게. 그리고 일제히 합창하듯 소리쳤다.

"형님!"

오세영은 기절할 듯 놀라 걸음을 멈췄고 부끄럽지만 오줌을 조금 쌌다. 그다음에 또 놀래서 조금 더 쌌는데 이광의 대답을 들었기 때문이다.

"어, 을수, 네가 여기 나와 있냐?"

"예, 형님."

을수라고 불린 거구가 회장한테 불린 사원처럼 어쩔 줄 몰라 하는 표정을 짓고 대답했다. 그다음 이어지는 이광의 말.

"방 있냐?"

"예, 형님. 제가 모시겠습니다."

을수가 어깨를 펴고는 앞장을 섰고 이광이 뒤를 따른다. 이광의 뒤에 붙어 있는 오세영, 서정혜, 장기현의 옆구리에 대고 문지기 둘이 다시 90도로 허리를 꺾어 절을 했다. 넷은 홀 안쪽의 룸으로 안내되었다. 미국 갱 영화에서 아주 악질 갱이 클럽에 입장했을 때 1등석으로 안내되는 장면과 비슷했지만 이쪽은 규모가 더 컸고 90도 인사, 그리고 더 호화롭다. 그래서 셋은 으리으리한 방에 안내되어 앉을 때까지 솔직히 제정신이 아니었다. 고시패스 연수원생 장기현도 마찬가지다. 여유를 다 잃어버리고 현관에서 방까지 오면서 침을 네 번이나 삼켰다. 넷이 자리에 앉았을 때 사건이 또 일어났다. 연락을 받은 총지배인이 달려온 것이다. 총지배인 최지철은 고성규의 오른팔로 카스파의 떠오르는 별, 그런데 그 고성규를 카스파 회장으로 만들어준 주인공이 바로 이광 아닌가? 카스파 서열 7위의 최지철은 32세, 눈의 흰자위가 많아서 섬뜩한 인상이었지만 의리파다. 최지철이 이광을 향해 머리를 꺾어 절을 했다.

"형님, 오셨습니까?"

"어, 지배인 왔어?"

이광이 웃음 띤 얼굴로 손을 내밀어 악수를 했다.

"형님, 요즘 회사 다니시면서 고생 많으시다고 들었습니다."

나이가 대여섯 살 연상인 것이 분명한데도 이광을 대하는 태도가 차관이 국무총리를 대하는 것 같다. 이광이 쓴웃음을 지었다.

"다 그런 거지 뭐."

"그럼 형님, 술하고 안주 올리지요."

"어, 내가 오늘 신세 좀 질게."

"아이구, 형님."

질색을 한 최지철의 눈 흰자위가 더 커졌다.

"양주로 조포레용 코냑을 올리지요. 1병에 200만 원짜린데 두 병만 올리겠습니다."

"에이, 폐 끼치는데."

"그런 말씀 하시면 제가 서운하죠."

최지철이 머리를 숙여 보이고는 방을 나갔을 때 셋 중 누군가가 긴 숨을 뱉는 소리를 내었다. 오세영이 호흡을 고르면서 이광을 보았다. 눈동자가 마구 흔들리고 있다. 어떻게 된 일이냐고 묻고 싶었지만 그것도 엄두가 나지 않았기 때문이다.

"자, 즐깁시다."

이광이 떠들썩한 소리로 말했지만 셋의 얼굴은 일그러진 채 아직 펴지지 않았다. 그렇다. 사법고시 패스생 장기현에 대한 이광의 반격이다. 본래 이광은 이곳 카스파의 본거지인 마카오에 오늘 밤 들를 계획이 없었다. 아예 꿈도 꾸지 않았었다. 그러다가 고시 패스생 장기현을 만나게 되자 '그렇다면' 하고 제 바탕을 보여준 것이다. 치기다. 그러나 세상은 자기 PR시대다. 겸손하면 언제 다시 만날지도 모르는 인간들에게 무시 받고 헤어진다. 이쪽이 겸손한 동안에 상대방은 올라탔다가 가버리면 누가 손해인데? 그렇다고 상대가 알아주기나 하는가? 장기현이 애써서 고시를 패스했다면 이쪽도 목숨을 걸고 카스파에서 기반을 잡았었다는 능력을 보여주리라. 이것이 이광의 머릿속에서 작용했던 것이다. 그때 종업원들이 술과 안주를 들고 들어섰는데 그야말로 산해진미였다. 말로만 듣던 랍스터를 네 마리나 가져왔고 그 몸통이 오세영 팔뚝만 했다. 거기에다 생선회, 스테이크, 족발에다 홍어 삼합까지 놓였다. 그리고 보라, 한 병에 2백만 원짜리 조포레용 코냑이 두 병이나 놓였다. 술 한 방울에 자장면 한 그릇 값이 될 것이다. 종업원들이 물러가고 다시 넷이 되었을 때 그래도 남자라고 장기현이 이광을 보았다.

"아세요?"

겨우 말이 그렇게 나왔다. 할 수 없다. '여기 조직 사회에 계셨습니까?' 할 것인가? 아니면 '서열이 어떻게 되십니까?' 할 것인가? 세 쌍의 시선을 받은 이광이 정색하고 말했다.

"예, 내가 편의공작대장으로 제대하고 나와서 이쪽 일도 좀 했어요."

너희들이 고구마3에서부터 시작된 내 경륜을 이해나 하겠는가? 이게 내 재산이다.

"아아아."

오세영의 탄성이다. 지금 오세영은 세 번째 절정에 오르고 있다. 이윽고 오세영이 사지를 늘어뜨리면서 신음을 뱉어내었다. 땀에 젖은 알몸이 불빛을 받아 번들거리고 있다.

"형, 이러다 나 죽겠어."

"여자가 섹스 하다가 죽는 경우는 드물어, 남자가 죽지."

가쁜 숨을 뱉던 오세영이 눈을 흘겼다. 둘은 아직도 빈틈없이 부둥켜안은 채 몸을 떼지 않았다. 오전 2시 반, 12시 반에 마카오에서 나와 이곳 신촌의 동교호텔에 들어온 것이다. 가쁜 숨을 뱉던 오세영이 이광을 밀치면서 말했다.

"형, 오늘은 그만."

"왜?"

"내일 회사 가야지, 이러다가 회사 못 가."

"너나 조심해, 난 갈 테니까."

"나 눈 감으면 못 일어날 것 같아."

이광이 몸을 굴려 천장을 바라보며 옆쪽에 누웠다. 오세영이 몸을 비틀어 이광의 가슴에 볼을 붙이면서 말했다.

"시원해."

"뭐가?"

"형이."

"나야 워낙 뚫는 건 도사니까."

"응?"

오세영이 턱을 들었다. 숨결이 이광의 턱에 닿는다. 두 눈에 초점을 잡으려고 깜빡이며 물었다.

"뭐가 도사야?"

"이거."

이광이 오세영의 엉덩이를 움켜쥐고 당겼다.

"어때? 시원하지?"

"기가 막혀서."

이광이 오세영의 젖가슴을 손으로 움켜쥐었다.

"세영이 니 몸 예쁘다."

"세게 만지지 마, 아파."

그러면서도 오세영이 하반신을 더 밀착시켰다.

"난 형이 정혜 콧대를 눌러줘서 시원하다고 한 거야."

"정혜가 콧대를 세웠어?"

"은근히 제 남친 자랑하느라고, 눈꼴시게."

"그런 것 같지 않던데? 장기현도 괜찮은 남자 같고."

"다 서로 주고받는 거야, 상담을 통해 이뤄진 관계라고."

오세영이 비벼대는 바람에 다시 이광의 몸에 열기가 오르기 시작했다. 그것을 느낀 오세영도 가쁜 숨을 뱉으며 말을 잇는다.

"정혜는 금봉시멘트 그룹의 외동딸이야, 위로 오빠 하나가 있지. 예쁘고 밝은 성격인데 남자를 장난감처럼 취급해."

이광이 오세영의 단단한 엉덩이를 움켜쥐었다. 오세영이 몸을 비틀면서 가쁜 숨을 뱉었다.

"형, 거기가 자극이 와."

"네 엉덩이가 성감대야."

이광이 오세영의 귓불을 입안에 넣었다.

"이곳도."

"아유, 나 몰라."

몸을 비튼 오세영이 가쁜 숨을 뱉으며 말을 이었다.

"지금 장기현 씨도 네 번째인가 다섯 번째 남자야. 두 달 전에는 의사를 만났다고."

"그렇게 안 보였는데."

"형, 나 흥분 돼."

"너, 여기서 더 나갔다가는 내일, 아니 오늘 회사 못 나가."

"안 갈 거야."

"난 가야 돼."

"해줘."

"오늘 날 데려간 이유는 뭐냐?"

"정혜가 자꾸 데려오라고 했어. 형 이야기를 했더니 호기심이 일어났나 봐."

"좀 놀랐다."

"시원했다니까?"

"또 시원하게 해줘?"

이광이 하반신을 딱 붙이자 오세영이 가쁜 숨을 뱉으며 말했다.

"해줘."

다시 방안에 폭풍이 휘몰아쳤다. 이제 오세영은 거침없이 이광에게 엉켰는데 리듬이 맞는다. 이광은 오세영과 함께 불구덩이 속으로 빠져 들어갔다. 깊은 밤이 지나고 새날이 다가오고 있다. 이윽고 오세영이 다시 한 번 폭발하더니 이제는 이야기할 기력도 소진되었는지 앓는 소리를 내다가 잠이 들었다. 광란의 밤이다. 한동안 오세영을 내려다보던 이광이 시트로 알몸을 덮어주고는 침대에서 나왔다. 냉장고를 열고 주스 병을 꺼내 벌컥거리며 마시고 난 이광이 창가의 의자에 앉았다. 이제 입사 5개월이다. 지난 5개월간 일주일에 3번 아침 시간에 받는 영어 개인교습을 한 번도 빠진 적이 없는 것이다. 오전 5시부터 7시까지 2시간 동안이다. 벽시계가 오전 3시 20분을 가리키고 있다. 여기서 자면 아침 공부는 못한다. 이윽고 몸을 일으킨 이광이 욕실로 다가갔다. 침대에 누워 있는 오세영을 보자 옆에 눕고 싶은 마음이 굴뚝처럼 일어났지만 참았다. 고진감래다. 참고 또 참고 나서 대포를 발사해야 다 좋은 법이다.

바이어 개척이다. 무역부 사원은 뭐니 뭐니 해도 오더 수주가 최우선이다. 오더 수주 실적으로 능력을 평가받는 것이다. 그런데 3과 B팀의 오더 전부는 트리톤이다. 트리톤 계열사인 다라나 오더까지 올해 매출 예상은 85만 불, 작년에 40만 불을 했으니 2배 성장이라고 김성규는 으스대고 있다. 오늘도 이광은 김성규와 함께 트리톤에 들렀는데 내년 오더를 상담하기 위해서였다. 오전 10시 반, 상담실에서 이광과 김성규는 제니 오를 기다리고 있다. 지금 30분째 기다리고 있는 것이다.

"젠장, 사람 열 받게 만드는군."

지금까지 제니 오를 제 손안에 든 바이어처럼 떠벌리고 다녔던 터라 김성규가 투덜거렸다. 옆에 이광이 있었으니까 한 말이다. 이광은 대꾸하지 않았다. 제니 오와 김성규는 손발이 맞았다. 다라나 오더의 수수료를 나눠먹는 공모 관계이니 당연한 일이다. 다라나 오더는 선적이 완료되고 네고가 되면 유성상사는 6%의 수수료를 지급하는데 그중 4%를 제니 오가 먹는 것이다. 김성규는 용의주도하게 고교 선배의 에이전시 사무실을 다라나의 에이전시로 둔갑을 시켜 세금 계산서를 발행시켰으므로 완벽했다. 고교 선배의 에이전시는 계산서 금액의 10%를 먹어 먹이사슬로 이어져 있기 때문이다. 김성규는 '유진' 에이전시가 실제 다라나의 에이전시라고 이광은 물론 안창문에게도 거짓말을 하지만 속아 넘어간 척할 뿐이다. 이광이 안창문에게도 알려주었기 때문이다. 정현애만 모르고 '유진'에 가서 수수료를 주고 계산서를 받아오는 심부름을 하는 셈이다. 그럼 나중에 김성규가 '유진'의 허 사장한테 가서 10퍼센트를 제외한 수수료를 돌려받고 그중 4%는 제니 오한테, 그리고 2%는 제가 먹는 것이다. 이광은 요즘에야 김성규가 제니 오에게는 다라나 오더 수수료를 4%를 뗀다고 했다는 사실을 알아내었다. 그리고 나머지 2%는 제가 먹는 것이다. 거기에다 제니 오가 그 4%에서 떼어주는 수고비를 또 먹는다. 선심까지 쓰고 돈까지 받는 경우, 그래서 수수료 6% 중 절반가량은 김성규 몫이 된다. 김방현을 시켜 조사를 시키지 않았다면 유성상사에서는 아무도 몰랐을 만큼 주도면밀한 수수료 작전인 것이다. 이광은 김성규로부터 가장 많은 지식과 처신, 돈 관계, 인과 관계 응용법 등을 스펀지처럼 빨아들이고 있다. 그리고 반면교사다. 방법은 익히되 더러운 것은 뒤집는다. 그때 문이 열리더니 제니 오가 들어섰다. 30분이 넘게 늦었는데도 미안한 기색이 없다. 김성규에게 눈인사를 한 제니 오는 이광에게는 시선도 주지 않는다. 서류를 편 제니 오가 김성규에게 말했다.

"다라나 오더가 10만 불쯤 났는데 해보시겠어요? 올해 안에 선적시켜야 돼요."

"해야죠."

김성규가 숨도 돌리지 않고 말했다. 흥분을 참느라 눈 끝에 경련까지 일어났다. 10만 불이면 수수료 6천 불, 그중 3천 불이면 6개월 월급에 해당된다. 아마 김성규의 머릿속 계산기가 그렇게 움직였을 것이다. 제니 오가 서류 한 장을 김성규 앞으로 내밀었다.

"납기는 두 달 후로 하죠. 기존 스타일이니까 가격은 그대로, 됐죠?"

"예, 문제없습니다."

"이만하면 올해 실적은 초과 달성한 셈인가요?"

"모두 제니 덕분입니다."

"천만에요, 김 팀장이 잘 해주셨죠."

덕담을 주고받는 둘을 번갈아 보면서 이광이 다짐했다. 두고 봐라, 이 수모를 갚아줄 테니까. 난 너희들보다 백배나 더 큰 힘을 쥐게 되었더라도 이런 처신은 안 한다. 둘은 이광을 무시한 채 캐나다 이야기를 시작했다. 이광을 투명인간 취급한 것이다. 제니 오는 29세, 캐나다에 이민을 간 것은 5살 때, 토론토에서 대학을 졸업한 후에 트리톤에 근무한 지 3년째, 이광이 최근에 조사한 바에 의하면 남자 친구는 없다. 대신 이태원과 신촌의 클럽을 돌아다니면서 사냥을 한다는 것이다. 하룻밤 상대의 사냥이다. 현재 거주하는 아현동 오피스텔에 남자를 데려가지도 않는다. 호텔에 갔다가 아침에 나온다는 것이다. 두 번 이상 만나는 남자도 없다. 머리를 든 이광과 제니 오의 시선이 부딪쳤다. 이광이 얼굴에 웃음을 띠었지만 제니 오는 투명인간을 보았기 때문에 초점도 맞추지 않고 시선을 돌린다. 그때 김성규가 자리에서 일어섰다.

"자, 이광 씨, 가지."

그러고 보니 이광은 한 마디도 말을 못 했다.

강기창은 룸살롱 '오정'에 처음이지만 대번에 수준을 알았다. 특급이다. 지금까지 수없이 룸살롱을 섭렵한 강기창이다. 한국만큼 룸살롱 문화가 발달된 나라는 이 세상에 없다. 룸살롱 접대는 한국에서 특허를 내도 좋을 것이다. 강기창은 룸살롱 분위기에 이골이 나서 웨이터만 봐도 오늘의 일진을 알 정도가 된 인간이다. 오정은 예약제였고 방이 10여 개, 동교동 골목 안에 숨은 듯 차려졌지만 VIP 인사들의 단골이다. 오정에 오기 전에 대학 동창 몇 명한테 물어봤더니 7명 중에서 가본 놈은 변호사인 놈 하나뿐이었다. 모두 잘나가는 놈들인데도 그렇다. 7명 중 6명이 오정을 알았고 4명이 오정은 회원제라는 것까지 알았다. 변호사인 친구는 그곳 물이 끝내줬다고 했다. 비쌌지만 서비스가 특급이어서 돈이 아까울 것 같지 않았을 것이라고 했다. 즉, 제가 돈을 내지는 않았다는 말이다. 그런데 강기창이 숨을 들이켜고 나서 생각했다. 이광, 그놈이 이곳에서 만나자는 이유는 무엇인가? 다시 의문이 일어난 것이다. 이제 이광이 3류 회사 5류 직원이라는 선입견을 버렸다. 좀 무서운 놈이라는 인식은 있다. 그날, 용역 회사 놈하고 같이 만난 후로 이광의 요구대로 클레임 취소, 그 쪼다 같은 놈들에게 사과 내지는 해명까지 해주었다. 그러나 약점을 쥐고 있는 이광의 추가 요구가 이어지지 않았던 것이다. 용역 회사 놈도 겁만 주고 사라졌는데 키를 이광이 쥐고 있는 것이 분명해졌다. 그리고 강기창이 다시 방안을 둘러보았다. 이광 그놈이 이곳에 예약을 한 것이다. 이광 이름으로 예약을 했다니 믿기지 않는다. 심호흡을 한 강기창이 손목시계를 보았다. 8시 10분이다. 방음 장치가 잘된 방이어서 밖의 소음은 들리지 않았지만 7시 40분에 들어설 때도 손님들이 많았다. 웨이터들이 분주하게 움직였고 눈이 번쩍 뜨일 만한 아가씨들이 복도를 오가는 중이었다. 그런데 이광이 이곳을 예약해? 그놈이 용역 회사 놈을 턱 끝으로 부리는 것을 보면 수상하긴 했다. 그놈의 정체는 무엇인가? 지금까지 수십 번 궁리했고 이쪽도 사람 시켜서 이광의 뒷조사도 해보았다. 없다. 제대하고 복학했다가 유성상사에 입사했다는 것뿐이다. 그때 문이 열리더니 이광이 들어섰으므로 강기창이 숨을 들이켰다. 그러나 일어나지는 않았다.

"미안합니다, 늦었어요."

웃음 띤 얼굴로 앞쪽 자리에 앉은 이광이 말을 이었다.

"졸자라 일이 많아요, 잡일이 모두 졸자 몫이거든요."

강기창은 시선만 주었다. 문득 이런 놈이 만나자는 전화에 이곳까지 달려온 자신의 처지가 한심했고 저절로 어금니가 물려졌다. 그러나 이놈이 쥔 자료가 마가렛에게 가는 경우에는 파멸이다. 이놈은 지금 또 내 목줄을 쥐고 있다. 그때 방문이 열리더니 건장한 체격의 30대 사내와 웨이터 둘이 들어섰다.

"형님, 오셨습니까?"

30대가 허리를 꺾어 절을 했고 웨이터 둘은 그보다 더 깊은 각도로 허리를 꺾었다. 그때 강기창은 이광이 머리만 끄덕이는 것을 보았다.

"응, 일하느라고 고생 많았어."

이광이 웃음 띤 얼굴로 사내에게 말했다.

"술하고 안주 가져오고, 아가씨들은 나중에."

"예, 알겠습니다, 형님."

사내의 눈짓을 받은 웨이터 하나가 방을 나갔을 때 이광이 말했다.

"거기 앉아서 이야기해."

"예, 형님."

사내가 앞쪽 소파에 앉았고 웨이터 하나는 조심스럽게 옆에 엉덩이 반쪽만 걸쳤다. 분위기가 불편해진 강기창이 호흡을 골랐을 때 이광이 사내를 소개했다.

"여기 영업부장이죠. 이번에 내 부탁을 받고 심부름을 해서요."

강기창이 눈만 껌벅했다. 도대체 이광, 이놈의 정체는 무엇인가? 한눈에 봐도 조폭인 영업부장을 턱 끝으로 부리고 있다. 유성상사 수출부3과 B팀 졸자가 말이다, 입사 반년짜리가. 그때 이광이 사내에게 말했다.

"그래, 이야기해봐."

"예, 형님."

어깨를 편 사내가 똑바로 이광을 보았다.

"차경태가 호구를 물었다는 소문이 났습니다. 벌써 차도 한 대 뽑았고 곧 거금을 손에 쥔다고 합니다."

이광이 머리만 끄덕였다.

"아파트가 넘어오면 그것부터 처리한 다음에 날아버리는 겁니다. 여자가 아파트를 먼저 받기로 했다니까요, 남자하고 합의를 했답니다."

지루해진 강기창이 심호흡을 했을 때 사내가 말을 이었다.

"백산아파트 45평이라니까 2억은 받을 겁니다."

그때 강기창이 숨을 들이켰다. 내 아파트인데? 이광의 시선이 강기창에게로 옮겨졌다. 강기창이 입을 반쯤 벌렸다가 닫았을 때 영업부장의 말이 이어졌다.

"오정아 씨는 차경태한테 완전히 홀려 있습니다. 지금은 시키는 대로 하고 있다고 봐도 될 겁니다."

"잠깐만."

마침내 강기창이 말을 잘랐다. 긴장으로 굳어 있어서 목이 막혔고 다른 사람 목소리 같다. 눈을 치켜떴지만 이광과 영업부장을 번갈아 보는 눈동자의 초점이 멀다.

"지, 지금 무슨, 아니 누구 이야기를 하는 겁니까?"

그때 이광이 말했다.

"강 부장님 이야기를 하는 겁니다."

"내, 내 집안이……."

"지금 부인과 이혼 소송 중 아닙니까? 아니 소송 아니라 절차를 밟고 있다고 해야겠군요."

이광의 얼굴에 쓴웃음이 떠올랐다.

"부장님의 외도 사실이 밝혀졌고요."

"그, 그것이."

재수 없는 놈은 뒤로 넘어진 것이 똥 위에 눕는다고 요즘 강기창이 그 짝이다. 지난번 이광을 만나 그 난리를 치고 나서 며칠 안 되었을 때 오피스텔에 있던 강기창은 와이프 오정아의 방문을 받았다. 좋게 표현해서 그렇다는 말이다. 애인 서희애와 오피스텔에 누워 있던 강기창이 오정아의 습격을 받은 것이다. 오정아는 그날 울고불고 악을 쓰다가 결국 이혼 소송으로 진전되었다. 그래서 지금 강기창은 오정아와 위자료 문제를 조정 중인 것이다. 그때 이광이 말을 이었다.

"지금 부인 되시는 분 배후에 소문난 제비가 있다는 말씀입니다. 그, 차경태란 놈이 제비죠."

"……."

"그놈이 전부터 부인되시는 분하고 깊은 사이였고 말입니다."

이광이 다음은 네가 이으라는 듯이 시선을 주자 영업부장이 말을 이었다.

"6개월쯤 되었다고 합니다, 부인되시는 오정아 씨하고 차경태 사이가 말입니다."

이제 강기창은 숨만 쉬었고 영업부장의 말이 이어졌다.

"카바레에서 만났다고 합니다. 차경태 같은 선수한테 찍히면 다 잡힙니다."

"……."

"그리고 차경태가 집안을 조사한 거죠. 다음은 뻔합니다, 약점을 잡고 오정아 씨한테 현장을 보인 겁니다. 아마 사진도 다 찍어 놓았겠지요, 그렇죠?"

이쪽을 향해 물었으므로 강기창이 엉겁결에 머리를 끄덕였다. 그렇다, 사진도 다 찍혔다. 너무나 확실하게 증거를 잡혀서 빼도 박도 못 하게 되었다고만 생각했는데 그 여편네가 그런 배후가 있었구나. 어깨를 늘어뜨린 강기창에게 영업부장이 다시 물었다.

"지금까지 현금으로 얼마를 주었지요?"

"5천만 원."

강기창이 정신이 멍한 상태에서 대답했다. 그리고 사흘 후에 아파트 명의를 양도해주고 한 달에 5백만 원씩 위자료를 주는 조건으로 이혼 서류를 작성할 예정이다. 다행히 누가 불임인지 모르지만 자식이 없는 터라 둘이 갈라서기만 하면 된다. 그때 이광이 말했다.

"형님, 어떻게 하실랍니까?"

강기창이 숨을 들이켰다. 이광이 형님이라고 하는 바람에 정신이 번쩍 든 것이다. 강기창의 시선을 받은 이광이 쓴웃음을 지었다.

"그대로 두실랍니까?"

"아니."

바로 머리를 저은 강기창의 얼굴에도 쓴웃음이 떠올랐다.

"헤어져야지, 그리고 가만 안 둘 거야 이것들을."

"어떻게요?"

"도와줘."

강기창이 번들거리는 눈으로 이광을 보았다.

"이왕 이렇게까지 되었으니까 도와줘."

"내가 그러려고 여기 백 부장을 시킨 겁니다."

이광이 눈으로 영업부장을 가리켰다.

"형님 뒷조사를 하다가 집안 사정까지 알게 되었단 말입니다, 알고 나니까 가만두면 안 되겠더군요."

"도와줘."

"알았습니다, 형님."

머리를 끄덕인 이광이 영업부장을 보았다.

"백 부장, 어떻게 할래?"

"그래서 여기 종필이를 데려왔지요."

영업부장이 지금까지 입만 꾹 다물고 옆에 앉아 있는 웨이터를 눈으로 가리켰다.

"종필이가 애들 데리고 가서 오늘 중으로 처리할 겁니다, 형님."

"어떻게?"

"아마 오늘도 둘이 벗고 뛸 겁니다. 종필이가 이미 둘이 뛰는 사진도 찍어놓았고 녹음까지 해놓았어요, 우리도 확실하게 증거를 잡은 것이지요."

백 부장이 얼굴을 일그러뜨리며 웃었다.

"차경태는 거세를 시킬 수도 있지요. 그리고 오정아 씨는 먹은 것을 토해내게 만들 수도 있습니다."

그때 강기창이 손등으로 눈물을 닦았다. 그것으로 대답이 된 듯이 이광은 머리를 끄덕였다.

"지난번 동일섬유의 클레임은 김 대리하고 트리톤 김병익의 공작이었습니다."

이광이 말했지만 윤병도는 시선만 주었다. 오후 12시 40분, 윤병도와 이광은 회사에서 3킬로쯤 떨어진 대방동의 일식집 방안에서 점심을 먹는 중이다. 이광이 얼굴을 찌푸리며 웃었다.

"이런 말씀드리기가 거북하지만 덮어 놓을 수는 없지 않겠습니까?"

"증거가 있어?"

젓가락을 내려놓은 윤병도가 이광을 보았다. 이광은 둘이서만 할 이야기가 있다면서 윤병도하고 만난 것이다.

"예, 그래서 과장님을 뵙자고 한 겁니다."

심호흡을 한 이광이 들고온 가방에서 녹음기를 꺼내 식탁 위에 놓았다.

"제가 트리톤 강기창 부장의 말을 녹음해왔습니다."

"뭐? 강기창?"

놀란 윤병도가 상반신을 세웠다. 식욕이 달아난 듯 앞쪽의 그릇까지 치웠다. 그때 이광이 녹음기의 버튼을 눌렀다.

"머피가 나한테 와서 말했어."

강기창의 목소리다. 머피는 검사원이다.

"김병익이가 제의를 했다는 거야, 꼬투리를 잡아서 오더 재작업을 시키자고 말이야."

"도대체 왜 그런 겁니까?"

이것은 이광의 목소리다. 긴장한 윤병도가 이광을 보았을 때 강기창의 목소리가 울렸다.

"글쎄, 김성규가 김병익한테 부탁을 했다는군. 둘이 자주 술 마시고 노는 사이인데 유성상사에서는 아무도 모른다면서?"

"그러니까 왜 김 대리가 그런 부탁을 했을까요?"

"뻔하지 않아?"

강기창이 답답하다는 듯이 목소리가 높아졌다.

"윤병도를 찍어 내려는 거 아냐? 그래야 제가 올라가지. 윗놈을 끌어내려야 올라가는 건 여기도 마찬가지야."

"그렇군요."

그때 녹음기의 버튼을 누른 이광이 윤병도를 보았다.

"저도 김 대리를 끌어내리려고 이러는 것 같습니다만."

"……."

"너무 비열한 것 같아서요, 회사가 어떻게 되든 간에……, 저러면 되는 겁니까?"

"……."

"도를 넘었습니다, 과장님."

"너."

어깨를 부풀렸다가 내린 윤병도가 이광을 보았다. 눈동자가 흐려져 있다.

"그놈, 김성규, 무서운 놈이다."

"제 생각을 말씀드리면 지저분한 인간입니다, 과장님."

"그놈이 판 함정에 난 이미 빠졌다."

"무슨 말씀입니까?"

"그놈이 동사(同死)작전을 하면 나도 걸린다."

"이해가 안 가는데요?"

"그놈이 리베이트로 먹은 돈을 나도 먹었단 말이야."

"……."

"나눠 먹은 셈이지. 그러니 내가 고발을 하면 걸고넘어질 거야. 그놈 성격에 꼼꼼하게 기록을 해놓았을 것이거든."

"……."

"더구나 남 전무는 다음 달에 부사장이 된다."

이제는 이광이 어깨를 늘어뜨렸다. 윤병도가 문제를 삼아도 강근제 부장 선에서 뭉개질 가능성이 많은 것이다. 이제 그쯤은 이광도 안다. 그때 윤병도가 쓴웃음을 지은 얼굴로 이광을 보았다.

"너, 트리톤 강 부장을 무슨 수단으로 그렇게 네 사람으로 만들었는지 모르지만 넌 나보다 낫다."

"무슨 말씀입니까?"

"넌 지금 엄청난 배경을 갖고 있는 거야. 김성규 따위는, 아니 나나 부장도 마찬가지야. 네 발밑에도 못 미쳐."

"과찬이십니다, 과장님."

"당분간은 참자."

"예, 과장님."

"그놈은 살모사야. 제 에미를 잡아먹는 살모사라고."

윤병도가 번들거리는 눈으로 이광을 보았다.

"너는 매가 되어라."

초점이 흐려진 눈으로 윤병도가 말을 이었다.

"발톱으로 살모사를 움켜쥐고 살을 떼어먹는 매, TV에서 보았어."

이광은 소리죽여 숨을 뱉었다. 이것이 현실이다. 전쟁이라면 보이는 적을 쏘고 맞겠지만 이 사회에서는 배신과 함정, 음모가 난무하고 있다. 그것도 웃음 띤 얼굴로, 같은 우군(友軍) 사이에서, 적이 안 보인다.

"이게 뭐냐?"

퇴근 시간이 지났지만 자재 창고에서 부자재를 체크하고 있던 이광의 눈앞에 봉투 하나가 놓여졌다. 안창문이 놓은 것이다. 이광이 묻자 안창문이 주위를 둘러보고 나서 대답했다.

"빌린 돈 중에서 150 가져왔어."

"왜?"

"한 달 반 수익금 중에서 1백만 원 떼고 나머지다."

"야, 그럼 한 달 반 수익금이 250이란 말이냐?"

놀란 이광이 허리를 펴고 안창문을 보았다. 안창문이 환하게 웃었다.

"그래."

"우리 월급의 5배 아니냐?"

"우리 어머니하고 동생 둘이 번갈아 일하니까……."

"어쨌든 우리보다 낫다."

"어머니가 네 은혜를 안 잊는다고 하더라."

"아이구, 소름."

봉투를 집은 이광이 다시 안창문의 재킷 주머니에 쑤셔 넣었다.

"1년 후에 갚아라."

"야, 그래도……."

"지금은 상품을 더 가져오든지 가게를 늘리든지 해야 할 때다. 돈부터 갚으면 여유가 없어서 안 돼."

정색한 이광이 말을 이었다.

"나도 내 동생 사업 시켜봐서 알아."

"고맙다."

"어머니한테 1년 동안은 돈 잊어버리고 계시라고 해. 1년 후부터 조금씩 갚아도 된다고 말이야."

"그래도 돼?"

"얀마, 돈은 그런 때 쓰는 거야. 내가 돈 벌려고 돈 빌려줬냐?"

"넌 내 마음을 산 거지."

"내 진심이야, 그것은."

"알았어."

안창문이 번들거리는 눈으로 이광을 보더니 몸을 돌렸다.

"나 먼저 갈게."

이제는 안창문이 매일 원주에 갔다 오지는 않는다. 가게를 차린 지 두 달째가 되는 지금은 사흘이나 나흘에 한 번꼴로 다녀온다. 자재과 창고에서 나온 이광이 사무실로 올라왔을 때는 7시 반이다. 수출부 사무실은 서너 명밖에 남아 있지 않았는데 상담실에서 오세영이 나왔다.

"너 아직 퇴근 안 했어?"

눈을 크게 떴던 오세영이 주위를 둘러보더니 이광 앞으로 다가와 섰다.

"형, 오늘 술 한잔 할까?"

"싫어."

정색한 이광이 머리를 저었다.

"나 약속 있다."

"누구하고?"

"넌 알 필요 없어."

"여자야?"

"응."

"나도 남자 이야기해줄 게 있는데."

"안 해도 돼."

"김 대리가 만나재, 김성규가."

"……."

"아주 노골적이야. 오늘도 세 번이나 전화를 했어. 내 등을 보면서 전화를 해대는 거야, 소름 끼쳐 미치겠어."

"탁 자르지 그랬어?"

마침내 이광이 끌려들었다. 이맛살을 찌푸린 이광이 오세영을 노려보았다.

"나한테 기대하지 마. 난 그놈을 조폭 식으로 상대 안 한다. 그럴 바에는 회사 때려치우고 마카오에서 노는 것이 낫지."

"그럼, 나 어떻게 해?"

오세영이 울상을 지었으므로 이광이 주위를 둘러보았다. 맨 끝 쪽 수출 1과에서 직원 둘이 머리를 맞대고 서류를 보고 있을 뿐이다. 이광이 숨을 들이켜고 말했다.

"영등포 돼지 껍데기 집에 가 있어."

"알았어, 바로 와."

몸을 돌린 오세영이 제자리로 돌아가더니 서둘러 책상 정리를 하고는 사무실을 나갔다. 나가면서 1과 직원들과 이광에게 소리쳐 인사를 했다. 이광이 책상을 정리하면서 김성규의 얼굴을 떠올렸다. 머리가 좋은 놈이다. 오만하고 냉혹하며 계산이 빠른 성품이어서 학벌이 좋고 가문과 인물까지 뛰어났다. 외국어 실력과 상담 능력은 발군이며 바이어 상담 시 임기응변력이 최고 수준이라는 평을 듣는다. 회사 입장에서 보면 이광 10명을 줘도 김성규와 바꾸지 않는다고 할 만했다. 이광이 채집한 김성규의 약점은 당장 써먹을 수도 없는 상황이다. 사무실을 걸어 나오던 이광의 얼굴에 쓴웃음이 떠올랐다. 그렇다. 안창문이나 장기현, 강기창한테까지 주먹의 힘을 보여줬지만 김성규에게는 싫다. 김성규와 실력으로 겨뤄보고 싶기 때문이다. 그래야 내가 성장한다.

돼지 껍데기 식당에 혼자 앉아 있던 오세영이 손을 들어 이광을 반겼다. 오후 8시 반, 식당 안은 손님으로 떠들썩했고 어수선한 분위기다. 오세영이 이광의 잔에 술을 따라주며 말했다.

"아유, 시끄러 죽겠어. 그리고 저 창가에 앉은 둘이 나한테 두 번이나 왔다 갔어, 합석하자고. 무서워서 혼났어."

머리를 돌린 이광이 창가로 시선을 돌리자 마침 이쪽을 보는 둘과 시선이 마주쳤다. 불량한 표정의 이광 또래다. 한눈에 양아치인 것이 드러났다. 입맛을 다신 이광이 오세영을 보았다.

"김성규가 어쩌자는 거야?"

"노골적으로 사귀자는 거야. 자기가 싫으냐고 물어봤어, 오늘은."

"싫다고 하지?"

"그랬어. 그래도 시간을 좀 달래."

"미친놈 아냐?"

"도대체 뭘 믿고 그러는지 모르겠어."

"니가 호락호락하게 보이는 거 아냐?"

"정말 말 그렇게 할 거야?"

오세영의 얼굴이 붉어졌으므로 이광이 서둘러 달랬다.

"미안, 나도 답답해서 그랬다."

"형이 어떻게 좀 해봐."

"그래야겠다."

"나 회사 못 다니겠어, 그 자식 때문에."

"그 자식 정현애를 자가용으로 데리고 다니면서 도대체 어쩌려는 거지?"

"회사 사람들이 다 아는데 둘만 모르는가 봐."

그때 창가에서 계속 이쪽을 힐끗거리던 양아치 하나가 일어서더니 다가왔다. 놀란 오세영이 입을 다물었고 다가선 양아치가 이광에게 말했다.

"합석하실까?"

"이 병신이."

이광이 양아치를 올려다보았다. 이쪽은 카스파와 영등포 시장파가 같이 구역을 나눠 쓰고 있다. 이 양아치는 영등포 시장파의 정보원이거나 정보원의 동생 서열이다. 조직원도 못 되는 것이다.

"야, 영철이 오라고 할 테니까 너 여기 있어."

"뭐?"

양아치가 되물었지만 눈동자가 흔들렸다. 영철이는 영등포파 중간 보스로 이쪽 지역의 책임자다. 이 양아치는 영철이 구두 뒤쪽을 입으로 핥으라면 핥는 신분이다. 그때 이광이 소리쳤다.

"아저씨!"

이 집 주인은 40대쯤의 비대한 사내다. 아까부터 이쪽을 힐끔대던 주인이 카운터에서 주춤대며 다가왔다. 싸움에 끌려들기 싫은 표정이 역력했다. 다가온 주인에게 이광이 말했다.

"저기 건너편 루비살롱 앞에 서 있는 애들한테 가셔서 사장을 이광이 찾는다고 해주세요."

"사장님을요?"

"아시죠? 영철이라고 볼에 칼자국이 있는 친군데."

"예, 아, 압니다."

시장통 대장을 모르겠는가? 최영철이 루비살롱 사장을 겸하고 있어서 이 시간에는 나와서 애들 점검을 하고 있을 것이다.

"제가 이 기회에 소개도 시켜드릴 테니까 다녀오세요."

그러고는 머리를 돌린 이광이 아직도 옆에 서 있는 양아치에게 말했다.

"합석하자고 했지? 거기 앉아라."

이광이 오세영 옆자리를 눈으로 가리켰다.

"세영아, 자리 좀 옮겨 앉아, 이 개새끼 앉으라고."

그때 양아치가 어깨를 늘어뜨렸다.

"저, 저쪽 아세요?"

양아치는 루비살롱을 감히 말하지도 못하고 저쪽이라고 한 것이다. 이광이 눈을 가늘게 뜨고 양아치를 보았다.

"니, 도망갔다가는 끝까지 찾아서 아예 병신을 만들어 버릴 테니까 거기 서 있든지 앉아 있든지 기다려, 이 개새끼야."

"저기."

사내의 쥐같이 뾰족한 얼굴이 어느새 하얗게 굳어졌다.

"형, 형님, 저는 솔직히……."

"내가 네 형님이냐, 이 개새끼야?"

그때 주인이 루비살롱 영업부장을 데려왔는데 이광과 낯이 익은 조폭이다. 이광을 보자 영업부장이 허리를 90도로 꺾어 절을 했다. 뒤에 둘이 따른다.

"아이구, 형님이 여기 뭔 일이세요?"

"어, 정규, 오랜만이다."

이광 또래지만 조폭 서열로는 두 계단쯤 아래인 영업부장이다. 이광이 카스파에서 은퇴했지만 서열을 가리자면 5인자 안으로 친다. 누구는 회장 다음으로 꼽았는데 그것은 회장을 만들어 준 것이 이광이기 때문이다. 더구나 이광이 은퇴한 터라 더 전설적인 존재가 되어 있는 것이다.

"형님, 그런데 사장님은 왜 찾으세요?"

돼지 껍데기집 주인은 아직도 서 있고 양아치는 동구 앞 장승이 되어서 숨도 못 쉬고 있는 형국이다. 이광이 옆에 서 있는 양아치를 가리켰다.

"이 새끼가 자꾸 나한테 시비를 거는구나, 그래서 내가 영철이한테 도와달라고 한 거야."

"이 개새끼가요?"

헛웃음을 웃은 정규가 양아치를 보았을 때 이광이 다시 일렀다.

"저기 창가에도 한 놈 더 있어."

그 말을 들은 정규 부하가 벌써 그쪽으로 발을 떼었다.

"형, 정혜가 또 헤어졌어."

오세영이 문득 생각이 났다는 얼굴로 이광에게 말했다. 밤 12시 반, 둘은 영등포의 모텔방 안에 누워 있다.

"무슨 말이야?"

오세영의 어깨를 당겨 안으면서 이광이 물었다. 방안의 열기가 식어가면서 땀이 밴 피부가 서늘해졌다. 둘은 알몸으로 엉켜 있다. 오세영이 이광의 가슴에 볼을 붙이면서 대답했다.

"장기현 씨하고 헤어졌다고."

"……."

"며칠 전부터 재벌 3세하고 만난대."

눈을 감은 이광이 길게 숨을 뱉었다. 오세영과 격렬한 정사를 나눈 후부터 온몸에 나른한 피로감과 함께 만족감이 몰려왔다. 이대로 잠이 들면 꿈도 꾸지 않고 잘 것 같다. 그때 오세영의 말소리가 먼 곳에서 들렸다.

"몇억짜리 스포츠카를 몰고 다니는 놈이야. 스물여덟인데 미국 어느 대학인지 모르지만 졸업하고 돌아와서 여자 만나서 노는 게 일인 놈이야."

"……."

"그놈이 정혜를 만나고 나서 푹 빠졌대. 만날 둘이 붙어 다녀."

오세영의 목소리가 가물가물해졌을 때 이광은 엉덩이를 꼬집혀 정신이 들었다.

"형, 자?"

"아니."

"자는 것 같던데."

"왜? 또 생각 있니?"

"나 죽으라고?"

"그럼 왜?"

"김성규 어떻게 해?"

"참."

숨을 고른 이광이 오세영을 더 당겨 안았다. 머리끝에 턱을 붙인 이광이 말을 이었다.

"이번 토요일쯤이 좋겠다. 김성규한테서 또 연락이 오면 만나자고 해."

오세영은 꼼지락거리지도 않았고 이광이 말을 이었다.

"그렇지, 신촌 국제호텔 로비에서 만나, 17층 밀실에서."

"……."

"저녁 7시쯤이 좋겠다."

몸을 비튼 오세영이 머리를 들고 이광을 보았다. 긴장한 표정이다. 오세영의 이마에 입술을 붙였다가 뗀 이광이 쓴웃음을 지었다.

"네가 김성규하고 만난 지 10분쯤 후에 네 남친이 들어가는 거다, 친구들하고 말이야."

"……."

"그리고 거기서 난리가 일어나는 거지. 김성규는 거기서 맞을 거야, 상처 자국은 안 나지만 정신이 나갈 정도로 겁을 먹을 거다. 아마 웃통을 벗고 칼자국이 있는 알몸 문신을 드러내면 진저리를 칠 테니까."

이제 숨만 쉬는 오세영을 향해 이광이 정색했다.

"네가 그 문신이나 그런 것 보고 놀라면 안 돼. 넌 그 문신을 맨날 본 거야, 내 몸을 이렇게 본 것처럼."

"징그러."

"나중에 오빠 너무 그러지 마, 하고 말리는 시늉이라도 해."

"오빠라고 불러?"

"그래야지, 그럼 여보라고 할래?"

"미쳤어?"

"오빠, 그만해. 그런 식으로 말이야."

"알았어, 그쯤은 문제없어."

"그렇게 해서 너한테 떼어내는 수밖에 없는 것 같다."

"말로 해서 들을 놈이 아냐. 하지만 형, 그놈이 회사에 돌아와서 해코지하지는 않을까?"

"그럴 리가."

쓴웃음을 지은 이광이 오세영을 당겨 안았다.

"그 친구들이 그렇게 허술하지 않아, 각서도 받고 마무리를 잘 할 거야."

"알았어."

길게 숨을 뱉은 오세영이 이광의 허리를 당겨 안았다.

"이제 살겠다, 토요일 이후에는 해방이다."

"늦었어, 자."

시트로 오세영의 등을 덮어주면서 이광이 말했다.

"법보다 주먹이 가깝다는 말을 사회생활에서 더 실감하게 되는군."

"형, 고마워."

"넌 자, 난 잠이 깨버렸다."

"형, 사랑해……."

오세영의 목소리가 잠속으로 빠져드는 것 같다. 이광의 가슴에 볼을 붙인 오세영이 숨 대여섯 번을 쉬고 나더니 곧 잠이 들었다. 고른 숨소리가 들리면서 입을 반쯤 벌린 모습으로 이광에게 안겨 있다. 귀여운 모습이다. 이광의 머릿속에 문득 나은현의 얼굴이 떠올랐다. 나은현 어머니한테서 위자료를 받아간 사실을 나은현이 알게 된 것이 분명했다. 그 후로 두 번인가 연락이 오고 나서 뚝 끊겼기 때문이다. 나은현 어머니가 이야기를 해주었을 것이다. 돈을 달라고 했다고.

"부르셨습니까?"

제니 오가 웃음 띤 얼굴로 강기창 앞쪽 자리에 앉으며 물었다. 오전 9시, 출근하자마자 강기창이 중역 회의실로 부른 것이다. 중역 회의실은 의자가 머리 받침까지 되어 있는 데다 테이블도 마호가니여서 윤기가 난다. 강기창은 수석 부장으로 중역 회의실을 사용할 수 있는데 일반 부장은 안 된다. 작년에 일반 부장 둘이 이곳에서 회의를 했다가 마가렛한테 걸려서 회사 규칙을 위반했다는 질책을 받고 난 후부터 얼씬도 하지 못한다.

"어, 잠깐 기다려."

강기창이 힐끗 시선을 주고 나서 다시 서류를 보았으므로 제니 오는 심호흡을 했다. 이곳으로 오면서 제니 오는 2가지 예상을 했다. 둘 다 희망적인 예상이다. 첫째가 진급이다. 강기창이 중역 회의실에서 부른다는 연락을 받자 주위에서도 같은 추측을 해주었다. 제니 오는 이제 매니저, 즉 한국식 직급으로는 과장 진급 서열이 되어 있었기 때문이다. 트리톤은 업무 실적이 뛰어나면 입사 2년 만에 과장으로 진급한 경우도 있다. 제니 오는 현재 사원 직급을 지나 보조 매니저, 즉 과장대리 타이틀을 달고 있었는데 작년에 과장대리 17명 중 3위를 했다. 1, 2위는 지난달에 과장으로 진급했으므로 이제 제니 오 차례다. 그리고 두 번째는 보너스 문제, 지난주 제니 오는 보너스가 2백 프로 인상되어 500프로를 받게 되었다는 통보를 받았다. 그것에 대해 본인이 받아들일 것인가 아닌가를 통보해야 한다. 트리톤은 이 정도로 민주적인 회사다. 그래서 한국 일류대 졸업생들의 취업 희망 5순위 안에 트리톤이 들어가고 있다. 그때 회의실로 총무부장 정수일이 들어섰다. 강기창과 같은 일성대 출신으로 흰 얼굴에 금테 안경을 썼고 입술이 붉어서 화사한 얼굴과 어울리지 않게 별명이 흡혈귀다. 서류 가방을 들고 온 정수일이 잠자코 강기창 옆에 앉더니 안경테를 올리면서 제니 오를 보았다. 제니 오의 웃음 띤 얼굴과 시선이 마주치자 정수일의 입술 끝이 조금 올라갔다가 내려왔다. 그때 정수일이 강기창에게 물었다.

"아직 이야기 안 하셨군요?"

"예."

"그럼 내가 해야겠네요?"

"예."

강기창이 서류에서 시선을 들고 제니 오를 보았다. 그 순간 제니 오가 숨을 들이켰다. 강기창의 시선이 차가웠기 때문이다. 그때 정수일이 서류를 펼치더니 제니 오에게 물었다.

“제니 오 씨, 다라나 오더에서 수수료를 받아 착복하셨더군요.”

제니 오는 시선만 주었고 정수일이 서류를 읽었다.

“유진 에이전시라는 세금계산서 발행업체를 다라나 오더 에이전시로 내세우고 유성상사에서 오더가 선적 될 때마다 6%의 수수료를 받아서 착복하셨네요.”

숨을 멈춘 제니 오가 입을 조금 벌렸지만 말이 안 나왔다. 머릿속이 텅 비었기 때문이다.

“유성상사의 김성규 대리하고 공모한 것이고 유진 에이전시 사장이 김성규의 고등학교 선배라는 것도 확인되었습니다. 3자(者)가 공모한 범죄 행위지요.”

“…….”

“그래서 마가렛 지점장께서는 이 건을 한국 법에 적용되도록 형사고발을 하라고 하셨습니다. 그렇게 알고 계시지요.”

“…….”

“그리고 오늘부터 제니 오 씨는 회사에서 파면조치 되었습니다. 퇴직금이나 연봉들은 이번 형사고발이 한국 법원의 판결을 받을 때까지 지급 보류가 됩니다. 그걸 기억해 두시지요.”

“…….”

“곧 총무부 직원 입회하에 책상 정리가 있을 테니까 협조해주시고요.”

머리를 돌린 정수일이 강기창을 보았다.

“강 부장님, 업무 관계로 하실 말씀은?”

“아니 뭐, 인계인수 할 것도 없어요.”

강기창이 의자에 등을 붙이면서 제니 오를 보았다. 무표정한 시선이다.

"그냥 개인 소지품 정리해서 나가면 됩니다."

그러자 머리를 끄덕인 정수일이 다시 제니 오를 보았다.

"그럼 됐습니다, 나가 보시지요. 지금쯤 총무부 직원이 자리에 가 있을 겁니다."

제니 오가 자리에서 일어서자 정수일이 말을 이었다.

"곧 경찰에서 연락이 갈 테니까 주소 이전은 안 하시는 게 좋을 겁니다, 도주죄가 추가되거든요."

제니 오가 방을 나갔을 때 강기창이 길게 숨을 뱉고 나서 정수일에게 물었다.

"경찰에 고발은 할 겁니까?"

"그게……."

입맛을 다신 정수일이 힐끗 문 쪽을 보았다.

"마가렛이 회사 이미지 관계로 망설이고 있어요. 그래서 제니 오 퇴사시키고 저쪽 유성상사 담당과 놈에 대한 자료를 유성 경영진에 보내는 것으로 마무리를 해야 될 것 같아요."

그러자 강기창이 쓴웃음을 지었다.

"유성상사 담당자 놈도 목이 잘릴까요?"

그 시간에 김성규는 소공동 커피숍에서 고종민과 마주앉아 있었는데 굳은 얼굴이다. 고종민은 유진 에이전시 사장인 것이다.

"어제 오후 4시쯤에 다녀갔으니까 트리톤에서는 이미 일이 터졌겠지."

고종민이 일그러진 얼굴로 말했다.

"트리톤에서 국세청 직원을 데려왔는데 어쩔 수가 없는 일이었어."

"……."

"수수료 세금계산서 자료 다 가져갔어. 나도 벌금은 좀 내야 될 것 같다."

"그런데 이 정보가 어디서 샜을까요?"

이맛살을 모은 김성규가 똑바로 고종민을 보았다. 고교 5년 선배인 고종민은 유럽지역 오더를 하고 있다.

"그걸 내가 어떻게 알아? 트리톤에서는 이미 환하게 알고 찾아 왔던데 말이야."

고종민도 찌푸린 얼굴로 김성규를 보았다.

"네 회사에서 샌 거 아냐?"

"그럴 리가……."

눈동자의 초점이 흐려진 김성규가 숨을 들이켰다. 이광의 얼굴이, 그 다음에 안창문, 정현애, 윤병도의 얼굴 순으로 떠올랐다가 사라졌다. 기조실 감사과가 수수료 체크 한다는 소문도 있었으니 혹시 그쪽일 가능성도 있다. 그때 고종민이 물었다.

"너, 회사에서 괜찮겠어?"

"저요?"

눈을 크게 뜬 김성규가 씩 웃었다.

"제가 왜요?"

"트리톤 분위기를 보니까 담당자는 물론이고 유성 담당자도 함께 물고 갈 것 같더라."

"미친놈들."

"너, 진짜 괜찮아?"

고종민이 다시 물었다. 다라나 수수료가 어떻게 시작되었는지를 고종민이 다 알고 있는 것이다. 김성규가 없는 수수료를 만들어서 제니 오에게 떼어주고 저도 먹었다. 제니 오는 김성규가 만들어준 수수료를 먹었을 뿐이지만 묵인, 방조해준 책임은 있다. 회사에서 수수료를 6퍼센트 받아내어서 제니 오한테 다 주지는 않았을 것이라는 것도 짐작하고 있다. 그때 김성규가 웃음 띤 얼굴로 말했다.

"난 제니 오라는 트리톤 담당자가 수수료를 만들어 오라고 해서 만들어준 겁니다, 세금계산서를 만들어서요."

"……."

"내가 무슨 잘못이 있습니까? 시킨 대로 한 것뿐인데요."

"……."

"바이어는 왕 아닙니까? 수수료 만들어 오라니까 만들어 준겁니다."

"그렇군."

어깨를 늘어뜨린 고종민이 곧 얼굴을 일그러뜨리며 웃었다.

"너 출세하겠다."

"선배님은 걱정 안 하셔도 됩니다, 다 내가 부탁해서 한 일이니까. 그리고 벌금이야 얼마나 나오겠습니까? 제가 벌금 부담할게요."

"야, 나도 먹고살 만하다."

고종민이 투덜거리면서 일어났으므로 김성규도 따라서 커피숍을 나왔다. 그날 점심시간에 김성규는 영등포역 근처의 일식당 '고베'의 방 안에서 남영호와 마주앉아 있다. 남영호는 마른 체격에 용모가 단정했고 눈빛이 날카롭다. 45세, 유성상사의 전무 이사로 김성규의 이모부인 것이다. 이윽고 김성규가 말을 마쳤을 때 남영호가 물었다.

"그럼 트리톤의 그 담당자는 어떻게 된 거냐?"

"조금 전에 연락해보니까 파면되었다네요. 경찰에 고발한다는 소문도 있습니다."

김성규가 정색하고 남영호를 보았다.

"이모부, 그 기집애가 절 물고 들어갈지도 모르겠어요. 제가 수수료를 만들어 주었다는 둥 어쩌고 하면서요."

"미친년, 그런다고 누가 믿어주나?"

쓴웃음을 지은 남영호가 회를 집어 씹고 나서 말을 이었다.

"바이어가 해달라면 해줘야지. 그건 경찰도 알고 대한민국 국민도 다 안다."

"트리톤에서 우리 회사로 연락이 올지도 모릅니다."

"그건 걱정할 것 없어."

이맛살을 찌푸린 남영호가 김성규를 노려보았다.

"내가 네 이모부인 것을 알게 되면 네가 손해야. 무슨 말인지 알아?"

"압니다, 이모부."

"이 자식, 곧 진급할 놈이 그런 구설수에 끼어들다니."

"이모부, 죄송합니다."

"조금 기다리면 좋은 소식이 올 거다."

남영호가 번들거리는 눈으로 김성규를 보았다.

"그러니까 너도 당분간 처신 잘 해."

트리톤의 마가렛 지사장 이름으로 유성상사에 공문이 도착한 것은 다음 날 오전 10시경, 수취인이 유성상사 대표이사 사장 앞이었으므로 비서실이 받았다. 그러나 대표 이사 앞으로 온 서류지만 대표 이사가 가장 먼저 개봉하는 것은 아니다. 비서실장 하동준이 먼저 읽고 나서 대표 이사에게 보고했다. 대표 이사 황근만은 사주이며 회장인 황학수의 장남으로 44세, 27세부터 유성상사 내수영업부 사원부터 시작하여 17년간 근무해왔다.

"뭐야 이거?"

황근만은 '욱'하는 성격인 한편으로 뒤가 무르다. 개척 정신이 강하고 통이 크지만 치밀하지 못한 단점이 있다. 그러나 대표 이사를 맡은 지 3년 동안 회사 매출액을 2배로 성장시켜 어느 정도 회장 황학수의 기대를 충족시켰다. 서류에서 시선을 뗀 황근만이 하동준을 보았다.

"뭐 이런 놈이 다 있어? 남 전무 오라고 해."

"예, 사장님."

사장실을 나온 하동준이 곧 영업본부장 겸 전무 이사 남영호를 데리고 들어섰다. 황근만이 서류를 남영호 앞으로 내밀었다.

"이거 읽어봐요."

서류를 받아든 남영호가 읽고 나서 황근만에게 말했다.

"제가 당장 확인해보겠습니다."

사장실을 나온 남영호가 전무 이사실로 무역부장 강근제, 3과장 윤병도, 그리고 주인공 김성규까지를 불렀다.

"자, 이거 읽어들 보라고."

강근제, 윤병도 순으로 공문을 읽는 동안 분위기는 무겁게 가라앉았다. 마지막으로 주인공 김성규까지 읽었을 때 남영호가 김성규에게 말했다.

"간단하게 해명해라."

던지듯이 말한 남영호가 덧붙였다.

"제니 오는 파면되었다."

"이건 물귀신처럼 절 끌고 들어가는 것입니다."

어깨를 편 김성규가 똑바로 남영호를 보았다.

"바이어가 저 혼자서 수수료 해먹다가 걸리니까 담당자를 끌고 들어간 것이지요."

"제니 오는 네가 주도했다고 했다는데?"

"바이어가 메이커한테 끌려 다닌단 말씀입니까? 이런 경우는 없습니다, 전무님."

어깨를 부풀린 김성규의 얼굴이 붉어졌다. 금방이라도 폭발할 것 같은 표정이다.

"수수료 만들어 오라고 해서 만들어준 것입니다. 그러다가 들통이 나자 절 끌고 들어간 것입니다, 기가 막힙니다."

남영호가 강근제와 윤병도를 번갈아 보았다. 이런 상황에서 제 부하를 범인으로 몰아붙이는 상사는 없다. 타 회사와의 문제인 것이다. 그리고 잠깐만 생각해봐도 이쪽이 아니라면 증거가 없다. 오직 제니 오의 진술뿐이다. 누가 그쪽 진술만을 믿겠는가? 이때 김성규가 아무리 미워도 네가 수상하다고 한다면 이상한 놈이 된다. 더욱이, 가장 중요한 요소는 강근제와 윤병도가 남영호는 김성규의 이모부라는 사실을 알고 있다는 것이다. 먼저 강근제가 입을 열었다.

"물귀신 작전인 것 같습니다, 걸리니까 김 대리를 끌고 들어간 모양입니다."

"제 생각도 그렇습니다."

윤병도가 거들었는데 남영호의 시선은 받지 않았다. 어깨를 부풀린 윤병도가 말을 이었다.

"증거도 없으면서 비열하게 끌고 들어가는군요. 대응할 가치도 없습니다, 전무님."

"그렇군."

머리를 끄덕인 남영호가 입맛을 다셨다.

"우리도 트리톤 측에 공문으로 대답을 해야 할 테니까 정중하게 작성해, 오더에 영향을 받지 않도록 말이야."

"예, 전무님."

대답은 강근제가 했다. 전무실을 나온 셋은 다시 강근제의 책상 뒤쪽 소파에 둘러앉았다. 강근제가 찌푸린 얼굴로 김성규를 보았다.

"네가 평소에 제니 오하고 잘 사귀었다면 이런 때 끌고 들어가지는 않았을 거 아니냐?"

"저는 날벼락 맞는 기분입니다."

어깨를 부풀린 김성규가 눈을 부릅뜨고 말했다.

"분통이 터져서 미치겠습니다. 당장에 그 년을 잡아 분풀이를 해야겠습니다."

"야, 파면 당했으니까 놔둬라."

이제는 강근제가 외면하고 말했다. 그때 윤병도가 김성규를 보았다.

"대표 이사 앞으로 공문이 왔으니까 우리도 마가렛 앞으로 답신을 보내야 돼, 대표 이사 이름으로 말이야."

김성규의 시선을 받은 윤병도가 말을 이었다.

"그러니까 정중하게, 조리 있게 답신을 작성해, 김 대리가 말이야."

"알겠습니다."

"지금 시작해."

"예, 어쨌든 제 불찰입니다, 죄송합니다."

자리에서 일어선 김성규가 둘을 향해 머리를 숙여 보이고는 제자리로 돌아갔다. 소파에 그대로 앉아 있던 윤병도가 힐끗 강근제를 보았다. 그러자 강근제가 먼저 입을 열었다.

"말하지 마, 네가 무슨 말 하려는지 내가 다 알아."

그러고는 덧붙였다.

"너나 나보다 저놈 장래가 더 유망해."

"용의주도한 놈이야."

그날 저녁, 신촌의 삼겹살 식당에서 소주잔을 든 윤병도가 이광에게 말했다. 오후 7시 반, 둘은 퇴근하고 이곳에서 만난 것이다. 한 모금에 술을 삼킨 윤병도가 말을 이었다.

"나는 물론이고 부장도 할 말을 잃었다. 그리고 증거가 있다고 해도 그럴 상황이 못 돼, 역부족이야."

이광은 삼겹살을 씹으면서 듣기만 했다. 대리 하나가 과장은 물론이고 직속 부장까지 쥐고 흔드는 꼴이다. 휘하 직원은 말할 것도 없다. 물론 영업본부장 겸 전무 이사인 이모부가 뒤를 받쳐주고 있기 때문이기는 하다. 머리를 든 이광이 윤병도를 보았다.

"이번 사건은 유야무야 끝났지만 김성규에게 상처는 하나 만들어졌습니다."

"하긴 그렇다."

쓴웃음을 지은 윤병도가 말을 이었다.

"사장님 머릿속에 그놈 이름이 입력되었다는 것 말이지?"

"예, 과장님."

이광이 제 잔에 소주를 따르면서 말을 이었다.

"김성규가 이번 문제를 터뜨린 범인으로 저를 주목할 것입니다."

윤병도는 잠자코 시선만 주었다. 이광은 이 사건을 터뜨리기 전에 윤병도에게 이야기를 했던 것이다. 술잔을 든 이광이 웃음 띤 얼굴로 말을 이었다.

"하지만 저 또한 증거가 없지요, 김성규는 물증을 잡지 못할 것입니다."

"그놈이 암 덩어린데."

이 사이로 말한 윤병도가 길게 숨을 뱉었다.

"그놈하고 남 전무가 이모부, 조카 사이란 것을 사장한테 알리는 방법이 없을까?"

그러나 엄청난 일이다. 무기명 투서라면 사장한테 가지 않을 것이고 요소요소에 남영호의 심복이 심어져 있다. 남영호는 사장의 고교 2년 선배로 사장과 10년간 손발을 맞춰온 사이인 것이다.

"강 부장도 남 전무 측근에 들어. 내 앞에서는 김성규를 죽일 놈 취급했지만 남 전무 눈치를 안 볼 수가 없지."

"사장한테는 남 전무가 김성규는 무고하다고 보고했겠군요."

"당연한 일 아니냐?"

"김성규는 난공불락입니까?"

웃음 띤 얼굴로 이광이 묻자 윤병도의 얼굴이 일그러졌다.

"비참하다."

"과장님."

"뭐냐?"

"전 의협심으로 김성규의 비리 행각을 트리톤에 고발할 겁니다."

"누가 뭐래?"

"지난번 과장님이 트리톤 김병익한테서 클레임을 받으셨던 것도 김성규가 농간을 부렸기 때문이었지 않습니까?"

"그렇지."

윤병도의 어깨가 늘어졌다. 그것을 이광이 해결해준 것이다. 김성규가 김병익을 부추겼다는 사실도 확인했다. 이광이 트리톤의 수석 부장 강기창의 말을 녹음해서 윤병도에게 들려주었기 때문이다. 그런데 이곳, 회사 안에서는 국내법이 잘 통용되지 않는다. 고발자의 신분이 밝혀지면 회사 생활을 하기가 어려워진다. 함께 옷을 벗을 각오를 해야만 한다. 더욱이 김성규처럼 막강한 '백'을 가진 경우는 더 어렵다. 그 '백' 위의 사장한테 직소(直訴)를 해? 그건 사회에서 도둑놈을 보고 대통령한테 신고하는 것이나 같다. 그때 이광이 웃음 띤 얼굴로 윤병도를 보았다.

"과장님."

"뭐냐?"

시선을 든 윤병도가 흐린 눈으로 이광을 보았다. 31세, 6년 차, 이제 윤병도는 이광 앞에서 허세를 부리지 않는다. 6개월 경력인 이광에게 의지하려는 분위기까지 나타난다. 이광이 말을 이었다.

"방법이 있습니다."

"말해봐."

윤병도가 술잔까지 내려놓고 정색했다.

"내가 솔직히 요즘 너한테 의지하고 있다. 부끄럽지만 어쩔 수 없어. 그놈이 내 등을 찌르고 있는 걸 뻔히 보면서도 속수무책인 내 자신에게 환멸이 온다."

주섬주섬 말하는 윤병도의 얼굴이 다시 일그러졌다. 말단 사원한테 과장은 속을 다 털어놓는 셈이다. 이광은 이것이 윤병도의 장점이라는 생각을 했다. 이 와중에도 반면교사가 떠올랐다. 배우자, 이런 장점은 배워야 한다.

"과장님, 우선 배후부터 밝히지요."

윤병도의 시선을 받은 이광이 손에 쥐고 있던 술잔을 들어 한 모금에 삼키고 나서 말을 이었다.

"남 전무가 김성규의 이모부라는 사실을 회사에 소문을 내는 것입니다."

"……."

"소문이 퍼지면 순식간입니다. 그럼 그 소문이 곧 사장님한테까지 갈 것입니다."

"옳지."

윤병도가 어깨를 부풀렸다. 하나를 말하면 하나 반은 알아듣는 윤병도다.

로비 안으로 들어선 김성규가 곧장 안쪽의 밀실로 다가가자 종업원이 다가와 물었다.

"누구 찾으시는지요?"

"오세영이 예약했을 텐데요."

"아, 저쪽 에메랄드 룸입니다. 제가 안내하지요."

밀실은 모두 보석 이름이 붙어 있다. 종업원을 따라간 김성규가 방 앞에서 멈춰 서더니 심호흡부터 했다. 토요일 오후 7시, 오늘 계획은 이미 머릿속에 다 들어 있다. 방에서 오세영하고 부드러운 이야기로 분위기를 만든 다음 근처 식당에 가서 저녁과 함께 술, 거기서 다시 카페나 나이트클럽에 가서 몸을 덥힌 다음 여관행이다. 마지막 여관행이 어렵다면 다음 기회로 미룰 수 있다. 어쨌든 오세영이 고분고분 만나준 것을 보면 가능성은 7할 이상이다. 이윽고 김성규가 노크를 한 번 하고 나서 문을 열었다.

"어, 기다렸어?"

원탁에 혼자 앉아 있던 오세영과 시선이 마주치자 김성규가 웃음 띤 얼굴로 물었다.

"아뇨, 방금 왔어요."

"야, 좋다."

자리에 앉은 김성규가 창밖을 내다보며 탄성을 뱉었다. 17층 로비에서 한강까지 내려다보였기 때문이다.

"오세영 씨 제법인데? 이런 곳도 알고."

종업원이 들어왔으므로 김성규는 맥주를, 오세영은 커피를 시켰다.

"오세영 씨, 그동안 귀찮게 해서 미안해."

김성규가 웃음 띤 얼굴로 오세영을 보았다.

"좋아하면 참을성이 없어져, 못 참겠더라고."

"하루에 다섯 번씩 전화하는 사람이 어딨어요?"

오세영이 정색하고 김성규를 보았다.

"일을 못 할 정도였어요."

"이렇게 진즉 만나주었으면 그런 일 없잖아?"

김성규가 능글거리며 웃었다.

"봐, 이렇게 만나니까 다 풀리지."

그때 종업원이 들어와 맥주와 커피를 내려놓고 돌아갔다. 잠깐 입을 다물고 있던 오세영이 물었다.

"만나서 뭐 하시려고요?"

"뭐 하기는? 이렇게 이야기하고 서로 좀 더 깊게 아는 거지."

이제는 정색한 김성규가 덧붙였다.

"난 여자한테 이런 감정을 품는 거 처음이야."

"어떤 감정요?"

"호감, 또는 설렘이라고 해도 돼. 오세영 씨만 생각하면 들뜨고 조급해지고, 막 갈증이 나."

"난 애인이 있어요."

"상관없어."

예상하고 있었다는 듯이 김성규가 바로 말했다.

"오세영 씨 같은 여자가 남친이 없다는 것이 오히려 이상한 일이지."

"남친이 아니라 애인이라니까요."

"정정당당히 승부를 가릴 거야. 그리고 나한테 기회를 준다면 자신도 있어."

"무슨 자신요?"

"오세영 씨의 마음에 들 자신."

"정말요?"

"그래. 난 절대로 빼앗기지 않아."

"내 애인한테서요?"

"글쎄, 두고 보라니까! 나에게 기회만 줘."

"오늘 드린 거예요."

"고마워."

맥주병 마개를 딴 김성규가 잔에 술을 채우면서 웃었다. 그때 방문이 열리더니 사내 셋이 들어섰다. 앞장선 사내는 거구다. 뒤쪽 두 사내는 척 봐도 앞쪽 사내의 수행원이다. 그때 앞쪽 사내가 오세영에게 물었다.

"세영아, 이놈이냐?"

"오빠."

오세영이 놀란 얼굴로 딱 한 마디 했다. 그때 사내가 어깨를 펴고 다가왔다. 거구, 울퉁불퉁한 얼굴, 가는 눈, 두툼한 입술, 김성규는 숨을 죽였고 이윽고 사내가 앞으로 다가와 섰다.

"야, 니가 세영이 좋아한다면 나하고 한번 떠야긋다."

사내가 선 채로 저고리를 벗더니 곧 셔츠를 찢어발기듯이 벗어던졌다. 그 순간 김성규는 넋을 놓았다. 보라, 사내의 상반신은 칼자국투성이다. 거기에다 엉킨 뱀 문신으로 가득 덮였는데 시선이 떨어지지 않는다. 거대한 상체, 배가 임산부 같아서 숨을 쉴 때마다 덜렁거렸는데 뱀 문신과 상처도 같이 움직였다. 사내가 기둥뿌리 같은 팔 하나를 들더니 대뜸 김성규의 목을 움켜쥐었다.

"니가 내 여자를 해 보겠다고?"

"아, 아니……."

김성규의 입에서 겨우 나온 말이다. 사내의 한 손에 매달린 꼴로 김성규가 몸을 일으켰을 때 부하 하나가 다가와 김성규의 몸을 뒤에서 잡았다.

"이노무시키, 거세를 해뻔져야긋다."

거구의 사내가 가는 눈을 더 가늘게 뜨더니 주머니에서 무언가를 꺼내더니 철컥 날이 튀어나왔다. 시퍼런 잭나이프다. 그 순간 김성규는 다리 사이가 뜨뜻해진 것을 느꼈다. 자신도 모르게 오줌을 싼 것이다.

“형, 어떻게 해?”

8시 반, 신촌 사거리 뒤쪽 골목의 돼지갈비 식당으로 들어선 오세영이 자리에 앉자마자 말했다. 얼굴이 울상이었다가 일그러지더니 곧 콧구멍이 벌름거려서 분위기 파악이 되지 않았다. 이광은 돼지갈비 안주로 벌써 소주를 세 병째 마시고 있는 터라 취기가 배어 있는 상태, 앞쪽에 앉으면서 칠면조처럼 이리저리 변하고 있는 오세영을 물끄러미 보기만 했다. 그때 오세영이 제 잔에 소주를 따르더니 말을 이었다.

“아 글쎄, 김성규가 바지에 오줌을 흠뻑 쌌어.”

오세영이 한 모금에 소주를 삼키더니 ‘푸학’ 하고 웃었다. 마신 술을 뱉는 줄 알고 이광이 찔끔했지만 아니었다.

“그, 문신한 아저씨가 한 손으로 들어 올리니까 말이야, 다른 아저씨는 뒤에서 두 손을 잡고.”

“…….”

“그랬더니 대롱대롱 매달려서 오줌을 쌌어.”

이광은 무뚝뚝한 표정으로 시선만 주었고 오세영의 말이 이어졌다.

“베이지색 바지라 오줌 싼 것이 다 보였어. 엄청 쌌어, 지린내도 무지하게 났고.”

“…….”

“그 아저씨가 칼로 볼을 쓱쓱 비빌 때 나도 쌀 뻔했어.”

이광의 시선이 아래쪽으로 내려졌으므로 오세영이 눈을 흘겼다.

“뭘 봐?”

이광의 시선이 올라갔고 오세영의 말이 활기 있게 이어졌다.

“김성규가 각서를 썼어, 나를 쳐다보지도 않는다고. 그때는 눈알 뺀다고 했어, 그리고…….”

오세영이 이맛살을 찌푸리더니 몸서리를 쳤다.

"그 아저씨들이 김성규 바지를 벗기고 고추를……."

이광의 시선을 받은 오세영의 얼굴이 붉어졌다.

"난 형 것만 봐서 그런지 김성규 고추는 고추 같지도 않았어."

"……."

"번데기였어."

"……."

"그런데 그 아저씨가 고추를 칼로 툭툭 건드리기에 난 돌아앉아 버렸어."

"……."

"김성규는 울고."

"……."

"각서는 그 아저씨가 갖고 갔어."

"……."

"나도 같이 나와서 호텔 앞에서 헤어지고 곧장 여기로 온 거야."

"……."

"그 아저씨가 형 전화 기다린다고 했어."

그때 이광이 다시 한 모금 소주를 삼키더니 오세영을 보았다.

"이제 잘 끝났지?"

"응, 속이 시원해, 형."

술잔을 다시 든 오세영이 한 모금에 삼켰다.

"10년짜리 체증이 싹 뚫린 것 같아. 형, 형은 과연 대물이야."

"물건이 크다고? 그게?"

"그래."

눈을 흘긴 오세영의 얼굴에 교태가 가득 덮여 있었으므로 이광이 숨을 들이켰다. 이광이 정색하고 오세영을 보았다.

"네가 할 일이 있어."

"뭔데?"

"김성규가 남영호 전무 조카야. 남영호 전무가 김성규 이모부지."

"정말?"

눈을 크게 뜬 오세영이 술잔을 내려놓았다. 두 눈이 반짝이고 있다.

"그래서 그놈이 그렇게 안하무인이었구나."

"그건 우리 수출부 강 부장, 윤 과장 정도만 알고 있는 비밀이야, 아마 총무부장 쪽도 알고 있겠지."

"그렇구나."

"이번에 김성규가 살아난 것도 남 전무가 막았기 때문이야. 강 부장, 윤 과장은 알아서 기었고."

"비겁하게."

"내가 윤 과장하고 상의했는데 그 소문을 내기로 했어. 그럼 김성규 백의 힘이 약해지겠지."

"당연히."

"네가 소문을 좀 내."

"알았어, 형."

"총무부 쪽에서 들었다고 하고. 어차피 그놈들은 누가 그랬냐고 따질 형편이 못 돼."

"알았어, 월요일부터 퍼뜨릴게."

오세영이 손목시계를 보는 시늉을 하더니 이광에게 말했다.

"형, 나 이제 큰일 났어."

"뭐가?"

"나, 형만 보면 몸에서 벌레가 기어 다니는 느낌이 와. 왜 그런지 모르겠어."

눈썹만 모은 이광을 향해 오세영이 정색하고 말을 이었다.

"온몸이 뜨거워지고 말이야. 이건 형이 책임질 문제 같아."

이광의 심장 박동이 빨라졌다. 귀엽다.

월요일 아침, 출근한 김성규 팀은 상담실에 둘러 앉아 있다. 월요일 아침은 수출부 전 팀이 대부분 회의를 하는 터라 회의실과 상담실이 다 만원이다. 김성규가 이광, 안창문, 정현애를 차례로 둘러보고 나서 입을 열었다.

"트리톤의 제니 오가 파면되는 바람에 일이 좀 꼬였어."

이광은 김성규의 시선을 받았지만 안창문은 결국 외면했다. 이광한테서 내막을 다 들은 터라 김성규를 마주 볼 비위가 없기 때문일 것이다. 김성규가 말을 이었다.

"제니 오 대신 최한태 과장이 맡았다는데."

김성규의 시선이 이광에게로 옮겨졌다.

"오늘 오전에 트리톤에서 오더 문제로 미팅이 있다니까 이광 씨가 내 대신 가봐."

"예, 그러지요."

바로 대답한 이광이 김성규를 보았다.

"팀장 찾으면 뭐라고 할까요?"

"공장 출장 갔다고 해."

바로 말한 김성규가 웃음 띤 얼굴로 말을 이었다.

"그놈들, 제니 오를 파면시키고 나서 물귀신처럼 날 끌어들이려고 했지만 어디 우리가 호락호락 넘어가나? 안 그래?"

"그렇군요."

"세상 사람들한테 물어봐. 수수료 만드는데 바이어가 메이커 시키는 대로 하는 병신이 있는가 말이야. 이것들이 제니 오만 파면시키는 것이 분하니까……."

말을 그친 김성규가 안창문과 정현애를 보았다.

"당신들은 먼저 나가. 내가 이광 씨하고 할 이야기가 있어."

둘이 기다렸다는 듯이 상담실을 나갔을 때 김성규가 이광을 보았다. 어느새 얼굴에 웃음기가 지워져 있다. 김성규가 정색하고 물었다.

"이광 씨, 이번 일 어떻게 생각해?"

"무슨 일 말입니까?"

"제니 오 사건 말이야."

"난 관심 없습니다."

"그래?"

눈을 가늘게 뜬 김성규가 똑바로 이광을 보았다.

"솔직히 말해서 우리 팀에서는 이광 씨가 2인자야. 안창문은 경력이 많지만 뒤가 무르고 순발력이 떨어져."

"……."

"내가 이광 씨가 앞에 있대서 이런 말 하는 거 아냐. 이광 씨 능력이 뛰어나. 과장이나 부장도 인정하고."

"아이구, 왜 이러십니까?"

쓴웃음을 지은 이광이 김성규의 시선을 맞받았다. 김성규의 눈동자는 흔들리지 않았다. 그 순간 이광은 김성규의 저력을 느꼈다. 만만치 않은 상대다. 현재 시점에서 봐도 김성규는 모든 면에서 뛰어났다. 언어, 업무, 처신, 배경까지, 순발력이나 적응력도 그렇다. 더구나 최악의 상황에 몰린 지금의 김성규를 보라. 아무리 남 전무의 배경이 있다고 치더라도 이런 배짱, 이런 뻔뻔함은 배워야 할 것이다. 그때 김성규가 말했다.

"앞으로 나를 대리해서 팀을 이끌어 갈 경우도 많을 거야. 나하고 손발을 맞춰서 잘해보자고."

"알겠습니다."

"내가 그 말 하려고 부른 거야."

"감사합니다."

자리에서 일어선 이광의 어깨가 저절로 늘어졌다. 김성규는 트리톤에 정보를 준 것이 자신임을 짐작하고 있는 것 같다는 예감이 들었기 때문이다. 그런데도 오히려 감싸 안는 제스처를 보인다. 자신으로서는 엄두도 못 낼 위장이다. 숨을 들이켠 이광이 몸을 돌렸다. 아직도 김성규는 고수(高手)다. 반면교사로 배워야 한다. 김성규가 지시한 대로 서류를 챙겨 들고 트리톤에 갔더니 제니 오 책상에 최한태가 앉아 있다가 이광을 맞았다.

"어, 당신이 이광이야?"

최한태는 30대 초반쯤으로 김병익보다 고참이다. 이광의 인사를 받은 최한태가 자리에서 일어서더니 옆쪽 상담실로 앞장서 들어갔다.

"우리 수석 부장이 당신 이야기를 하더군."

마주보고 앉았을 때 최한태가 웃음 띤 얼굴로 이광을 보았다.

"믿을 만한 사람이라고 말이야."

"잘 봐주셔서 고맙지요."

이곳에 오기 전에 미리 강기창에게 연락을 한 것이다. 머리를 끄덕인 최한태가 말을 이었다.

"자네 팀장, 김 아무개 말이야, 우리 지사장이 공문을 보냈는데도 끄떡없다면서? 결백하다는 공문까지 보내왔다는데, 제니 오가 무고를 했다면서 말이야."

최한태가 지그시 이광을 보았다.

"대단한 배경을 갖고 있는 것 아냐? 보통 이런 경우에는 바이어 측 입장을 봐서라도 김 아무개를 자를 텐데 말이야."

"저는 잘 모릅니다."

"이런 상황에서 그쪽이 트리톤 오더를 가져갈 수 있겠어?"

바로 핵심이 이것이다. 회사에서는 남영호 전무까지 대놓고 말은 안 했지만 숨을 죽이고 있을 것이다. 김성규가 모른 척하고 이광을 보내면서 이 이야기를 안 했지만 오더를 끊는다면 치명상이다. 그때 최한태가 입을 열었다.

"이번 달 오더는 제대로 선적이 되나?"

"예, 과장님."

오늘이 22일, 3일 후인 25일에 40피트 컨테이너 2대가 선적된다. 트리톤 오더는 9월부터 12월까지 오더의 양이 많은 것이 특징이다. 상담실 안에 잠깐 정적이 덮였다. 최한태는 여유 있는 자세다. 이윽고 최한태가 말을 이었다.

"참, 이런 말 꺼내기가 거북하군."

그러고는 최한태가 헛기침을 했다.

"그쪽 김성규 팀이 가져가던 트리톤 오더는 이번 달 선적분을 마지막으로 중지하겠네."

말을 그친 최한태가 이광을 보았다. 차분한 표정이다. 최한태의 시선을 받은 채 이광의 머릿속에서 분주하게 계산기가 두들겨졌다. 김성규 팀, 즉 수출3과의 B팀이 트리톤에서 가져가는 오더는 올해 예상액이 65만 불, 9월 말 현재까지 37만 불이 선적될 예정이며 30만 불 정도의 오더가 남아 있다. 10월부터 월간 10만 불 정도의 물량이 있는 것이다. 트리톤은 나머지 오더를 취소한다는 것이다. 그러면 B팀은 목표액의 절반밖에 달성하지 못한다. B팀의 올해 목표는 80만 불, 30만 불이 빠지면 40퍼센트 가까운 실적 차질이다. 그럼 B팀은 배겨나지 못한다. 실적 미달인 팀은 가차 없이 해체되기 때문이다. 그때 최한태가 말했다.

"난 트리톤에 오기 전에 '대광'에 있었어, 무역 경력이 7년이지."

최한태의 둥근 얼굴에 다시 웃음이 떠올랐다. 날씬 체격에 머리숱이 적고 눈이 가늘다. 대광은 종합 상사로 국내 2위의 재벌 그룹이다. 느긋하게 의자에 등을 붙이고 앉은 최한태가 말을 이었다. 이광하고 이야기를 하려고 작정을 한 것 같다.

"이번 제니 오 사건은 그쪽 팀장 김성규의 농간이야, 그렇지 않나?"

"저는 잘 모릅니다, 과장님."

"제니 오가 수수료를 만들어 오라고 할 여자가 아냐. 내가 그 여자를 1년이 넘게 겪었지만 그런 여자는 아니었어."

최한태가 담배를 꺼내어 입에 물더니 불을 붙였다.

"김성규가 제의했을 거야. 그러고는 제가 절반쯤 떼어먹었겠지. 다 먹을 수도 있었지만 만일의 경우를 생각해서 절반은 보험 든 셈 치고 제니 오한테 준 거야. 그러다가 이번에 터졌지."

"……."

"영리한 놈이야, 안 그래?"

"저는 잘……."

"그래, 자네는 모른 척하는 것이 좋아, 아직은."

"……."

"내가 '아직은'이라고 했지?"

"예, 과장님."

"자네 김성규 밑에서 많이 배우지?"

"예, 그렇습니다."

"그놈한테 배울 점이 많을 거야."

"……."

"내가 보기에도 김성규가 우리 트리톤에 제 인맥들을 만들어 놓았어, 김병익이도 하나더군."

"……."

"지난번에 김병익이 시켜서 제 과장 오더를 클레임 물리도록 했지?" 길게 담배 연기를 뱉은 최한태가 지그시 이광을 보았다.

"그때 자네가 우리 수석 부장한테 이야기해서 사건을 해결했고 말이야."

"……."

"아마 김성규는 그 일로 자네를 벼르고 있을 거야. 지금은 그쪽 부장이나 과장 눈치가 보여서 해코지를 못 하겠지만 말이야."

이광은 소리 죽여 심호흡을 했다. 트리톤 사람들도 바보가 아닌 것이다. 이쪽을 면밀하게 분석하고 있다. 그때 최한태가 말을 이었다.

"오늘은 새 담당자인 내가 B팀과 상견례 하는 자리야, 그렇지 않은가?"

"예, 그렇습니다."

"그래서 내가 3과장 윤병도 씨한테 연락했지, B팀장을 보내달라고."

"……."

"그래놓고 나하고 우리 수석 부장하고 이야기를 했지, 과연 김성규가 여기 올 것인가 하고."

최한태의 얼굴에 다시 웃음이 떠올랐다.

"수석 부장이 그러더군. 그놈은 못 온다. 얼굴에 철판을 깔고 있지만 여기 못 올 것이라고 했어. 나도 동감이었는데 과연 안 왔군."

"……."

"수석부장은 그놈 대신 자네가 올 것이라고 예언을 하더군. 점쟁이 같이 딱 맞췄어."

최한태가 어깨를 부풀렸다가 내렸다.

"자, 본론으로 들어가서, 우리가 오더 끊으면 3과 B팀은 석 달 후인 연말에 해체될 가능성이 크지?"

"예, 과장님."

"자네는 어떻게 될 것 같나?"

"운이 좋으면 다른 팀으로 옮기거나 국내영업 본부로 전출이 되겠지요."

"그렇지, 대광도 그랬어."

"봐 주십시오, 과장님."

"그럼 우리가 김성규를 살려주는 셈이 돼. 그 이완용이 같은 놈을."

이광이 심호흡을 했다. 이완용이를 없애고 B팀이 살아나는 방법이 있는가? 아직은 없다.

오후 12시 반, 영등포역 건너편의 커피숍에서 이광과 3과장 윤병도가 마주앉아 있다. 이광이 윤병도를 불러낸 것이다. 트리톤에서 나오자마자 윤병도에게 밖에서 만나자고 연락했기 때문이다. 눈치를 챘는지 윤병도는 무슨 일이냐고도 묻지 않고 승낙했다. 이광이 최한태한테서 들은 이야기를 그대로 전하자 윤병도는 한숨부터 쉬었다.

"정말 미꾸라지 한 마리가 연못을 흙탕물로 만드는군."

이광은 시선만 주었다. 이광 생각에 김성규는 이제 미꾸라지류가 아니다. 고등어나 갈치 정도는 된다. 팔짱을 낀 윤병도가 초점이 없는 눈으로 이광을 보았다. 그것을 보면서 이광은 윤병도가 자신 앞에서 허세나 권위까지도 다 내려놓았다는 것을 느꼈다. 윤병도는 지금 동업자로 앞에 앉아 있다. 거악(巨惡) 김성규와 싸우는 동업자, 그러고 보니 우습다. 일개 대리에 대항하여 과장, 부장까지 전전긍긍하고 있다. 그것은 물론 김성규의 배경에 남영호라는 거물이 도사리고 있기 때문이다. 유성상사의 제2인자, 사장의 절대적인 신임을 받고 있는 권력자다. 이윽고 윤병도가 다시 입을 열었다.

"그래서, 최 과장이 오더를 끊겠다는 거냐?"

"예, 과장님."

윤병도는 시선만 주었고 이광이 말을 이었다.

"최 과장이 대광 출신이라 그렇게 되면 우리 B팀이 어떻게 될 줄도 예상하고 있더군요. 그렇더라도 이완용이 같은 김 대리를 살려둘 수는 없다고 했습니다."

"회사에 소문이 돌고 있어."

불쑥 말한 윤병도가 눈동자의 초점을 잡았다.

"남 전무가 김성규의 이모부라는 소문 말이다. 이젠 수출부는 다 알고 있는 것 같다."

"……"

"그것이 사장 귀에 들어가면 이번의 트리톤 사건이 유야무야 덮인 것에 대한 의혹이 일어날지도 모르지만……."

윤병도가 다시 심호흡을 했다.

"비서실장도 남 전무 인맥이야, 그리고 강 부장도……."

강 부장이란 수출부장 강근제다. 윤병도의 얼굴이 일그러졌다.

"수출부 과장 셋 중 둘이 또 강 부장 인맥이란 말이다."

"제가 최 과장한테 살려달라는 말은 적극적으로 못 했습니다."

"B팀이 망하면 김성규만 잘리는 게 아냐."

"압니다."

이광의 얼굴에도 쓴웃음이 번졌다.

"저도 휩쓸리겠지요."

"나도 그렇다."

숨을 들이켠 이광을 향해 윤병도가 말을 이었다.

"내가 명색이 3과장이야, 나도 내년에 개편되어 밀려날 거다."

"그럼 어떻게 해야 합니까?"

이광이 똑바로 윤병도를 보았다. 화가 무럭무럭 치밀어 올랐으므로 불쑥 김성규의 팔다리를 분지르고 회사를 다니지 못하도록 협박을 할 생각도 떠올랐다. 그런 놈한테는 주먹이 효과가 있다. 이게 무슨 꼴인가? 일개 대리의 농간에 휘둘려 수출부가, 회사가 흔들리고 있다. 그 이모부 되는 놈 남영호와 둘을 쫓아내면 유성상사는 정상이 된다. 그때 윤병도가 말했다.

"회사를 위해서."

심호흡을 하고 난 윤병도가 흐린 눈으로 이광을 보았다.

"네가 최 과장을 찾아가서 사정해보는 것이 낫겠다. 오더를 끊지 말아 달라고 말이다, 회사를 살릴 사람은 너뿐이다."

"……."

"김성규 그놈이 김병익이를 통해서 나를 코너로 몬 것을 생각하면 죽여도 시원치 않아. 거기에다 다라나 오더에 없는 수수료까지 챙겨서 바이어 담당자를 파면시킨 물귀신 같은 놈이야. 회사나 바이어 양쪽에 치명상을 입힌 놈인데도 속수무책인 내가 부끄럽다."

"……."

"이런 수모를 당하면서도 월급쟁이로 남아서 처자식을 먹여 살리려는 내게 자괴감이 든다."

윤병도의 두 눈이 잔뜩 흐려져서 금방이라도 눈물이 흐를 것 같았으므로 이광이 외면했다. 그러고는 이 사이로 말했다.

"제가 점심 먹고 다시 최 과장한테 찾아가지요."

윤병도는 숨만 쉬었고 이광이 말을 이었다.

"김성규한테는 이런 이야기 안 하겠습니다. 오더를 살렸다고 해도 김성규가 잘했다고 하겠습니까? 이 내막을 알면 웃을 텐데요 뭐."

4장 끝까지 버틴다

"알았어."

이광의 말을 들은 강기창이 간단하게 대답했다. 둘은 시청 앞 서울호텔 커피숍에 앉아 있었는데 이곳은 커피 한 잔 값으로 자장면 세 그릇을 사 먹는다고 소문난 곳이다. 강기창이 쓴웃음을 지은 얼굴로 이광을 보았다.

"너, 참 고생이 많다."

"아닙니다, 형님."

이광이 외면한 채 말했다. 그동안에 강기창과 이광은 형님 동생 사이가 익숙해져 있었던 것이다. 이광 덕분에 강기창은 오정아하고 깨끗하게 이혼했고 위자료 한 푼 내놓지 않아도 되었다. 이광이 아니었으면 제비의 조종을 받는 오정아에게 거금을 뜯기고 평생 위자료를 내놓을 뻔했던 것이다. 이광이 은밀하게 만나서 할 이야기가 있다고 했더니 강기창은 상담을 하다가 나왔다. 그때 강기창이 말을 이었다.

"내가 최한태한테 지시를 하지. 김성규가 때려죽일 놈이지만 갑자기 생산자를 바꾸면 여러 가지 문제가 발생될 수 있다는 식으로 해야겠다."

“예, 형님. 감사합니다.”

“그런 이유를 붙여서 올해 한 해만은 오더를 계속하라고 하지.”

“감사합니다, 형님.”

“대신 담당자는 네가 되어야만 한다고 못을 박아두지. 그래야 김성규 파워가 꺾이고 네 입지가 회사에서 굳어질 테니까.”

“감사합니다, 형님.”

“이것이 원수가 동지가 된다는 실례가 되겠다. 안 그러냐? 너하고 나 이야기야.”

“예, 형님.”

“모두 네가 만든 것이지.”

“아닙니다, 형님이 받아들여 주셨죠.”

“내가 말해서 오더 계속하게 되었다고 할 만큼 네 머리 회전이 늦은 건 아니겠지?”

“제가 간곡하게 최 과장한테 사정해서 그렇게 된 것으로 하겠습니다.”

“그 사정했다는 이야기는 김성규한테는 말하지 못하겠구나, 그렇지?”

“윤 과장은 압니다.”

“참 힘들게 일하는구나.”

쓴웃음을 지은 강기창이 이광을 보았다.

“너, 그럴 것 없이 우리 회사로 오는 게 어떠냐? 내가 추천해 줄 테니까.”

강기창의 얼굴에서 웃음기가 지워졌다.

“우리도 생산을 알고 있는 담당자가 필요한 상황이야, 네 경력도 인정해 줄 테니까."

이광이 숨을 들이켰다. 빅 바이어 회사에 입사한다는 것은 수출업무에 종사하고 싶은 취업자들에게 사법고시에 패스한 것이나 같다. 강기창이 이광의 표정을 보더니 바짝 다가앉았다.

"아마 월급도 네 회사의 3배쯤 될 거다. 보너스는 실적에 따라서 받으니까 5배 이상은 될걸?"

"……."

"내가 내년이면 중역이 된다. 다 네 덕분이지."

이를 드러내고 웃은 강기창이 말을 이었다.

"넌 믿을 만한 놈이야. 내가 키워줄게, 어떠냐?"

"형님."

입안에 고인 침을 삼킨 이광이 상기된 얼굴로 강기창을 보았다.

"감사합니다, 형님."

"오겠다는 말이냐?"

"생각해보겠습니다."

그러자 심호흡을 한 강기창이 머리를 끄덕였다.

"숙고해봐, 그럼."

자리에서 일어선 강기창이 말을 이었다.

"내가 최한태한테 오더 이야기를 할 테니까 걱정 말고."

강기창이 먼저 커피숍을 나가자 이광은 길게 숨을 뱉었다. 아직 입도 안 댄 커피잔을 든 이광의 눈앞에 문득 오세영의 얼굴이 떠올랐다. 오세영은 열심히 김성규와 남영호와의 인척 관계 소문을 퍼 날랐던 것이다. 안창문과 함께 이광의 측근 노릇을 했다. 커피숍 구석의 공중전화로 다가간 이광이 버튼을 눌렀다. 김성규의 직통 전화다. 오후 1시 45

분, 이 시간이면 김성규가 점심 먹고 다른 곳에서 커피나 마시고 노닥거릴 시간이었는데 바로 전화를 받는다. 모른 척하고 이광을 트리톤에 보냈지만 걱정을 안 할 리가 없다. 속이 새까맣게 타고 있을 것이다.

"팀장, 접니다."

이광이 말하자 김성규는 가만있었다.

"방금 트리톤에서 나왔습니다."

"어."

"새 담당 최한태 과장 만나 오더 이야기를 했습니다."

"……."

"오늘은 시장 상황하고 지난 선적분에 대한 이야기만 하고 끝냈습니다."

"별일 없었지?"

겨우 그렇게 김성규가 물었으므로 이광이 대답했다.

"예."

오늘은 이 정도로 말해두자.

사장 황근만의 친척도 있다. 바로 자재과장 안병균이다. 34세, 사장 사모님의 막냇동생으로 유성상사 입사 경력은 7년, 정상적인 진급 연수를 채웠고 성격도 무난해서 이광도 최근에야 그가 사장 처남인 줄 알았다. 그만큼 티를 내지 않았다는 말도 될 것이다. 오후 7시 반, 그날은 황근만이 일찍 들어간다는 연락을 하고 대방동 자택으로 갔다.

"아니, 네가 웬일이냐?"

응접실로 들어선 황근만이 자리에서 일어서는 안병균을 보고 눈을 크게 떴다. 안병균이 자택에 오는 때는 1년에 두 번 정도다. 설날에 세

배하러 올 때하고 추석 명절이나 황근만의 생일 때 가족들이 모이는 경우다. 그런데 오늘은 해당되지 않는다.

"병균이가 할 말이 있다네요."

아내 안숙영이 말했으므로 안방을 들어서면서 황근만이 한 마디 했다.

"진급은 꿈도 꾸지 마라. 넌 차장이 되려면 2년 더 있어야 돼."

"아이구, 무서라. 딴 사람한테는 잘하면서."

대신 안숙영이 역성을 들어 주었다. 씻고 옷을 갈아입은 황근만이 소파에 앉으면서 안병균에게 물었다.

"무슨 문제가 있냐?"

"아니, 문제가 있는 건 아닙니다."

"원단 구입은 잘 되지?"

"예, 지장 없습니다."

"너, 겸손하게 행동하는 것 알지?"

"압니다."

대답하고 난 안병균이 어깨를 부풀리며 황근만을 보았다. 안병균은 오성대 출신으로 유성상사 공채 출신이긴 하지만 '백'으로 입사했다는 건 하늘도 알고 땅도 안다. 시험관, 면접관 등 입사에 관련된 간부들이 안병균이 사장 처남이라는 것을 다 알고 있었던 것이다. 그런 상황에서 안병균을 낙방시킨다면 입사 관련 간부들 중 누구라도 살아남을 수 없었을 것이다. 사장 황근만의 친인척은 안병균이 유일했다. 황근만은 사주 황학수의 장남이고 자식 둘은 아직 학생인 것이다. 그때 안병균이 입을 열었다.

"회사에 소문이 쫙 퍼져 있습니다, 사장님."

"무슨 소문?"

안숙영이 건네준 주스 잔을 들면서 황근만이 물었다. 안숙영도 안병균 옆자리에 앉았다.

"남영호 전무 조카가 수출3과 김성규 대리라고 합니다."

안병균의 얼굴이 상기되었다.

"그러니까 김성규 대리 이모부가 남영호 전무인 것이지요."

"어떻게 그럴 수가 있죠?"

안숙영이 거들었다. 황근만이 오기 전에 안병균이 안숙영에게 이야기한 것이다.

"당신은 친인척 관리에 철저한데 아랫사람들이 제 친척을 데려오다니요? 그 남 전무란 사람이 제 조카 하나만 데려왔겠어요? 제 후배, 친지 다 데려왔을지도 모르잖아요?"

안숙영이 폭포처럼 말을 쏟아내는 동안 주스를 다 마신 황근만이 트림을 했다. 그러고는 둘을 번갈아 보았다.

"남 전무가 제 조카 이야기를 나한테 했어."

둘은 숨을 삼켰고 황근만의 말이 이어졌다.

"총무부장 시켜서 입사 기록, 근무 고과까지 다 가져와서 이야기해 주더군. 그놈, 김성규는 유성상사에 수석으로 입사했어, 근무 고과도 수출부 대리 7명 중에서 수석이야."

"……."

"요즘 그런 소문이 도는데 김성규를 퇴사시키겠다는 거야. 회사의 친인척 배제 정책에 어긋나는 것 같다고 말이야."

"……."

"그것이 일주일쯤 전이었는데 내가 남 전무를 말렸어. 우수한 인재를 남 전무 조카라는 이유로 내보낸다면 그것이 오히려 신문에 날 일이라고 했지."

황근만의 시선이 다시 안숙영을 거쳐 안병균에게로 옮겨졌다.

"그때 그렇게 말하면서 네 얼굴이 떠오르더구나, 무슨 말인지 알겠냐?"

안병균은 숨만 쉬었고 안숙영이 얼른 말을 받았다.

"듣고 보니 맞는 말이네."

안숙영이 안병균을 보았다.

"누가 병균이한테 사장 처남이니까 무조건 나가라고 하면 열불이 나겠지, 안 그러냐?"

안병균은 대답할 입장이 아니었고 황근만이 말을 이었다.

"내가 싫은 소리 한 마디라도 했다면 남 전무는 당장 그 친구를 내보냈을 거야, 그런 사람이라고."

그때 안숙영이 슬그머니 일어섰고 조금 불안해진 안병균의 어깨가 늘어졌다.

"일 열심히 해."

황근만이 엄격한 표정으로 말하자 안병균은 침부터 삼키고 대답했다.

"예, 사장님."

"집에서는 매형이라고 불러도 된다."

TV 리모컨을 들면서 황근만이 말했다.

소공동 국도호텔 로비는 항상 바이어와 상사원으로 들끓는다. 이광이 보기에 이곳이 바로 전장(戰場)이다. 바이어를 호위하듯 붙어가는 상사맨들의 분위기는 긴장되어 있다. 웃고 빼기는 놈들도 있지만 대부분이 굳은 모습이다. 국도호텔은 서울의 중심부에 위치한 데다 최고급 호텔이어서 유명 바이어는 대개 이곳으로 몰려든다. 그리고 로비를 가득 채운 상사맨들도 일류다. 대기업이나 종합 상사 사원이 대부분으로 이광처럼 3류 중소기업 출신은 눈에 띄지 않는다. 그렇다. 중소기업이 받아가는 오더는 3류 바이어의 3류 오더다. 제대로 된 바이어는 시설 좋고 납기 확실히 맞추며 품질에 대한 보증이 확실하고 A/S까지 보장되는 대기업에 오더를 한다. 더구나 대기업 담당자들의 유창한 회화 실력과 매너, 이것은 곧 빈익빈, 부익부로 비교해도 된다.

오늘, 이광은 사흘째 국도호텔 로비에서 미스터 레이놀드를 기다리고 있다. 영국인, 런던의 바이어이며 3년 전 유성상사에 20피트 콘테이너 1개 분량의 운동복 오더를 했다가 거래를 끝낸 바이어다. 그때의 담당자는 수출1과의 백대근이라는 대리가 맡았는데 지금은 퇴사했다. 레이놀드는 그 오더를 끝으로 유성상사와 거래를 중단했다. 선적된 제품을 영국 시장에 내놓았더니 불량품이 20퍼센트나 나왔기 때문이다. 레이놀드는 클레임 30퍼센트를 요구했지만 유성상사는 거래를 끝내고 클레임을 지불하지 않았다. 레이놀드가 유성상사에 당한 셈이다. 그러나 원가 계산을 해서 추리닝이 영국 시장에 팔린 가격과 비교하면 레이놀드는 손해를 보지 않았다. 70퍼센트만 제대로 팔았더라도 남는 장사다. 그때 호텔 현관으로 레이놀드가 들어섰다. 오후 3시 40분, 레이놀드는 30대쯤의 한국인과 동행이다. 대기업 수출부 직원일 것이다. 처음 보는 얼굴, 사흘째 레이놀드를 보았지만 그때마다 다른 한국인이 옆에 붙어 있다. 첫날 방문 앞에서 레이놀드에게 명함을 주고 인사했으므로 서로 안면은 텄다. 이광이 다가가자 레이놀드가 웃었다. 붉은 얼굴, 백

발, 키는 1미터 75쯤 될까? 배가 나왔고 얼굴은 주름투성이다. 60대 후반쯤 되었다. 이번에 코트라가 무역 박람회를 개최하면서 외국 바이어 수백 명을 초대했는데 그중 레이놀드가 끼어 있었던 것이다. 바이어 리스트를 보면 레이놀드의 1년 수입액은 약 1천만 불. 트리톤이 서울 사무실을 두고 1천5백만 불을 수입해 가면서 빅 바이어 대접을 받는 상황이다. 레이놀드의 '레이놀드 앤 선' 컴퍼니도 빅 바이어다.

"오, 미스터 리."

레이놀드가 이광의 이름을 기억하고 있었으므로 이광은 감동했다. 옆을 따르는 사내의 이맛살이 조금 찌푸려졌다.

"미안한데 난 지금 또 상담이야."

첫날 이광이 인사했을 때도 그랬다. 바쁘니까 나중에 연락하겠다면서 명함만 받았던 것이다. 이광이 서둘러 유성상사 직원이라고 했더니 미스터 백이 지금도 있느냐고 묻기까지 했다. 그리고 헤어졌던 것이다.

"언제 시간을 내주시렵니까?"

엘리베이터 앞에 섰을 때 이광이 묻자 레이놀드가 손목시계를 보는 시늉을 했다.

"아마 상담이 오후 6시쯤에 끝날 거네."

레이놀드가 서둘러 말을 이었다.

"그리고 저녁 식사를 하고 돌아오면 10시가 넘을 거네."

"내일은 어떻습니까?"

"내일 오전 9시 비행기네, 미스터 리."

그때 이광은 옆에 선 사내의 얼굴에 웃음이 떠오르는 것을 보았다. 엘리베이터 문이 열렸으므로 안으로 들어선 레이놀드가 이광에게 손을 들어 보였다.

"잘 있게, 미스터 리."

이광은 머리만 숙였고 그사이에 문이 닫혔다. 몸을 돌린 이광이 로비 안쪽의 공중전화 박스로 다가가 동전을 넣었다. 버튼을 눌렀더니 바로 안창문이 전화를 받았다.

"아, 어디냐?"

이광의 목소리를 들은 안창문이 바로 물었다.

"응, 국도 호텔, 근데 무슨 일 있냐?"

"저기."

목소리를 죽인 안창문이 속삭이듯 말했다.

"남 전무가 부사장이 되었어."

"……."

"조금 전 사내 게시판에 공고문이 붙었다. 근데 남 전무가 수출본부장 겸임이야, 책상도 강 부장 뒤쪽으로 옮겨놨어."

"……."

안창문의 목소리가 더 낮아졌다.

"시발, 김성규가 벌써부터 어깨를 펴고 다니는데 콧구멍이 벌름거리고 있다."

"……."

"둘이 이모부 조카 사이라는 소문이 다 퍼졌어도 사장은 놔두는 모양이지?"

"알았다. 나, 여기서 바이어 만나고 외부 퇴근할 거야."

이광이 심호흡을 하고 나서 전화기를 내려놓았다. 직장 생활은 전쟁보다 더 어렵고 살벌하다.

밤 10시 40분, 엘리베이터 앞 창가의 턱에 엉덩이 반만 걸치고 앉아 있던 이광이 발자국 소리에 눈을 떴다. 서양인 사내가 한국 여자와 함께 엘리베이터 앞에 멈춰 서더니 이광을 보았다. 사내는 이광과 시선이 마주치자 얼굴에 웃음을 띠었지만 여자는 얼른 외면했다. 심호흡을 한 이광이 다시 눈을 감았다. 팔짱을 끼고 앉은 이광의 머릿속에 문득 나은현의 얼굴이 떠올랐다. 이제는 잊힌 여자가 되었다. 연락이 끊긴 지 석 달이 되었다. 나은현의 어머니한테서 보상금 1천만 원을 받은 것이 결정적인 원인이 되었을 것이다. 이유야 어떻든 간에 돈을 내라고 했다는 것을 알게 된 나은현은 정나미가 떨어졌겠지. 그 돈은 안창문의 가족이 일어나는 생명수가 되었다. 안창문 가족의 가게는 이제 기반이 굳었다. 이광은 다시 잠에 빠져 들어갔다. 레이놀드는 10시쯤 돌아온다고 하더니 늦는다. 접대를 받다 보면 시간가는 줄도 모르게 된다.

"미스터 리."

앞에서 부르는 소리에 깜빡 잠이 들었던 이광이 눈을 떴다. 레이놀드가 서 있다. 시선이 마주치자 레이놀드가 빙그레 웃었다.

"여기서 기다렸나?"

"예, 레이놀드 씨."

몸을 일으킨 이광이 쓴웃음을 지었다.

"내일 일찍 떠나신다고 해서요."

"내 방으로 가지."

레이놀드가 이광의 어깨를 손바닥으로 툭 쳤다.

"자네 경력이 얼마나 되나?"

"입사 7개월째입니다."

엘리베이터 문이 열리자 둘은 안으로 들어섰다. 버튼을 누른 레이놀드가 말을 이었다.

"열의가 충만한 시기군, 그 열의를 식히지 말게."

"명심하겠습니다."

"상거래에서는 신의가 중요해, 잘 알겠지만."

"예, 레이놀드 씨."

"몇 살인가?"

"스물일곱입니다."

"내 아들하고 나이가 같군."

엘리베이터 문이 열리고 양탄자가 깔린 복도가 나왔다. 복도를 걸으면서 레이놀드가 말했다.

"지난번 미스터 백이 퇴사했다고 했지?"

"예, 레이놀드 씨."

"내가 이번 박람회에 오는 건 어떻게 알았나?"

"코트라의 방문자 명단에 나온 것을 보았습니다."

방문 앞에 선 레이놀드가 문을 열더니 이광에게 말했다.

"비즈니스에는 신의가 가장 중요하다네."

"예, 레이놀드 씨."

방은 스위트룸이다. 이광에게 소파에 앉으라고 권한 레이놀드가 침실에 들어가 옷을 갈아입고 오더니 손목시계를 보는 시늉을 했다.

"밤 11시가 다 되었군."

"늦은 시간에 죄송합니다, 레이놀드 씨."

"나도 필요해서 자네를 부른 거야."

정색한 레이놀드가 말을 이었다.

"사업에서 동정이나 우연 따위는 존재하지 않아."

이광은 긴장했고 레이놀드가 파일에서 서류 한 장을 꺼내 이광에게 내밀었다.

"내가 이번에 구입하려던 목록인데 시간이 없어서 생산자들을 다 만나지는 못했어. 목록을 주고 갈 테니까 자네가 가격을 내보게."

서류를 받아든 이광이 먼저 입안에 고인 침부터 삼켰다. 목록은 번호가 적혀 있었는데 92번에서 102번까지 11개 품목이다. 숨을 들이켠 이광이 훑어보다가 눈에서 불이 일어나는 느낌을 받고는 눈을 감았다가 떴다. 품목에 수량까지 적혀 있었고 모두 의류다. 처음 보는 품목도 있었지만 모두 원가 계산이 가능했다. 그때 레이놀드가 말했다.

"시간을 줄 테니까 갖고 가서 천천히 가격을 내어서 나한테 보내주게."

"예, 레이놀드 씨."

"모두 합하면 30만 불 가까운 물량이 될 거네. 내 지난번 수입 단가 기준으로 말이야."

"예, 레이놀드 씨."

이광의 3과 B팀 올해 목표가 85만 불인 것이다. 서류를 가방에 챙겨 넣은 이광이 목이 메었으므로 심호흡을 했다.

"레이놀드 씨, 유성상사에 다시 한 번 기회를 주셔서 감사드립니다."

"필요에 의해서 그런 것이라니까 그러네."

"아닙니다, 저를 좋게 봐 주셨다는 것을 압니다."

그러자 레이놀드가 빙그레 웃었다.

"열정이 한몫을 차지하긴 해."

"배신하지 않겠습니다."

"자네 눈빛을 보고 마음에 들었어."

정색한 레이놀드가 지그시 이광을 보았다.

"나도 사람을 많이 겪었어. 그러다 보니 주관이 많이 작용하네."

"기대에 어긋나지 않도록 노력하겠습니다."

자리에서 일어선 이광이 허리를 굽혀 절을 했다. 지성이면 감천이다. 이제 오더를 딸 가능성이 많아졌다. 아직도 실감이 안 났으므로 이광은 레이놀드의 배웅을 받고 방을 나왔어도 한동안 얼떨떨했다. 엘리베이터를 타고 로비에 내려와 손목시계를 보았더니 11시 25분이다. 그때서야 가슴이 터질 듯이 뛰었으므로 심호흡을 세 번이나 하고 엉겁결에 공중전화 박스로 다가갔다. 전화기를 들고 동전을 넣었지만 지금 이 시간에 전화를 받을 대상이 떠오르지 않았다. 그때 김성규의 얼굴이 떠올랐다. 당연히 이 인간에게 보고를 해야 정상인데, 그래서 함께 기뻐하면 오죽 좋을까?

김성규에게 보고하지 않았다. 비극적인 일이지만 입사 7개월, 이제 회사가 어떻게 돌아가는 것인가를 안다. 죽 쒀서 개 준다고 오더 보고를 했다가는 고스란히 김성규의 실적으로 둔갑하게 될 것이었다. 그러나 어느덧 심복이 된 안창문에게는 레이놀드가 준 오더 목록을 보여주었다. 오전 11시 반, 창고 안이다. 부자재 체크를 하려고 내려온 이광이 안창문을 불러 박스 위에 서류를 펼쳐 보였다.

"아이구, 하느님, 부처님."

안창문이 입을 딱 벌리고 서류를 내려다보았다. 입 끝에서 침이 떨어질 것 같았으므로 이광이 서류를 좀 앞으로 밀어놓았다.

"이게 바로 오더로구나."

안창문이 헛소리처럼 말했다. 안창문은 입사 2년 차였지만 오더를 받아본 적이 없다. 오더를 개척한 경험이 없다는 뜻이다. 이윽고 머리를 든 안창문이 작은 눈을 치켜뜨고 이광을 보았다.

"레이놀드가 너한테 주고 갔단 말이지?"

"응."

"어젯밤에?"

"응, 11시 반에."

"호텔방 앞에서 기다렸어?"

"응, 사흘째."

"지성이면 감천이구나."

"그 문자 한자로 쓸 수 있냐?"

"네가 나보다 월등하다는 증거를 본 것이 나는 뭣보다도 기쁘다."

"뭔 소리여?"

"내가 네 심복이 되기로 했으니깐 말이야."

"그래서?"

"네가 나보다 나아야지, 안 그래?"

눈을 치켜뜬 안창문이 주위를 둘러보았다.

"이 오더, 우리 둘만 알고 진행하는 거지?"

머리를 끄덕인 이광이 말했다.

"오퍼 내고 오더가 오면 신용장 딴 데로 열라고 해야겠어."

"어떻게?"

"김성규가 다라나 오더 수수료 세금계산서를 떼어간 오퍼상 같은 걸 찾으면 될 거다."

"옳지."

안창문이 머리를 끄덕였다.

“오더를 거기서 받는 것으로 한단 말이지?”

“바이어 사무실을 우리가 조종하는 거야.”

“바로 그거야.”

안창문이 커다랗게 머리를 끄덕였다.

“누이 좋고 매부 좋은 거지. 바이어 사무실은 실적 올라가서 좋고 우리는 수수료 먹어야지?”

“3프로만 먹자.”

“다 김성규가 가르쳐준 도둑질이야.”

어깨를 부풀린 안창문이 이광을 보았다.

“남영호가 영업본부장을 겸하면서 곧 인사이동을 한다는 거야. 조직 개편이 대대적으로 있을 거라는데.”

“…….”

“뒤숭숭해. 우리 과장도 위험하다는 소문이야.”

“윤 과장이 왜?”

“공장에서 돈 먹은 것이 투서로 돌아왔다는 소문이 있어.”

“젠장.”

허리를 편 이광이 쓴웃음을 지었다.

“김성규 농간이군.”

“당연하지.”

안창문이 레이놀드 서류를 집더니 조심스럽게 접어 이광에게 건네주며 말했다.

“사장이 수출부는 남영호한테 전권을 맡긴 상태야, 우리도 어떻게 될지 몰라.”

“김성규가 난 가만 안 둘 거다.”

이광이 서류를 가슴 주머니에 넣으면서 말을 이었다.

"어디, 어떻게 돌아가나 두고 보자."

사무실로 들어온 이광에게 정현애가 말했다.

"이광 씨, 전화 왔어요."

이광이 잠자코 정현애를 보았다. 22살, 고등학교를 졸업하고 3년 차다. 영리해서 수출부 일을 주르르 꿸 정도고 작은 얼굴에 밉상은 아니다. 날씬한 몸매, 요즘은 화장을 진하게 하고 다니는데 남직원들이 건성으로 대하는 터라 항상 짜증이 난 상태다. 그것은 자신과 김성규가 그렇고 그런 사이라는 것이 회사는 물론 하청 공장 사람들까지 다 알기 때문인데 본인 둘만 모르고 있다. 이광의 시선을 받은 정현애의 눈썹이 조금 솟았다.

"왜 그렇게 봐요?"

"아, 오늘은 얼굴이 창백해 보여서, 어디 아파?"

이광이 정현애에게 이렇게 길게 말한 것은 처음이다. 갑자기 정현애의 얼굴이 붉어지더니 이광에게 쪽지 한 장을 툭 던졌다.

"거기 이름하고 전번 적혀 있어요."

쪽지가 바닥에 떨어졌으므로 이광은 허리를 굽혀 집어야만 했다. 서정혜다. 전번도 적혀 있다. 쪽지를 쥔 이광의 시선이 저절로 오세영의 자리로 옮겨졌다. 오세영의 자리는 비었다. 공장에 간 모양이다. 한동안 쪽지를 보던 이광이 곧 주머니에 넣고는 파일을 폈다. 점심시간이 되어갈 무렵이어서 사무실은 어수선했다. 수선거리는 소리가 들렸으므로 머리를 든 이광은 수출부의 간부들이 남 부사장과 함께 회의실에서 나오는 것을 보았다.

"아이구, 어서 오십시오."

부사장 남영호가 웃음 띤 얼굴로 강기창을 맞았다. 남영호는 46세, 강기창보다 10년 연상이지만 바이어와 메이커 관계다. 부사장실 앞에서 기다렸다가 강기창을 모시고 들어왔다. 오전 10시 반, 남영호는 긴장한 기색이다. 오늘로 영업본부장 겸 부사장 승진이 된 지 나흘째, 업무 파악하면서 각 바이어 사무실에다 인사하느라 정신이 없었는데 빅바이어 중 하나인 트리톤의 수석 부장 강기창이 인사차 방문을 한 것이다. 어제 방문 통보를 한 터라 회사에서는 수출부장 강근제와 담당 3과장 윤병도까지 대기하고 있었는데 김성규는 빠졌다. 부사장실에 자리 잡고 앉았을 때 남영호가 웃음 띤 얼굴로 다시 인사했다.

"제가 인사차 찾아뵈려고 했는데 이렇게 와주셔서 뭐라고 감사를 드려야 할지 모르겠습니다."

"아닙니다. 전부터 유성상사에 한번 들르려고 했다가 이번에 부사장님께서 해외영업을 총괄하신다고 들어서요."

강기창이 웃음 띤 얼굴로 남영호를 보았다. 강근제와 윤병도는 긴장한 채 끼어들지 않는다. 지난번 제니 오 사건으로 트리톤과 유성상사는 아슬아슬한 긴장 관계를 유지하고 있는 것이다. 그 원흉 김성규가 지금도 유성상사에서 근무하고 있다는 것이 트리톤 측으로 보면 화가 날 일이다. 트리톤 지사장 마가렛의 공문(公文)을 받고도 유성상사는 '우리는 죄 없다'는 식으로 버티고 있는 것이다. 그때 강기창이 남영호를 보았다.

"지난번 마가렛 지사장이 보낸 공문, 부사장님도 읽으셨죠?"

"예, 읽었습니다."

남영호는 역시 관록의 사나이답게 웃음 띤 얼굴이다. 비서가 내려놓은 커피잔을 든 남영호가 부드러운 표정으로 강기창을 보았다.

"저희들이 답신을 보낸 대로 우리 회사 담당자는 그런 일이 없었습니다. 오히려 누명을 쓴 상황이라 정신적으로 충격이 컸습니다."

"예, 그러시겠군요."

"그래서 이번에……."

어깨를 부풀린 남영호가 강기창을 보았다.

"그, 담당 대리를 유럽 지역으로 보낼 예정입니다, 트리톤 오더는 여기 있는 윤 과장이 전담하게 될 겁니다."

"아, 그러세요."

웃음 띤 얼굴로 윤병도를 본 강기창이 문득 생각이 났다는 표정을 짓고 남영호를 보았다.

"트리톤 담당 직원이 있는데요, 아시지요?"

"누구 말입니까?"

남영호가 물었다.

"사원입니까?"

"예, 담당 사원 이광 씨 말입니다."

"아, 이광이라면 신입 사원 말이군요."

남영호가 윤병도와 강근제를 보았다가 다시 강기창에게 물었다.

"그런데 그 사원이 무슨 문제가 있습니까?"

그때 강기창이 똑바로 남영호를 보았다.

"바이어 측에서는 바이어 오더에 익숙한 메이커 측 직원을 원합니다."

"아, 예."

"그 이광 씨를 트리톤 담당자로 해주시죠."

"아, 예."

남영호가 대답은 했지만 입술 끝이 실룩거렸다. 불쾌하다는 기색이다. 트리톤이 유성상사에 넘긴 오더 양은 올해에 125만 불, 유성상사의 올해 수출량이 550만 불 예정이었으니 약 22퍼센트가 조금 넘는 물량이다. 빅 바이어인 것이다. 방안에 어색한 정적이 덮였다가 남영호의 목소리가 정적을 깨뜨렸다.

"알겠습니다, 그렇게 하지요."

"감사합니다."

강기창이 입술 끝을 올린 웃음을 띠면서 남영호를 보았다. 그것이 남영호가 입술을 실룩거린 것에 대한 응답 같았으므로 윤병도의 가슴이 서늘해졌다. 강기창이 말을 이었다.

"다 유성상사를 위한 일입니다, 부사장님. 솔직히 마가렛 지점장은 당장 오더를 끊으라고 저한테 지시했습니다."

강기창의 시선을 받은 남영호가 마침내 외면했다. 마주 볼 배짱이 없었기 때문이다. 강기창의 말이 이어졌다.

"수수료를 제니 오가 지시했건 간에 돈을 만진 건 김성규라는 유성상사 대리죠. 그리고 그 수수료 세금계산서 발행자는 김성규 씨 고등학교 선배였습니다."

남영호의 얼굴이 누렇게 굳어졌고 강근제와 윤병도는 숨도 죽였다.

"마가렛 지점장은 경찰에 신고해서 제니 오를 구속시키라고 했습니다, 그럼 이쪽 김성규 씨나 에이전시도 경찰 조사에서는 내막이 다 드러나지 않겠습니까?"

"……."

"그것을 제가 막았지요."

강기창이 손바닥으로 제 가슴을 두드렸다. 이제 분위기는 강기창이 압도하고 있다.

"한국의 치부가 다 드러나게 될 테니까요, 유성상사도 타격을 입지 않겠습니까?"

"……."

"이건 저만 알고 있는 비밀인데 제니 오가 자살을 시도했어요, 미수로 끝났지만요. 만일 이 사실을 마가렛 지점장이 알면 청와대로 들어갈 겁니다, 마가렛이 고위층을 많이 알거든요."

그때 남영호가 숨 들이켜는 소리를 냈으므로 모두의 시선이 모였다. 그러자 당황한 남영호가 외면했다.

"자, 그럼 전 이만 실례하겠습니다."

강기창이 자리에서 일어섰으므로 모두 허둥거리며 따라 일어섰다. 몸을 돌린 강기창이 앞장서서 방을 나왔고 뒤를 셋이 어깨를 늘어뜨린 채 따라 나온다. 그때 다시 강기창의 왼쪽 입술 끝이 치켜 올라갔다. 웃는 것이다.

"야, 네 이야기 했어."

11시 40분, 시청 앞 소공동의 커피숍에서 마주보고 앉았을 때 강기창이 말했다. 강기창은 지금 유성상사에서 돌아온 길인데 이곳에서 이광과 만나기로 한 것이다.

"도대체 중소기업 수준이 그 정도인지는 몰랐다. 이건 도둑놈이 뻔한데, 이모부가 부사장이라고 회사에서 활개를 치고 있다니."

이광을 응시하면서 강기창이 머리를 저었다. 측은하다는 표정이다.

"야, 때려치우고 트리톤으로 와. 니 회사는 저러다가 망할 거다."

"형님, 제 이야긴 어떻게 했습니까?"

이광이 묻자 강기창이 정색했다.

"곧 인사이동이 있을 것 같더라."

"……."

"내가 잘 갔지."

강기창이 간 것은 이광의 부탁을 받았기 때문이다. 한 모금 물을 삼킨 강기창이 말을 이었다.

"김성규가 트리톤 오더에서 떠나고 유럽 지역을 맡는다는 거다. 하긴 우리 입장을 고려 안 할 수가 없겠지."

"……."

"윤 과장이 트리톤을 맡는다고 했어."

"……."

"그런데 내가 너를 담당자로 해야 된다고 했더니 남영호가 주저하더군. 아마 널 다른 곳으로 보낼 예정이었던 것 같다."

강기창의 얼굴에 쓴웃음이 번졌다.

"내가 네가 필요하다고 했더니 남영호가 똥 먹은 얼굴을 하더군. 결국은 너를 트리톤 담당자로 하는 것을 약속했다."

입맛을 다신 강기창이 머리를 저었다.

"도대체 사장은 뇌 한쪽이 빈 인간이냐? 어떻게 그런 놈을 부사장으로 앉히고 김성규 같은 놈하고 이모부, 조카가 회사를 말아먹게 놔두지?"

"곧 정리되겠지요."

"난 그런 곳에 붙어 있겠다는 네놈도 이해가 안 간다."

"형님, 두고 보십시오."

"비전은 우리 쪽에 있어, 바보야."

"한 번 발을 디뎠으니까 결말을 낼 겁니다."

그러자 길게 숨을 뱉은 강기창이 자리에서 일어섰다.

"나, 가봐야겠다. 너도 회사 들어가 봐."

"고맙습니다, 형님."

"너하고의 인연이 생각할수록 웃겨."

강기창이 따라 일어서는 이광의 어깨를 손바닥으로 철썩 때리고는 돌아섰다. 이광이 회사로 돌아왔을 때는 오후 2시 반이다.

"이광 씨, 이리와 봐."

자리에 앉아 있던 윤병도가 상담실로 다가가면서 이광을 불렀다. 사무실 분위기는 뒤숭숭했고 얼핏 훑어보았더니 김성규는 보이지 않았다. 강근제는 과장 둘, 대리 둘을 불러놓고 뭐라고 이야기를 하는 중이었고 부사장실 문은 열려 있다. 문이 열려 있다는 것은 안이 비었다는 표시다. 상담실로 들어가 둘이 앉았을 때 윤병도가 말했다.

"오전에 강기창이 왔다가 갔어."

어제 온다는 통보를 했으므로 이광은 시선만 주었다.

"김성규 이야기를 하더라. 제니 오가 자살미수를 했다는 거야. 마가렛이 그것을 알면 가만 안 둘 것이라고 하더군."

그건 강기창이 지어낸 말이다. 제니 오는 지금 LA의 미국계 의류 회사에서 일하고 있다. 윤병도가 말을 이었다.

"너, 트리톤 오더를 담당하게 되었어."

"제가요?"

"그래, 강기창이 직접 널 지명한 거야. 그렇게 되면 유성상사 사장도 널 자르지 못하게 되지."

"……."

"부사장은 널 국내영업본부로 발령을 낼 예정이었어. 김성규가 네 고과를 수출부 부적격으로 해놓았더군."

이광의 시선을 받은 윤병도가 쓴웃음을 지었다.

"팀장이 작성한 것이라 그건 나도 어쩔 수가 없다."

"안창문은 어떻게 됩니까?"

"너하고 안창문이 내 팀이 되었어. 강기창이 온 바람에 인사이동이 다시 일어났다."

"……."

"김성규는 오덕수, 조만식을 데리고 4과로 분리해 나갔어, 김성규는 4과장 대리지."

윤병도의 얼굴에 다시 웃음이 번졌다.

"김성규만 과장대리 시키기가 뭣하니까 박 대리, 정 대리가 각각 5과, 6과장 대리가 되었다, 과가 3개 늘어난 것이지."

길게 숨을 뱉은 윤병도가 지친 표정으로 이광을 보았다.

"어쨌든 너나 나나 목은 붙였다. 나도 김성규 그놈한테 치여서 국내영업본부 발령이 나려다가 말았다는구나."

이광이 길게 숨을 뱉었다. 이건 회사도 아니라는 생각이 들었지만 그럴수록 오기가 일어났다. 이 회사를 제대로 만들어 볼 것이다.

그날 오후 5시경이 되었을 때 3과 B팀은 상담실에 모였다. 김성규가 소집한 것이다. 그때는 이미 인사 공고가 붙어서 김성규는 4과장 대리 발령을 받았고 이광, 안창문은 3과 윤병도 과장 소속이 된 상태다. 그리고 B팀 여사원이었던 정현애는 3과에 그대로 남았다. 결국 3과 A, B팀이 분리되어 B팀장 김성규가 A팀원 오덕수, 조만식을 데리고 4과장 대리가 된 셈이다. 윤병도 과장은 B팀을 그대로 인수하여 3과장이다. 김성규가 웃음 띤 얼굴로 셋을 보았다. 이광이 시선을 맞받자 김성규는 곧 외면했다. 시선은 안창문을 스쳐 지나갔고 정현애에게는 잠깐 머물렀다.

"같이 있지 못해서 미안해. 나만 혼자 빠져나가는 셈이 되었구먼."

김성규가 말을 이었다.

"하지만 바로 옆에 있으니까 매일 얼굴 볼 수 있겠지, 그것으로 위안을 삼자고."

"어쨌든 승진 축하합니다."

이광이 먼저 말했다. 웃음 띤 얼굴로 이광이 말을 이었다.

"같이 있었으면 좋겠는데 트리톤 때문에 안 되는군요."

"글쎄 말이야."

김성규가 입맛을 다셨다.

"제니 오 입장도 이해가 돼. 날 끌어들여야 책임이 덜어질 테니까 말이야, 어쨌든 트리톤이 그대로 남아서 다행이야."

"그쪽도 어쩔 수 없지요. 유성상사 아니면 누가 제대로 생산을 맞춰 줍니까?"

"하긴 그래."

"회식 안 합니까?"

대화는 이광이 다했다. 안창문은 웃음 띤 얼굴로 듣기만 했고 정현애는 주위를 두리번거리기만 했는데 예상외로 차분한 표정이다. 미리 김성규한테서 이야기를 들었기 때문일 것이다. 김성규와 이임 인사를 간단히 마쳤을 때 상담실로 윤병도가 들어왔다.

"끝났어?"

다가선 윤병도가 묻자 김성규가 자리에서 일어서면서 셋에게 말했다.

"곧 날짜 잡아서 회식하자고."

김성규가 상담실을 나갔을 때 자리에 앉은 윤병도가 쓴웃음을 지었다.

"내가 김 대리 팀을 맡은 셈이야, 그러니 업무 인계인수할 것도 없지."

셋은 가만있었고 윤병도의 말이 이어졌다.

"잘해보자고."

"신입 사원 충원 안 됩니까?"

안창문이 묻자 윤병도가 정색했다.

"석 달 후에 다시 조직 개편이 있을 거야. 그때 신입 사원이 충원되면서 정식 수출부 체제가 갖춰질 예정이야."

석 달 후면 연말이다. 지금은 임시 조직 개편이라는 말이었다. 이광의 머릿속에 문득 오세영의 얼굴이 떠올랐다. 오세영은 여전히 1과에 남아 있다. 1과 대리가 5과장 대리로 진급해서 떨어져 나갔지만 오세영은 그대로 남았다. 심호흡을 한 윤병도가 셋을 둘러보았다.

"너희들하고 일하게 되어서 좋다, 잘해보자."

"저희들도 마찬가집니다."

안창문이 얼른 대답했지만 이광은 시선만 주었다. 윤병도의 시선이 이광에게 잠깐 머물다가 지나갔다. 정현애는 테이블을 응시한 채 머리를 들지도 않았다. 이광이 자리로 돌아왔을 때 전화벨이 울렸다. 기다리고 있었던 것처럼 벨이 울렸으므로 이광이 서둘러 전화기를 귀에 붙였다.

"예, 이광입니다."

"인사 너무하잖아?"

오세영의 목소리다. 의자에 등을 붙인 이광이 힐끗 오세영의 자리를 보았다. 비었다. 딴 곳에서 전화를 하는 것이다.

"그래, 좀 그렇다."

"형, 오늘 저녁에 좀 만나."

"그래."

"신촌 돼지갈비집 어때?"

"좋아."

"그럼 8시에 봐."

그러고는 통화가 끝났다. 전화기를 내려놓은 이광이 상반신을 폈을 때 앞쪽에 앉은 정현애가 머리를 돌렸다.

"참, 오후 2시쯤 전화 왔었어요."

외면한 채 정현애가 말을 이었다.

"여자분, 서정혜라고."

오세영의 친구, 남친을 수도 없이 갈아 치운다는 재벌 외동딸. 이광의 관점에서 보면 다른 세상에서 사는 생명체, 서정혜를 생각하면 진열장 안에 놓인 인조 음식물 견본이 떠오른다. 서정혜한테서 세 번째 연락이 온 셈이지만 이광은 연락하지 않았다.

"고마워."

눈동자의 초점을 잡은 이광이 정현애를 보았다. 그때 정현애가 시선을 떼지 않고 물었다.

"언제 시간 있어요? 물어볼 게 있어서 그래요."

"내일 저녁 어때?"

자리에서 일어선 이광이 묻자 정현애가 머리를 끄덕였다.

“알았어요.”

몸을 돌린 이광은 문득 정현애가 안쓰럽다는 생각이 들었다. 정현애도 실컷 이용당하고 버림받게 될 것이었다. 김성규의 감언이설에 넘어갔겠지만 결론은 뻔하다. 정현애와 결혼할 김성규가 아니다. 지금까지 본인만 모르고 있었다고 봐야 한다. 이광이 신촌 돼지갈비 식당에 들어섰을 때는 오후 8시 5분이다. 먼저 와서 돼지갈비를 굽고 있던 오세영이 머리를 끄덕이며 맞았다.

“형, 고생이 많아.”

“어쭈.”

쓴웃음을 지은 이광이 자리에 앉아 소주부터 따랐다. 오세영이 지그시 이광을 응시하면서 이제는 혀까지 찼다.

“천하의 이광이 손바닥만 한 유성상사에 기어 들어가 빌빌거리는구나.”

“까불지 마.”

“형, 김성규 데리고 가서 패버려.”

이광이 한 모금에 소주를 삼키고는 오세영을 보았다.

“무슨 일 있냐?”

“갑자기 형이 불쌍해져서.”

“왜?”

“형, 간발의 차이로 형이 국내영업본부로 내려가려다가 만 것 알지?”

“윤 과장한테 들었어. 트리톤 강 부장이 와서 내 이야기했다는 것.”

“정말 이 회사 진절머리가 나.”

술잔을 든 오세영이 한 모금 삼키고는 이광을 보았다.

"형, 김성규가 날 씹고 다녀."

"응?"

놀란 이광이 술잔을 내려놓았다.

"어떻게?"

어렴풋이 짐작이 간다. 그때 오세영의 얼굴에 쓴웃음이 번졌다.

"내가 조폭과 관계있는 여자라는 소문이 났어."

"어디서? 난 못 들었는데?"

긴장한 이광이 묻자 오세영이 잔에 술을 따르면서 말했다.

"당연하지. 기조실과 사장실에서 그런 이야기가 퍼졌으니까."

"……."

"부사장 남영호가 기조실장한테 그랬대. 수출부 오세영이 조폭들과 자주 어울린다는데 회사 이미지도 그렇고 무슨 일이 일어날지도 모르지 않느냐고 했다는 거야."

"……."

"기조실에 우리 동기 있잖아, 유미희라고. 걔가 직접 듣고 놀라서 나한테 이야기해주었어."

"……."

"그래서 이번에 날 국내영업본부나 대전 공장으로 발령을 내려다가 총무부에서 인사 고과도 좋고 소문 확인도 안 되었으니까 석 달 후의 신년 인사 때까지 보류시켰다는 거야."

"내 이 새끼를 그냥."

눈을 부릅뜬 이광이 어깨를 부풀렸다가 내렸다.

"가만둘 수가 없군."

"어떻게 하게?"

"할 수 없어, 손을 봐야지."

외면한 이광이 말을 이었다.

"그런 건 회사뿐만이 아니라 이 사회에서도 악(惡)이다. 나한테 맡겨라."

"형, 나 회사 그만둘래."

"뭐?"

놀란 이광이 똑바로 오세영을 보았다.

"이 바보야, 비겁하게 돌아서?"

"내가 너무 비참해져서 그래. 이런 뭣 같은 회사에 매달려 있는 내가 말이야."

오세영의 두 눈이 번들거리고 있다. 한 모금에 소주를 삼킨 오세영이 말을 이었다.

"그냥 사표 던지는 것이 내 스타일에 맞아, 형."

"가만."

심호흡을 한 이광이 눈을 크게 뜨고 오세영을 보았다.

"세영아."

"왜?"

"너 트리톤으로 가지 않을래?"

"트리톤? 내가?"

오세영이 정색하고 이광을 보았다.

"내가 어떻게? 고시 공부라도 해서?"

"내가 강 부장한테 이야기 해줄 테니까."

"강기창 부장?"

"어때? 갈래?"

"되기만 한다면."

어깨를 편 오세영이 말하자 이광이 손목시계를 보는 시늉을 했다.

"어때? 조용한 곳에서 이야기할까?"

"그래, 형. 트리톤에 가게 해준다면 조용한 곳에 백 번도 더 갈 수 있어."

가쁜 숨을 몰아쉬면서 오세영이 말했다.

"형, 오늘은 그만해."

"넌 만날 때마다 달라져."

이광이 오세영의 엉덩이를 움켜쥐고 당겨 안았다. 오세영이 이광의 가슴에 볼을 붙이면서 물었다.

"뭐가?"

더운 입김이 가슴을 훑고 지나갔다. 밤 12시 반, 둘은 벌써 두 번째 엉켰다가 떨어진 참이다. 이광이 오세영의 젖가슴을 애무하면서 말했다.

"네 몸이 말이야, 점점 더 뜨거워진단 말이다."

"미치겠네, 다 형 때문이야."

그러면서 오세영이 이광의 몸에 더욱 몸을 붙였다. 빈틈없이 붙은 알몸이 땀에 젖어 미끈거렸다.

"형이 이렇게 만들었다고."

"내일 강 부장한테 네 이야기 해놓을 테니까 곧 연락이 올 거다."

이광이 말하자 오세영이 머리를 떼고 물었다. 두 눈이 반짝이고 있다.

"형이 강 부장하고 친한 것은 알지만 잘 될까?"

"두고 봐야지."

"그 정도로 친해?"

"좀 친해."

자세한 내막까지 말해 줄 필요는 없다. 그때 오세영이 다시 이광의 가슴에 볼을 붙이면서 말했다.

"트리톤에 들어가게 된다면 난 제대로 꿈의 직장에 다니게 된 셈이지."

"……."

"거기 입사 경쟁률이 50 대 1이었어. 난 엄두도 못 내고 시험 안 쳤어."

"이젠 수출부 경력이 붙었으니까 가능성이 있지."

"말만 들어도 설레네."

강기창이 자신에게 트리톤으로 오라고 했다는 말도 할 필요 없다. 그때 이광이 오세영의 귓불을 입술로 물면서 말했다.

"참, 내가 잊어먹을 뻔했네, 네 친구 서정혜 말이야."

오세영이 꼼지락거리는 것을 멈췄고 이광이 말을 이었다.

"나한테 세 번이나 전화를 했어. 내가 바빠서 전화 못 받고 못 했는데 무슨 일 있는 거냐?"

"그 기집애, 그럴 줄 알았어."

이광의 허리를 두 손으로 감아 안으면서 오세영이 말했다.

"그럴 줄 알았다니 무슨 말이야?"

"형한테 마음이 있는 거야."

"나한테?"

쓴웃음을 지은 이광이 오세영의 허벅지 사이를 손바닥으로 쓸었다.

"갈비 정식 먹다가 순대국밥 생각이 난 거야?"

"그런 셈이지."

"네가 말해, 순댓국집 바쁘다고."

"형이 한 번 만나줘."

이광의 가슴에 볼을 비비면서 오세영이 말을 이었다.

"걘 남자를 한 번 만나야 돼, 진짜 남자를."

"뭔 소리여?"

"어차피 걘 형 스타일도 아니니까 먹고 차버려."

"말하는 것 좀 봐라."

"진심이야, 형."

머리를 든 오세영이 이광을 보았다. 정색한 얼굴이다.

"돈 많다고 남자를 장난감 바꾸듯이 갖고 노는 기집애라고."

"놔둬라."

"형 만나자고 한다면서?"

"안 만나면 되는 거 아냐?"

그때 오세영이 몸을 비벼대면서 말했다.

"만나줘, 형."

"시꺼."

"만나서 버릇을 가르쳐 주라고."

"내가 바빠서 애먼 여자 버릇 가르쳐 줄 시간이 없다, 참."

갑자기 생각난 듯 이광이 말했다.

"그러고 보니 정현애가 나한테 시간 있느냐고 물어서 내일 저녁에 만나기로 했어."

"어이구."

오세영이 눈을 흘겼다.

"형은 여복이 터졌다니까."

"정현애가 여복 축에 들어 가냐?"

"왜 그럴까?"

오세영이 입술로 이광의 가슴을 물면서 생각하는 표정을 짓다가 말했다.

"그렇군, 김성규 때문일 거야."

"내 추측도 그래."

"소문을 들었던지, 그래서 형한테 확인하려는 것이겠지."

"요즘 컨디션 안 좋았어."

"김성규가 버릴 때가 되었지."

그때 이광이 오세영의 몸 위로 올랐으므로 대화가 끊겼다. 오세영도 기다리고 있었던 것 같다.

"들어가자."

다가온 윤병도가 말했으므로 파일을 챙겨 든 이광이 자리에서 일어섰다. 뒤쪽에 앉은 안창문과 앞쪽의 정현애도 일제히 머리를 들고 이광을 보았다. 오전 9시 50분, 부사장 남영호가 호출한 것이다. 트리톤 오더를 보고하라는 지시였으니 담당자 이광을 부른 것이나 같다. 둘이 부사장실로 들어서자 서류를 읽고 있던 남영호가 힐끗 시선을 주더니 앞쪽 소파를 턱으로 가리키며 말했다.

"거기 앉아."

"예, 부사장님."

대답은 윤병도가 했다. 둘이 소파에 나란히 앉아서 기다린 지 정확히 7분 25초가 지났을 때 남영호가 자리에서 일어섰다. 이광이 시계를 보고 시간을 재었기 때문이다. 앞쪽 자리에 앉은 남영호가 마른 얼굴을 윤병도에게 돌렸다.

"트리톤 오더는 앞으로 얼마 남았나?"

"예, 그것이……."

윤병도가 이광을 보았다. 실무 책임자인 이광한테 보고를 시키려는 것이다.

"이광 씨."

윤병도가 불렀고 이광이 파일을 폈을 때다.

"윤 과장이 보고해."

남영호가 말했으므로 이광은 입을 다물었고 윤병도가 파일을 가져갔다.

"예, 34만 불이 남아 있습니다, 부사장님."

윤병도가 파일을 읽었다.

"연말까지 매월 10만 불 정도씩 선적 예정입니다, 부사장님."

"내년은?"

"올해와 비슷하게 120만 불 정도가 될 것 같습니다."

"별문제가 없겠나?"

"예, 담당자가 잘 해오고 있으니만치……."

"담당자 언어 능력이나 생산 체크에 문제는 없나?"

"예, 별문제가……."

윤병도의 표정이 굳어졌고 목소리 끝이 떨렸다. 이제 남영호의 의도를 안 것이다. 담당자 이광을 옆에 앉혀 두고 그야말로 투명인간 취급을 하고 있다. 철저하게 무시하고 있는 것이다. 그때 남영호가 그대로 윤병도에게 시선을 준 채 말했다.

“바이어 관계에서 미숙한 처리를 하면 안 돼. 윤 과장, 무슨 말인지 알겠나?”

“예, 부사장님.”

“트리톤에 갈 때 가능하면 윤 과장이 함께 가서 담당자 실수를 줄이도록 해.”

“예, 부사장님.”

“그럼 나가 봐.”

“예, 부사장님.”

윤병도와 이광이 자리에서 일어나 남영호를 향해 절을 했다. 절을 하고 머리를 든 이광은 지금까지 남영호가 한 번도 자신에게 시선을 주지 않았다는 것을 알았다. 부사장실을 나왔을 때 윤병도가 힐끗 이광을 보았지만 입을 열지는 않았다. 그러나 책상으로 다가가면서 이광에게 낮게 말했다.

“점심 같이 먹자, 12시에 영등포 사거리 일식당 동경에서.”

마치 간첩들이 접선하면서 이야기 하는 것처럼 사람은 옆에 있는데 앞에다 대고 말한다. 오후 12시 반, 일식당 동경의 방안에서 윤병도와 이광이 마주앉아 있다. 주문을 하고 난 윤병도가 이광에게 물었다.

“자존심 상했지?”

“자존심은요?”

쓴웃음을 지은 이광이 말을 이었다.

“부사장한테 입사 8개월짜리가 무슨 자존심입니까?”

“네 이야기를 김성규한테서 들은 것 같다. 아마 트리톤하고 틀어진 이유가 너 때문이라고 한 모양이야. 트리톤 강 부장이 네 이야기를 해준 것도 부사장 자존심을 상하게 했을 것이고.”

“그랬겠지요.”

“참아라, 어쩔 수 없어.”

“감사합니다, 과장님.”

“사장이 남영호한테 회사를 거의 맡기다시피 하고 있어.”

윤병도가 이제는 남영호 이름을 부른다. 엽차를 한 모금 삼킨 윤병도가 말을 이었다.

“나도 투서가 들어와서 아마 올해 말에는 잘릴 것 같다. 기조실에서 확인도 한 모양이야.”

이광의 시선을 받은 윤병도가 쓴웃음을 지었다.

“대전 해동섬유야, 거기 사장 고수만이 나한테 작년에 3백 주었다는 시인서를 써주었다는 거다.”

어깨를 부풀린 윤병도의 눈동자에 초점이 흐려졌다.

“믿을 만한 사람이었는데 누군가의 회유를 받은 것 같다. 그게 누구겠냐?”

“형님, 여기 있습니다.”

봉투에서 서류를 꺼낸 김방현이 이광에게 내밀고는 자리를 고쳐 앉았다. 오후 2시 반, 대방동의 커피숍 안이다. 손님이 그들 둘뿐이어서 커피숍 안은 썰렁했다. 서류를 편 이광에게 김방현이 말을 이었다.

“형편이 좀 그렇습니다. 아버지가 뺑소니 사고로 다리 하나를 잃은 불구자가 되어서 집에만 있고 어머니는 식당 일을 합니다. 밑에 남동생 하나가 있는데 대학 1학년이고요.”

김방현이 말하는 동안 이광은 서류에 붙인 사진을 보았다. 가족의 사진이다. 김방현은 이광이 신촌 카스파 일을 거들 때부터 이용해온 용역 회사 부장이다. 김방현이 말을 이었다.

"18평 임대아파트에서 살고 있는데 단지 안에서 효녀라고 소문이 났습니다."

지금 정현애 이야기를 하고 있다. 이광이 정현애 뒷조사를 시킨 것이다. 김방현이 서류를 보았다.

"남동생도 착합니다, 학교 다니면서 알바를 두 군데나 하고 있습니다. 가난하게 살지만 화목한 가정입니다."

"남자관계는?"

"고등학교 때 친구들한테서 이야기를 들었는데 남자친구도 없었다는군요. 아파트 단지에서도 정현애가 남자하고 같이 있는 것을 본 사람이 없습니다."

"……."

"이곳저곳에서 혼담이 들어온다고 합니다, 예쁘고 착하다는 소문이 나서요."

머리를 끄덕인 이광이 주머니에서 봉투를 꺼내 김방현에게 내밀었다.

"수고했어. 일 있으면 내가 연락할게."

"언제든지 연락만 주시면 달려가겠습니다, 형님."

김방현이 커피숍을 나가자 이광은 한동안 서류를 들여다보았다. 오늘 저녁에 정현애를 만나기로 한 것이다. 정현애는 자신에게만 불친절하고 예의가 없었을 뿐이다. 그 원인이 무엇이건 정현애만 나쁘다고 할 수는 없다. 이광은 오늘 또 한 가지를 배웠다. 상대를 주관적으로 판단하면 안 된다는 것이다. 그날 오후 7시 반이 되었을 때 이광은 인사동의 한식당에서 정현애와 마주앉아 있었다. 이곳은 정현애가 정한 장소였지만 이광도 몇 번 와본 곳이다. 막걸리에 파전, 골뱅이 무침을 안주로 시킨 이광이 웃음 띤 얼굴로 정현애를 보았다.

"정현애 씨가 나보나 낫다, 먼저 손을 내밀다니. 포용력이 커."

정현애가 시선을 내린 채 웃음만 띠었으므로 이광의 가슴이 편해졌다. 안쓰러운 생각이 든 것이다.

"근데 무슨 일이야, 갑자기."

이광이 부드럽게 묻자 정현애가 이광의 잔에 막걸리를 채워주며 말했다.

"제 소문 들으셨죠?"

시선을 내린 채 정현애가 말을 이었다.

"김성규 대리하고 그런 사이라는 소문."

"그래? 난 못 들었는데?"

정색한 이광이 정현애의 콧등을 보았다. 들었다고 할 필요는 없다. 이래야 말이 길어질 테니까. 말이 길어지면 허점이 나오기 마련이다. 거짓말하는 놈이 말이 길다고 아버지가 전에 말씀해 준 적이 있다. 그때 정현애가 머리를 들더니 처음으로 이광의 시선을 받았다. 그 순간 이광은 숨을 들이켰다. 정현애의 눈에 눈물이 가득 고여 있었기 때문이다.

"저, 어떻게 하면 좋아요?"

"뭘?"

"상의할 사람이 아무도 없었어요, 모두 절 피하는 눈치라서요."

"……."

"저만 모르고 있었던 것 같아요. 딴 사람들은 다 알고 있었는데……."

"알면 어때? 서로 좋아하면 되는 거지."

"토요일만 되면 둘이 여관방에 간다는 소문이 났다고 해요."

"어, 그래?"

그때 정현애가 똑바로 이광을 보았다.

"알고 있었어요?"

"난 몰랐어, 전혀."

이광이 어깨를 부풀렸다가 내렸다.

"근데 그 이야긴 누구한테서 들었는데?"

"하청 공장에 제 고등학교 동창이 경리로 있거든요, 걔한테서……."

"……."

"저, 어떻게 해요?"

"글쎄, 뭘 어떻게 한다는 거야?"

"회사에 소문이 다 났다는데 회사 다녀도 돼요?"

"근데 그 소문이 정말인 거야?"

이광이 묻자 정현애가 머리를 끄덕였다. 그 순간 눈에서 주르르 눈물이 흘러내렸다.

"그래요, 사실이에요."

정현애가 눈물도 닦지 않고 이광에게 말했다. 옆을 지나던 종업원이 힐끗 정현애를 보았다. 정현애가 말을 이었다.

"김 대리님이 결혼하자고 했거든요."

"그래서?"

이광이 외면한 채 낮게 물었다. 손등으로 눈물을 닦은 정현애가 말을 이었다.

“그런데 차츰 달라지더군요. 매주 토요일만 되면 여관에 데려갔는데 석 달쯤 전부터 한 달에 한 번 만나기도 힘들었어요. 바쁘지도 않으면서…….”

“…….”

“그러다가 지난달에 기조실의 조 언니 데리고 여관에 들어가는 것을 봤어요.”

정현애가 붉어진 눈으로 이광을 보았다.

“조양숙 언니요.”

이광도 안다. 기조실의 3년 차 여직원이다. 여우같은 얼굴에 몸매는 날씬했는데 김성규의 먹이가 된 것이다. 조양숙은 김성규와 정현애의 소문을 듣고도 받아들였을 가능성도 있다. 남영호가 김성규의 이모부란 소문도 퍼져 있었기 때문이다.

“그래서 어떻게 했어?”

답답해진 이광의 목소리가 높아졌다.

“그 현장을 보고도 가만있었단 말이야?”

그때 정현애의 눈에서 다시 눈물이 흘러내렸다.

“그럼 어떻게 해요?”

“아니, 그럼.”

기가 막힌 이광이 어깨를 늘어뜨리면서 정현애를 보았다. 이것이 항상 차갑고 시건방졌던 정현애의 본색이었단 말인가? 이광은 또 하나의 진실을 배운다. 인간은 겪어봐야 성품을 아는 것이다. 겉만 스치고 나서 판단하면 안 된다. 이광이 눈을 치켜떴다.

“내가 어쩌란 말이야? 내가 도와줄 일이 있어?”

"복수를 하고 싶어요."

정현애가 대뜸 말했다. 작심을 한 듯이 정현애의 눈동자가 또렷해졌다. 심호흡을 하고 난 정현애가 말을 이었다.

"이광 씨가 가장 김성규한테 피해를 많이 입었잖아요?"

"내가?"

"그래요, 몰랐어요?"

"나야 하도 당해서……."

"나 만나면 만날 이광 씨 험담했어요."

"그래? 손끝으로 눈 주위를 닦은 정현애가 똑바로 이광을 보았다.

"그리고 내가 김성규의 비리를 다 알아요, 비자금 내역까지요."

숨을 죽인 이광이 정현애를 보면서 또 한 가지를 배운다. 지렁이도 밟으면 꿈틀하는구나. 속마음이 순하고 맹탕인 줄 알았더니 질긴 부분이 있다. 역시 인간은 더 깊게 연구해봐야 한다. 그때 정현애의 말이 이어졌다. 이제는 김성규 이름을 부른다.

"김성규는 한 달에 한 번씩 꼬박꼬박 강 부장한테 50만 원씩 상납했어요, 그것도 강 부장 사모님 계좌로 송금했다고요."

"……."

"1년 가깝게 되었을 거예요. 그래서 윤 과장을 병신 만들 수가 있었던 거죠."

"……."

"김성규 계획은 윤 과장을 자르고 3과장이 되는 것이었는데 자꾸 어긋났죠. 김성규는 그것이 이광 씨 때문이라고 믿고 있어요."

"……."

"이광 씨가 트리톤과 가깝기 때문에 윤 과장을 살렸고 이번에도 국내영업본부로 밀어내려다가 구제가 되었다고 하더군요. 그리고 이광 씨 때문에 자기가 4과장이 되고 나하고 떨어지게 되었다고 했어요."

정현애를 찬 것도 이광 핑계를 댄 것이니 때려죽여도 시원치 않은 놈이었다. 그러나 이광은 온몸이 긴장으로 굳어지는 것을 느낀다. 몇 수 앞을 내다보고 장기적인 포석을 하는 자세나 임기응변, 거침없는 투자는 배울 점이 많다. 이윽고 이광이 입을 열었다.

"정현애 씨도 알다시피 김성규는 보통 괴물이 아냐. 더구나 남영호라는 든든한 배경이 있고 말이야. 어설프게 덤벼들었다가는 오히려 뒤집어쓰고 쫓겨나는 수가 있어."

"알아요, 그래서 이광 씨를 만나자고 한 거예요."

다시 정현애의 눈이 번들거렸다. 눈을 치켜뜬 정현애가 말을 이었다.

"꼭 복수할 거예요, 내가 죽는 한이 있더라도. 그러니까 이광 씨가 날 좀 도와줘요. 내가 김성규에 대한 비리는 다 알려줄 테니까요."

정현애의 눈에서 다시 눈물이 흘러내렸으므로 이광은 입맛을 다셨다.

오전 10시 반, 대기실에 앉아 있던 오세영은 방으로 들어서는 두 사내를 보았다. 두 명, 그중 한 명은 낯이 익다. 트리톤의 수석 부장 강기창이다. 자리에서 일어선 오세영이 둘을 향해 절을 했다.

"어, 오세영 씨, 앉아."

앞장선 강기창이 말했다. 오세영이 자리에 앉자 강기창과 사내 하나는 앞쪽에 나란히 앉는다. 장방형의 테이블이 놓인 대기실 안은 넓고 깨끗했다. 기가 죽은 오세영은 똑바로 강기창을 보았지만 머릿속이 텅 빈 느낌이다. 나흘 전에 이광한테 이력서를 써서 건네주기는 했다. 그랬더니 바로 어제 트리톤의 총무부에서 연락이 온 것이다. 기겁을 한 오세영은 대답만 했고 오늘 10시 반 면접에 오게 되었다. 이렇게 빨리 연락이 올 줄은 예상하지 못했다. 그래서 어제저녁에 이광을 만나 물었지만 가 보라고만 해서 지금 잔뜩 졸아 있다. 물론 어젯밤은 둘이 밥만 먹고 헤어졌다. 이광이 오늘 밤은 몸을 정결히 해놓고 내일 트리톤에 가보라고 했기 때문이다. 오늘 회사에는 휴가원을 냈는데 과장이 언짢은 표정을 지었지만 콧방귀도 뀌지 않았다. 그때 강기창이 말했다.

"마침 경력 사원이 필요해서 내가 추천했어. 여기 총무부장한테 인사해."

머릿속이 비워진 오세영이 다시 일어나서 총무부장이란 사내에게 절을 했다.

"오세영입니다."

"응, 나 총무부장 방수원이야."

"네, 부장님."

"아직 입사 결정은 안 되었어. 이제 나하고 마가렛 지사장한테 가서 면접을 봐야 돼."

"네, 부장님."

"영어 면접이야."

"알겠습니다."

"거기서 바로 합격 불합격이 결정 되는 거야, 특채인 경우여서 그래."

"네, 부장님."

"여기 수석 부장님이 추천하신 케이스라 특별한 경우지."

"네."

머리를 숙인 오세영에게 강기창이 자리에서 일어서며 말했다.

"그럼 총무부장하고 마가렛 지사장 면접 끝나고 나한테 들러. 불합격되었더라도 인사는 하고 가라고."

그러고는 강기창이 얼굴을 펴고 웃었으므로 오세영은 숨을 들이켰다.

그로부터 30분쯤이 지났을 때 수석 부장실로 오세영이 들어섰다. 오세영은 상기된 표정이다. 책상 앞으로 다가선 오세영이 입을 열었을 때 강기창이 먼저 말했다.

"알고 있어. 지사장이 나한테 연락해주었어."

숨만 들이켠 오세영에게 강기창이 앞쪽 소파를 가리켰다.

"앉아."

"감사합니다."

강기창이 앞쪽 자리로 옮겨 앉으면서 웃음 띤 얼굴로 물었다.

"다음 주부터 근무할 수 있지?"

"예, 부장님."

"한 달쯤 업무 파악을 한 후에 의류 팀을 맡겨줄 테니 열심히 해."

"감사합니다, 열심히 하겠습니다."

"그런데."

정색한 강기창이 오세영을 보았다.

"이광이 애인이지?"

"네?"

숨을 들이켠 오세영의 얼굴이 순식간에 새빨개졌다. 오세영이 입을 반쯤 벌렸다가 입안의 침만 삼켰을 때 강기창이 말을 이었다.

"이광이가 그러던데, 제 애인이라고. 아닌 거야?"

"아녜요, 맞아요."

오세영의 얼굴이 이제는 홍시처럼 붉어졌다. 강기창이 머리를 끄덕였다.

"그놈이 여자 보는 눈은 있군."

"……."

"사랑해?"

"네, 부장님."

시선을 내린 오세영의 숨까지 가빠졌다. 다시 강기창이 말을 이었다.

"회사 안에서 나하고 이광이가 친한 사이라는 이야기는 마라. 무슨 말인지 이해되지?"

"네, 부장님."

"그것만 조심하면 돼. 그럼 다음 주 월요일에 출근하는 것으로 알고 있을게."

"감사합니다, 부장님."

자리에서 일어서던 오세영은 다리에 힘이 풀렸기 때문에 하마터면 주저앉을 뻔했다. 그러나 수석 부장실을 나온 후부터는 다리에 날개가 달린 것처럼 발이 가벼워졌다. 이제 꿈은 이룬 것이다.

술잔을 든 남영호가 김성규를 보았다. 신촌 사거리의 일식당 '고베'의 방안이다. 방에는 둘이 마주앉아 있었는데 남영호의 얼굴은 술기운으로 상기되었다. 오후 8시 반이다. 오늘은 남영호가 김성규를 불러낸 것인데 인사이동 후의 회사 분위기를 알아보려는 것이었다.

"너, 알고 있지?"

회사 분위기를 듣고 난 남영호가 불쑥 물었으므로 김성규가 머리를 들었다.

"뭔데요?"

"너하고 내가 이모부 조카 사이라는 소문이 쫙 퍼져 있다는 거 말이다."

"글쎄요, 저는 잘……."

시선을 내린 김성규에게 남영호가 쓴웃음을 짓고 말했다.

"본인 귀에는 잘 안 들리는 법이지, 네 귀나 내 귀에도."

"……."

"하지만 내 정보가 좀 빠르다, 너보다."

한 모금 소주를 삼킨 남영호가 말을 이었다.

"트리톤에서 너에 대한 공문이 왔을 때부터 소문이 쫙 퍼졌어. 이건 어떤 놈의 공작이 있는 것 같았다."

"이광이라니까요."

"맞아, 그런 것 같아."

머리를 끄덕인 남영호가 술잔을 들었다.

"그놈, 보통 놈이 아니다. 알고 있지?"

"예, 하지만……."

어깨를 부풀린 김성규가 똑바로 남영호를 보았다.

"그까짓 오류대 출신 신입 사원 놈한테 밀릴 제가 아닙니다, 이모부."

"방심하면 안 돼."

"예, 이모부."

"그놈이 잘리기 전에 트리톤에 손을 쓴 것을 봐라. 내가 그놈한테 밀렸다."

"그러실 리가요."

"밀린 건 밀린 거야, 인마."

"예, 이모부."

"지금은 놔뒀지만 석 달 후의 인사 때 정리할 거다."

한 모금에 소주를 삼킨 남영호가 말을 이었다.

"그리고 일사불란하게 내 페이스로 수출부를 운용할 테니까."

기가 질린 김성규는 숨을 죽였고 남영호의 말이 이어졌다.

"너도 정신 똑바로 차려, 알았어?"

"예, 이모부."

"이미 소문이 났지만 겸손하게 처신하고 내색하지 마라."

"알았습니다."

그때 어깨를 편 남영호의 얼굴에 희미하게 웃음기가 번졌다.

"사장이 처남 때문에 너를 어쩌지 못하는 게 아니다."

김성규는 몸을 굳혔고 남영호의 말이 이어졌다.

"아마 주변 사람들한테는 그러겠지. 일 잘하는데 사주 친척이라고 역차별을 당하면 안 된다고 말이지, 너도 같은 케이스고."

"……."

"자재과장 안병균하고 너하고 비교하는 거 아냐. 네가 더 유성상사에 존재 가치가 있어."

"감사합니다, 이모부."

다시 한 모금 소주를 삼킨 남영호가 번들거리는 눈으로 김성규를 보았다.

"황근만은 이런 이야기를 제 처남한테 하지 못하겠지만 난 너한테 한다."

김성규가 숨을 죽였다. 이모부는 사주 이름을 부른 것이다. 그때 남영호가 말을 이었다.

"내가 황근만의 약점을 꽉 틀어쥐고 있기 때문이야. 이건 나하고 황근만 둘만 알고 있는 비밀이다."

"……."

"황근만은 거금을 탈세했고 그 돈을 해외 은행에 예치시켜 놓았어. 저 혼자는 할 수 없는 일이라 내가 심부름을 했다. 물론 나도 중간에 떼어먹기도 하고 황근만한테서 수고비를 받았지."

"……."

"내가 구좌 번호, 액수를 다 꿰고 있다. 황근만은 유성상사를 키우고 수출을 늘려서 애국하려는 인간이 아냐."

"……."

"일 년에 두 번씩 꼭 마카오, 라스베이거스에 가서 도박을 하고 거금을 날리지."

"……."

"삼청동에 세컨드가 있는데 나만 안다."

"개판이군요."

"회장이 땅을 칠 노릇이지. 황근만이 모함을 해서 둘째 아들은 미국에서 한국에 들어오지를 못 해, 그놈이 인물인데."

그러고는 남영호가 얼굴을 펴고 웃었다.

"그러니 이 유성상사가 어떻게 될 것 같으냐? 모두 내 손바닥 안에 있는 거다."

"오세영이 사표를 냈어."

다가온 안창문이 가쁜 숨을 뱉으며 말했다. 얼굴까지 상기되었는데 가는 눈을 잔뜩 치켜떴다. 오전 10시 반이다.

"아침에 1과장한테 사표 내고 사라졌다는 거야. 과장은 사표인지도 모르고 이제야 읽었다는군."

이광은 시선만 주었고 앞쪽 정현애는 몸까지 돌려 안창문을 보았다.

"결재 서류에 사표 봉투 끼워 넣었다는 거야. 1과장이 지금 부장하고 부사장실에 들어가 있어."

난데없이 사표를 내고 사라졌으니 작은 회사라 소동이 난 것이다. 그러나 어쩔 수 없이 사표는 수리되고 끝난다. 퇴직금, 월급 정산도 근로법상 안 줄 수도 없으니 계산해야 된다.

"오세영 씨 소문이 퍼져 있었어요."

정현애가 거들었다. 조직이 개편되고 나서 정현애는 가끔 대화에 끼어든다. 이광하고 만난 후에 적대감이 풀린 것이다.

"조폭 애인이 있다고요. 그래서 그런가 봐요."

"나도 들었긴 한데……."

안창문이 이광을 보았다.

"너는 눈치 채지 못했어?"

"내가 어떻게 알겠냐? 오세영이 조폭 애인이나 알겠지."

이광이 뱉듯이 말하자 정현애가 풀썩 웃었고 안창문은 입맛을 다셨다. 이광이 서류를 펴자 안창문이 제자리로 돌아갔고 정현애도 몸을 돌렸다. 이제 나흘 후에 오세영이 트리톤에 입사했다는 것이 알려지면 지금보다 5배는 더 큰 소동이 일어날 것이다. 물론 그 정보는 트리톤 담당자인 자신이 전해줘야 한다. 그러니 지금부터 시치미를 딱 떼고 표정 관리를 할 필요가 있다. 머리를 든 이광이 뒤쪽 4과장 자리를 보았다. 김성규는 전화기를 귀에 붙이고 있다가 이광과 시선이 마주치자 얼른 외면했다. 저것이 김성규의 본색이다. 오세영의 사표 소식을 듣고 조금 당황한 기색이다. 결국 오세영을 쫓아낸 것은 김성규인 것이다. 시선을 내린 이광의 얼굴에 희미하게 웃음기가 떠올랐다가 지워졌다. 오세영이 트리톤에 입사했다는 말을 들었을 때의 김성규의 얼굴이 보고 싶어졌기 때문이다. 오후 2시 반이 되었을 때 이광은 텔렉스를 받았다. 레이놀드한테서 온 텔렉스다. 숨을 들이켠 이광이 집중하고 텔렉스를 읽었다. 지난번 레이놀드가 준 상품 목록에 정성을 다해서 오퍼를 보냈던 것이다. 지난번 수입 단가를 물어본 후에 그것을 기준으로 가격을 내어 오퍼 시트를 보냈는데 11개 품목의 가격은 34만 불이 되었다. 전(前)의 B팀 올해 목표가 85만 불이었으니 절반 가까운 물량이 된다. 그리고 이번 조직이 개편되면서 이광이 소속된 3과는 내년 예상 목표를 80만 불로 잡고 있다. 트리톤 60만 불에 기타 20만 불이다. 기타 오더는 윤병도가 개발한 미국 지역인데 현재 5만 불 정도였으니 늘려야 한다. 이번 레이놀드 오더가 된다면 단숨에 내년 목표를 채우는 것이다. 이광이 텔렉스에 길게 쓰인 레이놀드의 글을 읽었다.

"미스터 리, 가격은 됐어. 그러면 11개 스타일의 샘플을 3매씩 보내주게. 샘플 컨펌이 되면 선적은 내년 1월 말부터 3월 말까지며 신용장은 선적 2개월 전에 오픈하겠네."

이광은 텔렉스를 반으로 접었다. 이것을 과장 윤병도에게 보고해야 될 것인지 생각을 해봐야 한다. 레이놀드 오더 34만 불이 성사된다면 이광은 단숨에 신입 사원 최고의 실적을 올리게 될 것이다. 아니 올해 새 바이어를 개척해서 10만 불 이상의 오더를 받은 영업부 직원은 둘뿐이다. 그것도 1, 2과 과장이 올린 실적이다. 대리급도 올리지 못했다. 잘난 체하던 김성규도 1만 불도 올리지 못했다. 이광은 텔렉스 용지를 다시 반으로 접었다. 용지가 이젠 손바닥만 하게 작아졌다. 이걸 과장한테 그대로 보고한다면 윤병도는 이제 두 달 후로 다가온 연말 조직 재개편에 유용한 카드로 써먹게 될 것이었다. 이광이 트리톤을 미끼로 살아난 것과 똑같이 레이놀드 카드를 제 것처럼 쓰게 된다. 레이놀드는 아직 이광이 장악하지 못했기 때문이다. 이광은 텔렉스 용지를 다시 반으로 접었다. 용지는 이제 성냥갑 크기가 되어서 손바닥 안에 들어갔다. 그 순간 이광은 마음을 굳혔다. 그때 전화벨이 울렸으므로 이광이 주먹 안에 탈렉스 용지를 쥔 채 전화기를 들었다.

"여보세요."

"이광 씨세요?"

낯선 여자 목소리에 이광이 긴장했다.

"그런데요?"

"나, 서정혜예요."

그 순간 이광이 어깨를 늘어뜨렸다. 졸부의 딸, 남들은 눈에 불을 켜고 일을 하는데 도대체 이 여자는, 숨을 들이켜는 사이에 서정혜가 말했다.

"오늘 시간 있어요? 만나요, 우리."

임페리얼호텔 라운지는 이광도 처음 와 보는 곳이다. 강남 논현동 요지에 자리 잡은 임페리얼호텔은 30층 건물로 외관도 호화롭다. 라운지 안으로 들어서자 앞쪽 창가에 앉아 있던 서정혜가 손을 들었다. 이광을 향해 이를 드러내고 활짝 웃는다. 화사한 웃음에 홀린 듯이 주위 사내들의 시선이 모였다. 다가간 이광이 앞쪽에 앉으면서 말했다.

"그, 고시 패스한 미스터 장은 어딨어?"

오세영한테서 진즉 헤어졌다고 들었지만 모른 척 물은 것이다.

"헤어졌어."

가볍게 대답한 서정혜가 웃음 띤 얼굴로 이광을 보았다.

"그 후에 또 한 놈 만났다가 그놈과도 헤어졌고."

"그러고 나서 나야?"

"응."

"나하고 헤어지면 내가 14대 전 남편이 되는 거냐?"

"응?"

"14대 전 남편."

"그게 무슨 말이야?"

"아니 14대 전 애인이 되겠군."

"14대 더 될걸? 아마 20대는 넘을 거야."

"너, 어쩌려고 그래?"

정색한 이광이 지그시 서정혜를 보았다.

"그렇게 양이 안 차?"

"응."

"큰일 났다."

"정말야."

"난 너하고 안 맞아."

다가온 종업원에게 오렌지주스를 시킨 이광이 말을 이었다.

"니 뜻대로 움직이지도 않을 뿐만 아니라 니 맘대로 못 헤어져."

"어떻게 할 건데?"

"얼굴에다 문신을 하든지 또……."

"또, 뭐?"

"거기다 할 수도 있지."

"거기?"

서정혜가 눈을 치켜떴다.

"뭐야? 날 어떻게 보고……."

"넌 날 어떻게 보는데?"

이광이 눈을 치켜뜨자 시선을 받은 서정혜가 3초 만에 입안에 고인 침을 삼키고는 외면했다. 오렌지주스 잔이 놓여졌다. 의자에 등을 붙인 이광이 지그시 서정혜를 보았다.

"너, 내가 조폭 노릇을 하는 것이 꽤 멋있게 보였던 모양인데 네가 세영이 친구니까 내막을 알려줄게, 잘 들어."

"……."

"그냥 말 안 하고 밀고 나가려다가 귀찮아서 미리 말해주는 거야."

"……."

"네가 자꾸 만나자고 해서 오늘 너 데리고 가서 자려고 했어."

"……."

"그건 자신 있지. 널 하룻밤에 최소한 다섯 번은 뿅 가게 만들 수가 있어."

"……."

"그러고 나서 어떻게 할 것 같으냐? 너하고 섹스 한 필름 챙겨서 아마 너네 아버지한테 1백억쯤 뜯어낼 거야."

서정혜의 목에서 다시 침 넘어가는 소리가 들렸는데 이번에는 컸다. 한 종지는 고였다가 넘어간 것 같다. 이광이 똑바로 서정혜를 보았다.

"아마 오늘 밤 널 묶어놓고 거기에다 문신을 해놓을지도 몰라, 해골 문신."

"……."

"넌 스무 놈을 겪었다고 했지? 그럼 넌 21대에서 끝나는 거야, 좋은 시절이."

오렌지주스 잔을 든 이광이 두 모금에 삼키더니 이맛살을 찌푸렸다.

"주스 맛이 오줌 맛이네."

"부탁이 있어."

이제는 서정혜가 정색하고 말했으므로 이광이 숨을 뱉었다.

"알았어. 내가 손도 안 대고 떨어져 나가는 건 처음 있는 일이지만 네가 1천만 원만 내면 문신도 안 하고 사라져줄게."

"나, 깡패한테 걸렸어, 그놈들 좀 떨어내줘."

이제는 이광이 숨을 들이켰고 서정혜가 말을 이었다.

"얼마 전에 논현동 아가페클럽에서 술 마시고 남자 둘하고 호텔에 갔는데……."

"잠깐."

말을 그치게 한 이광이 눈을 가늘게 떴다.

"네가 두 놈을 데려갔다고?"

"아니 같이 노는 기집애 하나하고 넷이."

심호흡을 한 서정혜가 말을 이었다.

"그놈들이 방에서 약을 먹이고는 우리 둘 나체 사진을 찍었어. 그 사진을 갖고 협박을 하고 있어."

이건 조금 전에 제 입으로 뱉은 말과 비슷한 짓이었으므로 이광은 입맛만 다셨다. 서정혜가 말을 이었다.

"3억을 내지 않으면 아버지한테도 보내고 신문사에도 보낸대, 어떻게 하면 돼?"

조금 전에 이광이 그렇게 겁을 줘도 서정혜가 오히려 선생님 말씀을 듣는 학생처럼 다소곳했던 이유가 드러났다. 그놈들보다 윗길로 보였기 때문일 것이다.

다음 날 오전 이광과 윤병도가 오산 공장으로 가고 있다. 운전석에는 이광이 앉아 회사 업무용 왜건을 몰았고 윤병도는 옆자리에 탔다. 10월 하순, 공장에 오더 중간검사를 하려는 것이다. 왜건 뒷좌석과 트렁크에는 포장 부자재가 가득 실려 있다. 차가 서울을 빠져나와 국도로 들어섰을 때 윤병도가 말했다.

"어젯밤에 우리 집으로 고수만이 전화를 해왔더라."

핸들을 쥔 이광이 앞쪽만 보았다. 고수만은 윤병도에게 작년에 3백만 원을 줬다고 기획실에다 시인서를 써낸 대전 해동섬유 사장이다. 윤병도의 얼굴에 쓴웃음이 번졌다.

"나한테 미안하다면서, 김성규가 써내라고 했다고 털어놓았어."

"……."

"절대로 불이익이 없을 것이라고 했다는구나. 김성규가 회사 경리를 꾀어 윽박질러서 나한테 돈 보냈다고 실토한 녹음테이프를 확보한 것이 있었기 때문이라는군."

"……."

"지독한 놈이지, 독사 같은 놈이야."

"……."

"난 연말에 잘하면 국내영업본부로 내려가고 안 풀리면 대기 발령이다."

대기 발령 두 달이면 자동 면직이다. 사직서를 써내야 한다. 윤병도가 머리를 돌려 이광을 보았다.

"내가 유성에 6년 근무했어. 스물다섯 살에 입사해서 지금 서른둘이 되어간다."

윤병도의 두 눈이 번들거렸다.

"이제 회사 내막을 알만큼도 알아, 6년 동안 자연스럽게 인맥이 쌓였거든."

"……."

"사장은 남영호한테 약점을 꽉 잡혀서 이젠 유성상사는 남영호 회사야."

이광이 힐끗 시선을 주자 윤병도가 얼굴을 찌푸리며 웃었다.

"사장은 내가 신입 사원이었을 때부터 도박을 한다는 소문을 들었어. 그런데 요즘에야 확실하게 알게 되었어. 회사 비자금을 남영호와 함께 빼돌려서 해외 구좌에 박아 놓았다는 거다."

"……."

"마누라는 물론 회장도 모르게 말이야."

"……."

"그 돈으로 1년에 두어 번씩 마카오, 라스베이거스에 가서 몇십억씩 도박을 하고 온다는군."

"……."

"그 약점을 남영호가 꽉 잡고 있는 거야. 그러니까 김성규의 자잘한 문제쯤은 얼마든지 뭉개버릴 수가 있는 거지."

"……."

"더러운 놈들. 나야 그만두고 나가면 그만이지만 목줄을 걸고 목숨까지 내놓고 일하는 직원들이 불쌍하지."

"김성규 대리가 강근제 부장한테 1년 가깝게 월 50만 원씩 상납했다는군요."

이광이 말하자 윤병도가 숨을 들이켜더니 곧 웃었다.

"교활한 놈이야. 직속상관인 나한테는 약점 잡힐까 봐 절대로 그런 눈치를 보이지 않거든."

"직속 부하인 우리들한테도 리베이트 소스는 오픈하지 않지요."

"그 이야기, 누구한테서 들은 거냐?"

"저도 바닥에서 흘러 다니는 정보를 모은 겁니다."

정현애한테서 들었다고 할 수는 없다. 정현애를 보호하려는 의도가 아니다. 다급해진 윤병도가 정현애를 다그쳐 값진 정보를 낭비할 가능성이 많기 때문이다. 편의공작대에서 부대끼고 신촌 카스파의 기틀을 잡았던 특별한 경험이 이광을 그렇게 만들었다.

"그렇군."

앞쪽을 응시하면서 윤병도가 신음하듯 말했다.

"김성규가 오래전부터 사전 포석을 깔아 놓은 거야. 강 부장을 제 사람으로 끌어들여서 나를 위아래에서 친다는 구상이었어."

그리고 그것이 성공한 것이다. 윤병도는 연말에 수출부에서 잘린다는 소문이 다 퍼졌다. 이광이 심호흡을 했다. 이런 상황에서 레이놀드 오더를 내놓을 수는 없다. 그건 순진해 빠진 노릇이다. 레이놀드 오더를 내놓으면 윤병도의 재기에 도움이 되지도 못 하고 이광도 인정받지 못한다. 조직 개편의 혼란 속에 빛도 못 보고 묻힌다. 감춰 놓았다가 적기에 내놓아야 한다. 그래야 정당한 평가를 받게 되는 것이다. 더도 덜도 아닌 평가. 이곳은 치열한 경쟁 사회다. 묵묵히, 회사에서 누가 도둑질을 하건 열심히 일해라? 그것은 정신병자 아니면 뇌가 없는 인간이나 할 짓이다.

"이걸 시골에 계신 회장님이 알아야 하는데 말이야."

윤병도가 한탄하듯 말했지만 이광은 가만있었다. 회장 얼굴도 보지 못했기 때문이다. 회장이 유성상사를 장남인 황근만에게 넘기고 8년 전에 시골로 내려갔다는 것만 안다. 길게 숨을 뱉은 윤병도가 말을 이었다.

"회장이 피땀 흘려서 30년간 키워온 회사가 2대째에 남 씨한테 넘어가게 될 것 같다."

"설마 그럴라구요?"

말은 그랬지만 이광도 자신 없는 표정이다.

"어, 오셨어?"

성북동 도로변의 작은 카페 안, 오후 3시. 도로변이지만 이곳은 인적도 드문 데다 교통량도 많지가 않다. 웃음 띤 얼굴로 반긴 최윤석이 앞쪽 자리를 눈으로 가리켰다.

"앉으셔."

앞쪽 자리에 앉은 서정혜가 주위를 둘러보았다. 테이블 7, 8개 정도의 카페 안은 텅 비었다. 한낮인데도 안은 어두워서 불을 켜놓았고 퀴퀴한 냄새가 났다. 홀에는 최윤석과 일행 둘, 서정혜까지 넷뿐이다. 최윤석이 여전히 웃음 띤 얼굴로 서정혜를 보았다.

"내가 봐준 거야, 너희 집에서 3억은 푼돈이라고. 처음에는 10억쯤 부르려고 했지만 내가 인심 쓴 거란 말이다."

최윤석은 곱상한 얼굴에 목소리도 가늘다. 오늘도 단정한 맞춤양복 차림이었고 구두는 반짝였다. 입술이 붉은 것을 보면 화장을 한 것 같다. 사내 둘은 옆쪽에 한 놈은 섰고 또 하나는 테이블에 엉덩이를 걸치고 앉아서 담배를 피워 물고 있다. 카페 밖에도 둘이 서 있었으니 모두 다섯, 이들이 일당이다. 최윤석이 말을 이었다.

"신사적으로 하자. 나도 돈 받으면 필름 원본까지 다 넘겨주겠어. 솔직히 한국을 뜰 거야. 그럼 된 거 아니냐? 어때? 니 친구년 사진까지 다 내놓지. 어차피 그년 집구석은 거지고 그년이 목표는 아니었으니까."

"……."

"너한테는 10장쯤 보냈지만 야한 장면이 더 많아, 30장쯤 돼. 홀랑 벗고 있는 게 20장이 넘어."

"……."

"네가 경찰에 신고할 것에 대비해서 10개 신문사에 배포용으로 6백장이나 뽑아놓았어. 사진 값만 해도 엄청나, 투자를 많이 한 셈이지."

최윤석이 다시 이를 드러내고 웃었다.

"난 잡혀도 공갈죄로 몇 달 살고 나오면 끝나지만 넌 힘들 거다. 네 아버지도 3억 이상 손해를 볼걸? 시집가는 데 지장이 많을 거다."

"……."

"자, 네가 만나자고 해서 내가 먼저 이야기를 다 해준 거다, 돈 깎을 생각은 마."

"……."

"기간은 내일 오후 3시까지. 아까 말했지만 돈 받으면 깨끗이 끝낸다니까? 돈은 현금으로 그리고 헌 돈으로 가져와."

그때 카페 안으로 사내 하나가 들어섰으므로 서 있던 최윤석 일행이 소리치듯 말했다.

"오늘 영업 안 합니다!"

그러나 사내는 들은 척도 않고 다가와 서정혜의 옆에 섰다.

"누구야?"

긴장한 최윤석이 얼굴을 굳히면서 물었고 사내들이 다가와 섰다.

"너, 누구야?"

다시 사내 하나가 물었을 때 서정혜가 들어온 사내에게 말했다.

"오빠, 혼자 왔어?"

사내는 이광이다. 입맛을 다신 이광이 최윤석과 둘을 훑어보며 말했다.

"내가 혼자 올 걸 그랬다. 이것들은 완전 개새끼들이야. 양아치 족보에도 없는 여자만 등쳐먹는 놈들이다."

입맛을 다신 이광이 머리까지 저으면서 손으로 최윤석을 가리켰다.

"이놈은 강간, 공갈 협박으로 두 번이나 감방에 간 놈이야. 스물여덟이고 감방에서 나온 지 석 달밖에 안 된다는군."

"아니, 이 개……."

놀람이 가신 최윤석이 그때서야 한 걸음 다가섰을 때다. 카페 안으로 5, 6명의 사내가 들어섰는데 모두 손에 쇠파이프와 칼, 검게 칠한 야구 배트를 들었다. 놀란 최윤석이 숨 들이켜는 소리를 뱉었을 때 카페 뒷문으로도 서너 명이 들어섰다. 모두 체격이 최윤석 일행의 두 배쯤은 되는 거한인 데다 인상이 험악했다. 진짜, 리얼 조폭인 것이 한눈에 드러난다. 그때 앞장선 거한이 이광에게 말했다.

"형님, 카페 앞에 있던 두 놈 잡아서 차에 실어 놓았습니다."

그러자 뒷문으로 들어온 사내 중 하나가 말을 이었다.

"뒷문에 한 놈이 있더만요. 한 방 쳤더니 까무러쳐서 실어 놓았습니다."

"자, 이놈들은 어떻게 할까요?"

거한이 묻자 이광이 서정혜에게 물었다.

"어떤 놈이 대가리냐?"

"저놈."

서정혜가 손가락으로 최윤석을 가리키자 이광이 말했다.

"저놈 거세시켜."

"예."

거한이 대답한 순간 사내들이 와락 세 놈을 덮쳐 눈 깜박할 사이에 홀에 꿇렸다.

"아이고!"

최윤석의 비명이 홀을 울렸다. 거한 둘이 최윤석의 바지를 대검으로 찢어 벗기기 시작한 것이다,

"아이고! 사람 살려!"

눈이 뒤집힌 최윤석이 다시 소리쳤다.

오후 8시, 신촌 사거리 안쪽의 루비카페 안, 홀에는 사내들이 둘러앉아 있었는데 앞에는 술과 안주가 가득 놓였다. 탁자 3개를 붙여놓은 바람에 다른 탁자는 구석에 밀어 놓았다. 카페 문에 '금일 휴업' 팻말을 붙인 터라 오늘 밤 카페 전세를 낸 것이다. 그때 이광에게 윤방철이 소주잔을 두 손으로 건넸다.

"형님, 한 잔 드시지요."

이광이 잠자코 술잔을 받았다. 윤방철은 이제 카스파의 간부다. 1년 전만 해도 카스파 회장 고성규의 경호원이었다가 함께 뛰어올랐다. 고성규의 패권 장악에 이광이 어떤 역할을 했는지 옆에서 지켜본 윤방철이다. 더욱이 이광과 작전을 뛴 적도 있는 터라 목숨을 내놓을 수도 있

는 사내다. 한 모금에 소주를 삼킨 이광이 쓴웃음을 지은 얼굴로 빈 잔을 윤방철에게 내밀었다.

"오늘 고생했다."

"아닙니다, 이건 일도 아니었습니다."

그러자 그 말이 맞다는 듯이 주위에서 웃음이 일어났다. 모두 긴장이 풀린 모습이다. 그들에게 오늘 용역은 일도 아니었던 것이다. 카페 안팎에서 잡은 여섯 놈은 반항 한 번 못 하고 병든 짐승처럼 끌려갔다. 그중 두목 격인 최윤석은 옛날 이발소용 면도칼로 음모를 다 깎인 후에 고환 한쪽 껍질이 5센티쯤 찢어졌다. 묶어놓고 한 짓이지만 대경실색한 최윤석은 대성통곡을 했고 오줌을 싸대는 통에 주위 사내들이 질색을 했다. 절반 이상 정신이 나간 최윤석이 횡설수설을 했고 나중에는 입에 거품을 물고 까무러친 바람에 찬물을 양동이로 끼얹어 깨워야 했다. 그 일행은 더 말할 것도 없다. 모두 갈비뼈나 다리뼈 한두 개씩이 부러졌고 머리를 모두 밀어서 중대가리를 만들었으며 옷을 다 벗겨서 태워버렸다. 서정혜를 찍은 사진 원판까지 찾아서 태워 버린 것은 물론이다. 서정혜는 최윤석 일행을 데려간 북한산 골짜기까지 따라갔다가 사진 원판을 불에 태우는 장면까지 보고 돌아갔다. 이광이 따라준 술을 한 모금에 마신 윤방철이 어깨를 펴고 말했다.

"형님, 앞으로 무슨 일이건 불러 주십시오, 회장님께서도 언제든지 협조하라고 지시를 하셨습니다."

이번 윤방철의 별동대 동원에 회장 고성규의 허락을 받았던 것이다. 친지가 '거지'의 협박을 당하고 있어서 그런다고 했더니 두말 않고 윤방철을 보내주었다.

"내가 맨입에 그런 부탁을 할 수는 없지."

이광이 쓴웃음을 짓고 말했더니 윤방철은 펄쩍 뛰었다.

"아니 무슨 말씀을 그렇게 하십니까? 저는 형님한테 아무리 갚아도……."

그때 문이 열리더니 여자 하나가 들어섰다. 서정혜다. 모두의 시선을 받은 서정혜가 당황하더니 곧 이광을 발견하고는 얼굴이 펴졌다. 이광 옆으로 다가온 서정혜가 끌고 온 가방을 이광에게 넘겨주며 말했다.

"1억이야."

그 순간 모두 숨을 죽였다. 여행용 트렁크 안에 1억이 들었다는 말이다. 20평대 아파트 1채 값이 2천만 원 내외인 시대다. 지금 서정혜는 아파트 5채 값이 담긴 트렁크를 끌고 왔다. 머리를 끄덕인 이광이 자리에서 일어섰다. 모두의 시선을 받은 이광이 입을 열었다.

"나한테 사례비를 가져왔는데, 1억이다."

모두 숨을 죽였을 때 이광이 윤방철에게 말했다.

"모두 일어나라고 해."

"예, 형님."

벌떡 일어선 윤방철이 소리쳤다.

"모두 일어서!"

의자가 서너 개 자빠지는 소리와 함께 모두 벌떡 일어섰다. 술잔도 두어 개가 엎어졌다. 이광이 눈앞의 탁자를 눈으로 가리켰다.

"탁자 치워라."

그 순간 윤방철이 손바닥으로 탁자를 쓸자 그릇이 와장창 소리를 내면서 땅바닥으로 떨어졌다. 부하들이 따라서 손으로 쓸자 5초도 안 되어서 탁자가 깨끗이 비워졌다. 물론 술이 조금 흘러 번지기는 했다. 그때 이광이 여행 가방을 들어 탁자 위에 올려놓더니 지퍼를 열고 거꾸로 뒤집었다. 그 순간 1만 원권 지폐가 쏟아지더니 탁자 위에 산더미처럼 쌓였다. 그중 2개가 탁자 밑으로 떨어졌으므로 부하 하나가 얼른 집어 올렸고 윤방철은 가방 안에 남았던 뭉치 1개를 찾아 내놓았다. 그때 이광이 윤방철에게 말했다.

"이번에 몇 명 데리고 왔냐?"

"예?"

되물었던 윤방철이 어깨를 부풀렸다가 대답했다.

"모두 8명입니다, 저까지 9명이죠."

"네 밑에 중간 간부는?"

"저기 둘이네요, 용문이, 갑수."

"쫄다구는 그럼 일곱인가?"

"예, 형님, 그런데 왜……."

"조용히 해봐, 인마. 계산 좀 하게."

"예, 형님."

잠깐 이맛살을 찌푸렸던 이광이 말했다.

"여기서 5천을 회장님한테 드려라."

모두 숨을 죽였고 이광의 말이 이어졌다.

"그리고 윤방철이는 1100만 원, 용문이하고 갑수는 각각 600만 원이면 1200만 원, 그리고 쫄다구 6명은 각각 400만 원씩 2400만 원, 그러면 3백만 원 남지?"

5장 전화위복

"형, 어디가?"

거리로 나와 10미터쯤 걸었을 때 서정혜가 물었다. 카페를 나오자마자 잡은 손을 떼었더니 서정혜는 바짝 붙어 팔짱을 끼고 있다. 이광이 잠자코 택시 정류장 앞에 멈춰 서서 손목시계를 보았다. 8시 40분, 그때 빈 택시가 다가왔으므로 이광이 서정혜에게 말했다.

"타고 가."

"어딜?"

"어딘 어디야? 집이지."

"안 가."

멈춰선 택시 문을 연 이광이 서정혜의 어깨를 밀었다.

"오늘은 큰일 끝냈으니까 집에 들어가서 푹 쉬어."

"형은 어디 가는데?"

"집."

"그럼 같이 가, 내가 형 태워다 줄게."

"잔소리 말고 가."

운전사가 기다리기 답답한지 경적을 울렸으므로 이광이 서정혜와 함께 뒷자리에 올랐다.

"이태원요."

이광이 운전사에게 말하자 차는 곧 출발했다. 서정혜의 집이 이태원인 것이다.

"형, 고마워."

이제 서정혜는 자연스럽게 이광을 형이라고 부른다. 서정혜가 바짝 몸을 붙이더니 이광의 손을 쥐었다.

"형, 나 앞으로 조심할게."

"그래."

쓴웃음을 지은 이광이 의자에 등을 붙였다.

"조심해라, 이상한 놈들 많은 세상이야."

"오늘 나하고 같이 안 있을 거야?"

"세영이한테 허락받고."

"허락 받을 거야."

그러더니 서정혜가 잡고 있는 이광의 손을 꽉 쥐었다.

"형, 멋있어."

서정혜가 물끄러미 이광을 보았다.

"형은 진짜 보스 같았어."

"그건 다 쇼야, 내일 만나서 도로 다 내놓으라고 할 거다."

"거짓말 말고."

"어쨌든 넌 1억 깨졌어. 돈 아까운 줄 좀 알아야 돼."

입맛을 다신 이광이 머리를 저었다.

"딴 세상에 사는 기집애하고는 대화가 안 돼."

"형, 사랑해."

"헛소리 말고."

"세영이한테 말할 거야."

"뭘 말이냐?"

"형 사랑한다고."

"너, 죽을래?"

"죽어도 좋아."

그때 택시가 이태원으로 들어섰으므로 둘은 말을 멈췄다.

다음 날 오전, 트리톤에 오더 상담을 갔던 이광이 서둘러 회사로 돌아왔다. 가방을 내려놓지도 않고 윤병도 책상 앞으로 다가간 이광이 보고했다.

"과장님, 오세영이 트리톤에서 근무하고 있습니다."

윤병도가 입만 벌렸고 이광의 말이 이어졌다.

"오세영 씨 만났는데 경력 사원으로 특채되었다고 합니다."

"오, 오세영이……."

윤병도의 시선이 저절로 옆 좌석으로 옮겨졌다. 김성규의 자리다. 4과장이 된 김성규가 2미터쯤 떨어진 옆쪽에 앉아 있는 것이다. 그때 김성규가 굳은 얼굴로 이광을 보았다. 이광의 목소리가 조금 컸기 때문에 옆쪽 2과장도 들었다.

"오세영 씨가 트리톤에?"

김성규의 목소리 톤이 조금 떨리는 것처럼 느껴졌다. 얼굴도 굳어 있다.

"아니, 그럼 사직서 낼 때 이미 트리톤에 채용이 되었겠군."

2과장이 다가와서 말했을 때 이광은 김성규의 볼 근육이 굳어진 것을 보았다. 어금니를 물었기 때문이다. 그때 윤병도가 말했다.

"재주가 좋군."

"실력이 있었어, 오세영이."

소탈한 성격의 2과장이 거침없이 말했다.

"오세영이 트리톤에서 뭐 담당한다고 그래?"

윤병도가 겨우 묻자 이광이 대답했다.

"한 달쯤 업무 익힌 후에 의류를 맡는답니다."

"그럼 우리하고 부딪치게 되겠군."

"모르겠습니다, 의류 팀도 여러 개니까요."

그때 김성규가 이광에게 물었다.

"오세영이 우리 원가 계산 내역을 빼가지는 않았겠지?"

"그럴 리가요?"

그 순간 가슴이 서늘해진 이광이 숨을 들이켰다. 잘못하면 오세영과 내통자로 몰릴 가능성이 떠올랐기 때문이다. 김성규라면 얼마든지 조작해낼 수 있는 괴물이다. 잠깐의 어색한 정적을 윤병도가 깨뜨렸다.

"오세영은 우리 과에서 낸 트리톤 원가 계산을 본 적도 없어. 그런 건 김 대리가 신경 안 써도 되네."

윤병도가 작심한 듯 매정하게 자른다.

"여기 있어요."

정현애가 탁자 위에 A4 용지를 내려놓았다. 얼핏 보아도 꼼꼼한 글씨가 가득 적혀 있었는데 종이가 서너 장이다. 이광이 종이를 집었더니 정현애가 말을 이었다.

"저하고 같이 있을 때 별 이야기 다 했죠. 그땐 헤어질 생각을 안 했던 것 같아요, 그런 이야기를 다 해줬으니까요."

이광이 머리만 끄덕였다. 오후 7시 반, 영등포 시장 근처의 순대국밥집 안이다. 회사가 끝나고 나서 둘은 따로 떨어져 이곳까지 와서야 같이 식당에 들어섰다. 정현애는 사람 눈을 많이 의식해서 이광과 만나는 것도 조심했다. 김성규와의 밀회가 소문이 난 것이 쇼크였던 것 같다.

"내가 집에 가서 볼게."

가방에 서류를 넣으면서 이광이 말하자 정현애가 맑은 눈으로 이광을 보았다.

"거기 김성규가 돈을 뜯어낸 하청 공장을 모두 적어 놓았어요. 자랑하듯이 말한 이야기도 다 적어 놓았고요."

"그래, 알았어."

"증거는 없지만 공장에 가서 확인해보면 나오겠죠?"

"작정하고 달려들면 밝혀지겠죠."

그때 순대국밥이 놓였으므로 이광이 수저를 들었다. 정현애는 야위었다. 회사에서도 별로 말이 없고 여직원들과도 잘 어울리지 않는다. 김성규하고 잘 나갈 때도 혼자 있는 때가 많았던 정현애다. 그런데 요즘은 더욱 외톨이가 되었다. 다행인 것은 같은 과원으로 남은 이광과 안창문에게는 잘 대해준다는 것이다. 오히려 전보다 모난 점이 없어졌다고 안창문이 좋아할 정도다. 한 수저 국물을 삼킨 정현애가 이광을 보았다.

"저, 병신 같죠?"

"응? 왜?"

"저런 것이나 잔뜩 써서 가져오고 말이에요."

“그게 어때서?”

“세어보니까 60가지도 넘는 부정행위를 저질렀지만 단 한 개도 증거물이 없더라고요.”

“…….”

“김성규가 말은 그렇게 했지만 전혀 증거는 남기지 않았어요, 영리한 놈이거든요.”

정현애가 붉어진 눈으로 이광을 보았다.

“김성규한테 가서 직접 따지지도 못 하고 말이에요.”

“…….”

“매번 이광 씨한테 종이에다 잔뜩 써서 주면서 어떻게 해달라고 부탁이나 하고 말이에요.”

마침내 정현애의 눈에서 눈물이 흘러내렸다. 수저를 내려놓은 정현애가 손바닥으로 얼굴을 덮더니 곧 눈물을 닦았다. 옆 좌석에서 순대국밥을 먹던 사내 셋이 말을 뚝 그치더니 정현애와 이광을 번갈아 보았다. 정현애가 눈물을 닦더니 딸꾹질을 하고 나서 말했다.

“지금도 김성규가 가까이 오거나 날 보면 가슴이 뛰어요.”

“…….”

“다시 나한테 오기를 바라고 있는 것 같아요.”

“왜 그러냐고 말은 해봤어?”

마침내 이광이 묻자 정현애가 머리를 저었다.

“뻔한 것을 왜 물어요?”

“너, 바보구나.”

마침내 이광이 말했다. 다시 붉어진 눈으로 시선만 주는 정현애를 향해 이광이 말을 이었다.

"사랑하면 싸우더라도 쟁취하는 거야. 기다리고만 있으면 빼앗겨."

"어떻게 싸워요?"

"가서 따지기라도 해야지. 왜 날 실컷 이용하고 버렸느냐고."

이제 반의반도 안 먹은 순대국밥 그릇을 옆으로 밀어놓고 이광이 똑바로 정현애를 보았다.

"멱살을 잡고 소리치는 거야, 나쁜 놈이라고."

그때 정현애가 주위를 둘러보았다. 옆 좌석의 사내들은 다시 떠들썩하게 야구 이야기를 하는 중이다. 정현애가 낮게 말했지만 이광은 들었다.

"저 매달 김성규한테서 30만 원씩 받았어요."

"……."

"한 번씩 잘 때마다 차비 하라고 10만 원씩 주더군요. 그것도 생활에 보탬이 되었어요."

이광이 심호흡을 했다. 이광의 월급은 50만 원 정도. 고졸 출신인 정현애는 30만 원쯤 받을 것이다. 한 달 월급을 받아온 셈이다. 거기에다 한 번 잘 때마다 10만 원씩 받았다니 한 달에 세 번이면 30만 원, 월급의 두 배를 김성규한테서 받아왔다는 말이다. 이러니 대놓고 날 왜 버렸느냐고 따질 형편이 안 된다. 돈을 주고 거래를 해온 셈이기 때문이다. 이광이 소리 죽여 숨을 뱉었다. 정현애가 김성규에게 품고 있는 분노는 돈 때문인가? 갑자기 수입이 줄어든 것에 대한 분노인가? 그때 이광의 시선을 받은 정현애가 웃었다. 쓸쓸한 웃음, 머릿속이 텅 비어진 것 같은 얼굴이 되어서 웃는다. 눈동자도 흐려졌고 얼굴은 창백해졌다. 그때 이광의 입에서 저절로 말이 뱉어졌다.

"정현애 씨는 참 착해, 착한 여자야."

"이렇게 털어놓으니까 얼마나 후련한지 몰라요."

정현애가 동문서답을 했지만 이광도 생각나는 대로 말했다.

"착하니까 앞으로 더 좋은 남자 만날 거야, 내가 도와줄게."

고추를 따던 황학수는 밭두렁을 따라 걸어오는 청년을 보았다. 작업복 바지에 운동화를 신었고 등에 배낭을 메었다. 헌칠한 키, 늠름한 체격, 아랫마을 청년은 아니다. 그런데 이곳까지 무슨 일인가? 이곳은 마을에서도 5백여 미터나 떨어진 외딴집이다. 뒤에 산이 막혀서 길도 끊겼다. 오후 2시 반, 고추를 바구니에 넣은 황학수가 허리를 펴고 일어섰다. 10월 초, 구름 한 점 없는 하늘은 맑고 산에는 단풍이 물들었다. 사계절 중 가장 아름다운 시기다. 그때 다가온 청년이 머리를 숙여 절을 했다.

"안녕하십니까?"

"응, 그런데 여긴 웬일인가?"

황학수가 부드러운 표정으로 물었다. 뒤쪽 별장에는 부인 정옥영과 가정부 순천댁, 순천댁의 남편이며 잡일을 하는 노 씨가 있다. 식구가 넷인 셈이다. 그때 청년이 정색하고 말했다.

"예, 전 유성상사 수출부에 근무하는 이광이라고 합니다."

"허, 유성상사?"

황학수의 주름진 얼굴에 웃음이 떠올랐다. 손에 낀 장갑을 벗은 황학수가 청년에게 손을 내밀었다.

"어디, 악수나 한번 하자."

"예, 회장님."

두 손으로 황학수의 손을 쥔 이광은 여전히 굳은 얼굴이다. 황학수가 다시 고추밭에 앉더니 장갑을 끼면서 말했다.

"고추 따면서 이야기하자, 심부름 왔나?"

"아닙니다, 회장님."

"회장님이라고 부르지 마라, 난 회사에서 손 떼었다."

"예."

고추를 따서 바구니에 담으면서 황학수가 다시 물었다.

"그럼 무슨 일로 왔나?"

"예, 드릴 말씀이 있어서요."

옆쪽 도랑에 나란히 앉은 이광이 고추 잎 사이로 황학수를 보았다.

"말씀드릴 분이 없었거든요."

"무슨 말인데?"

묻고 나서 황학수가 서두르듯 이었다.

"회사 일은 손 떼었으니까 할 필요 없다."

"예, 알겠습니다."

이광이 고추를 따서 옆쪽의 빈 바구니에 넣었다.

"덜 익은 건 따지 마라."

"압니다, 제 아버지도 옥천에 계신데 고추밭이 있습니다."

"어, 그래?"

황학수의 얼굴이 밝아졌다. 이곳은 영동이었으니 옥천은 차로 30분밖에 안 걸린다. 고추를 따면서 이광이 말했다.

"가끔 제가 고추를 땄거든요. 근데 고추 농사로 재미를 못 보셔서 아버지는 그만두시고 양봉을 하고 계십니다."

"그렇구나, 수출부라고 했지?"

"예, 수출 3과에 있습니다."

"몇 년 근무했냐?"
"10개월째입니다."
"아직 신입이구나."
"예."
"근데, 무슨 일이냐? 내가 이곳에 있다는 건 어떻게 알고?"
"총무부에 알아보았지요."
"알려줘?"
"아닙니다, 자료를 훔쳐보았습니다."
"왜?"
"회사가 망할 것 같아서요."
고추 따는 손을 멈춘 황학수가 고춧잎 사이로 이광을 물끄러미 보았다.
"무슨 말이냐?"
"사장님이 부사장한테 약점을 잡혀서 회사가 엉망입니다, 망하기 직전이죠."
"부사장?"
"남영호라고 전무였는데 이번에 부사장이 되었습니다."
"내가 나올 때 부장인가 되었는데……."
눈을 가늘게 뜬 황학수가 다시 이광을 보았다.
"입사 10개월짜리가 그 이야기를 하려고 이곳까지 왔어?"
"저라도 말씀 드려야지요."
"왜 약점을 잡혔는데?"
"사장님이 비자금을 모아놓고 1년에 두어 번씩 마카오, 라스베이거스에 가셔서 도박을 합니다. 그 비자금을 남영호 씨가 관리하고 있어서 사장님은 지금 허수아비 상태입니다.”

“……”

“아직 소문은 다 퍼지지 않았지만 간부들은 압니다.”

이광이 아직도 메고 있는 배낭을 등에서 풀어내었다.

“여기 제가 자료를 가져왔습니다. 용역을 시켜서 만들어 오느라고 힘들었어요.”

서류에서 시선을 뗀 황학수가 이광을 보았다. 돋보기안경 안의 두 눈이 충혈되었고 얼굴은 일그러졌다. 황학수의 시선을 받은 이광이 심호흡을 했다. 서류는 치밀하게 작성되었다. 먼저 사장 황근만의 근래 4년간의 외국 출장기록이 날짜별로 정리되었다. 홍콩과 미국 LA가 각각 5번, 6번이다. 1년에 2번 내지 3번씩을 다녀왔다. 5일에서 10일 동안이다. 출장 목적은 시장 조사. 시장 조사 보고서는 없다. 부사장 남영호는 그중 4번을 동행했다. 이것은 여행사에서 자료를 빼낸 것이다.

“회사 거래 여행사에 기록이 있습니다.”

이광이 말하고는 다음 서류를 황학수에게 내밀었다.

“비자금 은닉 내용은 알 수 없지만 여기, 남영호 부사장의 출장 기록을 보시지요.”

황학수가 여행 기록을 보았다. 비행기 티켓을 끊었기 때문에 정확하다. 남영호는 같은 기간 동안 홍콩에 12번, 스위스에 4번을 갔다.

“비자금 입출 관계로 간 것 같습니다.”

“넌 그것을 어떻게 알지?”

“이걸 들어 보시지요.”

이광이 배낭에서 녹음기를 꺼내 탁자 위에 놓았다. 안채 거실에는 둘뿐이다. 황학수가 정 여사의 출입도 금지시켰기 때문이다. 이광이 녹음기를 바로 놓으며 말을 이었다.

"남영호가 제 조카인 수출부 4과장 직무 대리 김성규하고 이야기하는 것을 녹음했습니다."

이광이 버튼을 누르자 곧 남영호의 목소리가 울렸다.

"스위스 은행에 넣은 비자금이 3개 구좌에 250만 불이다. 내수, 수출에서 나는 영업 이익을 닥치는 대로 끌어 모아 비자금을 만든 거야."

"어휴, 우리 회사 반년분 수출액 아닙니까? 엄청난데요?"

놀란 김성규의 목소리가 들렸고 남영호가 말을 잇는다.

"6년간 모은 비자금이 아마 5백만 불이 넘을 거다. 이미 절반은 도박으로 다 날렸지."

"어유 개새끼."

"난 이 작자 돈 심부름을 했고, 그러니 날 자를 수가 없지. 내가 약점을 꽉 쥐고 있으니까 말이다."

이광은 앞에 앉은 황학수의 굳게 다문 입술 끝이 떨리는 것을 보았다. 그때 남영호의 말이 이어졌다.

"이건 마약보다 암세포 같은 거야, 절대로 치유가 안 돼. 황근만에겐 도박이 사는 낙이야. 한국에서 4, 5개월 지나고 나면 황근만의 성격이 달라져. 초조해지고 불안 증상이 보인다. 그럼 도박 출장을 가야 돼, 이젠 내가 나가라고 한다."

"이런 사장 밑에서 죽어라고 일하는 놈들이 병신이죠, 이모부."

"너하고 내가 유성상사를 먹는 거야."

남영호의 목소리가 낮아졌다.

"앞으로 1년쯤 두고 보다가 터뜨리는 거다. 주식은 곧 상장할 테니 그때 주식을 차근차근 매입해놓고 황근만을 구속시키는 거야."

"그 비자금으로 말이죠?"

"역시 네 머리 회전이 빠르구나."

웃음 띤 목소리로 남영호가 말을 이었다.

"황근만은 말도 못 할 거다. 하긴 해외 원정 도박으로 형무소에 갈 테니 어떻게 할 도리가 있나?"

이광이 버튼을 눌러 녹음을 끄고는 황학수를 보았다.

"겨우 이 녹음을 확보한 후에 회장님을 찾아온 것입니다."

"……."

"유성상사가 이런 놈들한테 넘어가면 되겠습니까?"

그때 황학수가 눈동자의 초점을 잡고 이광을 보았다. 굳은 얼굴이다.

"넌 누구냐?"

"예, 이광입니다."

"아니."

어깨를 부풀렸다가 내린 황학수가 눈을 치켜떴다.

"넌 뭐하는 놈이냐?"

"예, 수출3과 직원입니다."

"아니."

황학수가 머리까지 저었다.

"몇 살이냐?"

"예, 스물여덟이 되었습니다."

"늦구나, 입사 10개월이면."

"예, 삼수하고 대학 갔다가 군에서 3년을 편의공작대에서……."

"그게 네 경력이냐?"

"대학에서 제가 신촌 카스파에 좀, 그리고 일본계 사채업자들하고…… 제가…….”

이광은 제 내력을 이야기하기 시작했다.

월요일 아침, 수출부 전체 회의가 열렸다. 매달 두 번째, 네 번째 월요일 아침에 부사장 주관하에 열리는 회의다. 사원들은 그것을 ‘어전회의’라고 불렀지만 부사장 남영호의 훈시가 회의 시간의 절반을 차지했다. 대놓고 까지는 않지만 실적이 부진한 팀에게 경고를 하거나 사고가 난 오더의 예를 들어 주의를 주는 것이다. 오늘은 수출3과가 남영호의 타깃이 되었다. 이광의 기억으로는 세 번째다. 수출부 6개과 중에서 가장 많은 편에 든다.

“생산 관리를 잘해야 돼. 이번 3과에서 트리톤의 원단 소요량이 25퍼센트나 추가된 경우가 그 예야.”

남영호의 시선은 이쪽으로 옮겨오지 않는다. 1과 쪽으로만 향해 있다. 모두 숨을 죽였고 남영호의 말이 이어졌다.

“바이어가 색상 통보를 잘못 해줬다고 하지만 그 보상은 어떻게 받는다는 약속도 없단 말이야, 이런 식으로 오더 관리를 하면 안 되지.”

윤병도는 탁자 위만 보았고 이광은 남영호와 시선이 마주치기만 기다렸다. 트리톤 담당자는 자신인 것이다. 시선이 마주치면 바로 입을 열 작정이다.

“다음 오더에 추가 소요된 원단 값 2,700불을 인상시키겠다는 담당자의 약속을 받았습니다, 부사장님.”

그러면 남영호가 물을 것이다.

“왜 서류로 만들어오지 않나? 근거를 갖고 있어야 될 것 아닌가?”

그러면 이렇게 대답한다.

"부사장님, 담당자가 회사에 자신의 실책을 보고하는 셈이 됩니다, 그래서 근거를 남기지 않는 대신 다음 오더에 가격을 올리는 것으로 합의가 된 것입니다. 그것을 신용장이 왔을 때 보여드리겠습니다."

그러면 어지간한 상관은 이해할 것이다. 그러나 남영호가 외면한 채 말을 이었다.

"담당자는 다음 오더에서 추가분을 보상받는다고 구두 약속을 받았다고 하는데 그게 말이 되는 소린가? 3과장은 철저히 관리해야 될 거야."

남영호의 시선이 윤병도에게로 옮겨졌다. 시선을 내리고 있었지만 저를 부르는 터라 대답 안 할 수가 없다. 윤병도가 머리를 들고 대답했다.

"예, 부사장님."

이광이 심호흡을 했다. 남영호의 시선이 다른 쪽으로 옮겨갔기 때문이다. 회의가 끝나고 자리로 돌아왔을 때 윤병도가 이광에게 낮게 말했다.

"어쩔 수 없어, 참아."

옆쪽에 김성규가 없었기 때문에 그렇게라도 말해주었을 것이다.

"신경 쓰지 마십쇼."

쓴웃음을 지은 이광이 자리에 앉았을 때 안창문이 옆으로 지나면서 말했다.

"야, 힘내."

그러나 다른 과 직원들은 이광과 시선을 마주치려고도 하지 않는다.

"무슨 일 있었어요?"

전화 당번으로 회의에 참석 안 한 정현애가 물었다. 안창문이 지나면서 한 이야기를 들은 것이다.

"응, 깨졌어, 부사장한테."

이광이 낮게 말하자 정현애가 한숨을 뱉었다.

"어떻게 해요?"

"괜찮아, 난 맷집이 좋아."

그러고는 이광이 자리에서 일어섰다. 바이어 사무실에 가려는 것이다.

"에이스 무역에 다녀오겠습니다."

이광이 말하자 윤병도는 건성으로 머리를 끄덕였다. 힐끗 시선만 주는 것이 이런 상황에서도 일하는 것이 신통하다는 표시 같았다. 요즘 들어 윤병도는 눈에 띄게 의기소침한 상태였다. 회의 때 이야기도 하지 않았고 다른 과장들하고 어울리지도 않았다. 옆쪽에 앉은 4과장대리 김성규와는 대조적이다. 이광이 소공동의 에이스 무역에 들어섰을 때는 오전 11시가 조금 넘었다. 소공동 골목 안의 건물 3층에 입주해 있는 에이스 무역은 2평짜리 사무실에 직원이 딱 둘인 오퍼상이다.

"어이구, 어서 와."

반색을 하면서 반긴 사내는 이광의 고등학교 1년 선배 유민우다. 흰 얼굴에 마른 체격, 도수가 높은 안경을 썼다. 일성대 경영과 출신, 대기업 무역부에 2년쯤 다니다가 그만두고 오퍼상을 차린 지 1년이 되지만 실적이 없어서 여직원 월급도 석 달이나 밀린 형편이었는데 이광이 나타난 것이다. 이광과는 같은 동네에 살아서 고등학교 때까지는 친했는데 일성대로 가는 바람에 못 만났다가 거의 7년 만에 다시 만났다. 이광이 수소문해서 찾아온 것이다. 그리고 레이놀드 오더를 에이스 무역을 통하도록 만들었다. 유민우로서는 실적이 없어서 문을 닫을 판에 잘된 셈이다.

"이광 씨, 대왕섬유하고 계약했어?"

불쑥 김성규가 묻는 목소리가 사무실을 울렸다. 오전 10시, 이 시간이면 수출부 각 과는 회의를 마치고 대부분 사무실로 돌아와 일을 시작한다. 그때 김성규가 이광에게 소리친 것이다. 당연히 맨 뒷좌석의 강근제 부장도 머리를 들었고 앞쪽의 정현애도 이광을 돌아보았다. 수출부 전 직원의 시선이 모였다고 해도 과언이 아니다. 이광이 머리를 돌려 김성규를 보았다. 이광 뒤에 안창문이, 그 뒤에 윤병도가 앉았고 김성규는 윤병도의 옆자리, 이광이 거의 같은 목소리 톤으로 대답했다.

"예, 했는데요?"

"아니 내가 예약해 놓았는데 사전에 허락도 없이 계약을 했단 말이야?"

"예약만 해놓고 한 달 반 동안 연락도 안 하셨다던데, 대왕섬유에 확인해보시죠."

그 순간 수출부 분위기가 얼어붙었다. 과장들도 몸을 굳히고 둘을 번갈아 보았고 저쪽에서 통화를 하면서 한쪽 귀로 둘의 대화를 듣던 여직원은 그냥 전화기를 내려놓았다. 그때 김성규의 얼굴이 붉어졌다.

"누가 그래?"

"대왕 사장이 그러던데요?"

"바꿔봐."

"내가 왜 바꿉니까?"

"뭐야?"

"김 대리님이 확인해보시란 말씀입니다."

"아니, 이 자식이."

마침내 김성규가 어깨를 부풀렸다. 30쌍의 시선이 주시하고 있는 터라 이성을 잃은 것 같다. 그때 이광이 물었다.

"방금 이 자식이라고 하셨습니까?"

"그렇다!"

"왜 욕을 합니까?"

"네가 이 새끼야……."

"왜 또 욕을 합니까?"

"아, 잠깐, 잠깐."

그때 말린 인물이 수출부장 강근제다. 자리에서 일어선 강근제가 다가와 말했다.

"왜 이래? 진정들 하라고."

그때서야 윤병도가 자리에서 일어서서 어정쩡한 표정으로 둘 사이를 막았다.

"그만 해, 이광 씨."

"과장님, 제가 뭘 그만두란 말입니까?"

이광이 묻자 강근제가 나무랐다.

"어허, 이 사람이."

이번에는 이광이 강근제를 보았다.

"부장님도 들으셨지 않습니까? 그렇게 욕을 하면 됩니까?"

"아니, 이 새끼가!"

김성규가 다시 소리쳤으므로 이제는 옆쪽 과장들까지 일어섰다.

"그만 해, 그만 해."

김성규의 등을 민 것은 1과장, 5과장, 이광의 뒤를 민 것은 2과장, 6과장이다. 윤병도는 어정쩡, 강근제는 뒤에 서 있다. 이광은 2, 6과장에게 밀려 회의실로 들어갔는데 2과장 이태진이 쓴웃음을 짓고 말했다.

"이광 씨, 참아라. 네가 잘못한 것은 없지만 할 수 없다."

33세, 별명이 이태백, 술을 좋아하고 근태가 불량 그러나 영업 실적은 뛰어나서 그런대로 인정받는다. 과장 중 최고참이나 1과장 고명수한테 밀려 있는 상태다.

"참아."

옆에서 거든 6과장 직무 대리 김병삼, 이번에 6과장직대가 되었지만 평소에 온건, 실력파, 30세, 진급이 늦은 편이다. 그때 안으로 안창문과 정현애가 들어섰다. 정현애는 커피를 3잔 뽑아 갖고 왔다.

"어이구, 우린 이만."

그것을 본 이태진이 쓴웃음을 짓고 말했다.

"역적모의하는 것처럼 보일까 봐 나가야겠다. 이해해라, 먹고살라니 할 수 없다."

까놓고 말한 이태진이 몸을 돌렸을 때 김병삼이 이광의 어깨를 툭 쳤다.

"기운 내, 언제 술 한잔하지."

김병삼까지 방을 나가자 회의실에는 셋이 남았다. 정현애가 이광과 안창문 앞에 커피잔을 놓더니 제 몫이 된 커피잔 하나는 다시 쟁반에 놓고 말했다.

"기운 내세요."

"고마워."

이광이 말하자 얼굴이 붉어진 정현애가 회의실을 나갔다.

"금방 부사장한테 보고가 되겠구먼."

문이 닫혔을 때 안창문이 입맛을 다시면서 말했다.

"하지만 엄연히 김성규가 잘못했으니 유야무야 되겠지?"

"글쎄."

"야, 30명이 다 봤잖아? 저놈이 먼저 욕하고 지랄한 거 아냐? 네 잘못이 뭐야?"

이광은 잠자코 커피잔을 들었다.

오후 5시 반, 회의실로 들어선 이광이 자리에 앉아 있는 수출부장 강근제와 3과장 윤병도를 보았다. 윤병도의 연락을 받고 회의실로 들어온 것이다.

"어, 거기 앉아."

강근제가 말했지만 시선을 마주치지는 않는다. 윤병도는 외면하고 있다. 불려 들어오기 전에 예상은 했다. 아침에 일어났던 김성규와의 다툼 때문일 것이다. 김성규와 실랑이가 있고 나서 이광은 바로 오산 공장에 갔다가 조금 전에 돌아온 참이다. 그동안 회사 안에서는 업무를 젖혀 놓고 소동이 일어났다고 했다. 오후 2시경에 오산의 공장으로 안창문이 전화로 상황 보고를 해주었던 것이다.

"그동안 부사장실로 강근제와 윤병도, 김성규가 두 번이나 들어갔다가 나왔어."

안창문이 목소리를 낮추고 말을 이었다.

"야, 피해자인 너는 놔두고 피의자만 불러서 이야기 듣는 재판관이 어딨냐?"

안창문이 분개한 듯 말했지만 그것으로 끝이다. 이곳은 국내법이 적용되지 않는 특수한 공간이다. 그야말로 '밥줄'이 걸려 있는 직장인 것이다. 여기서 잘리면 세상의 모든 인연과 끝나는 것이나 같다. 이광이 앞쪽 자리에 앉자 강근제가 시선을 들었다. 그러나 시선이 이광의 턱밑까지만 올라왔다.

"이광 씨도 군(軍) 생활을 해봐서 알겠지만 직장 생활도 엄격한 위계질서를 지켜야 되는 곳이야."

이광은 강근제의 눈을 보았고 강근제는 이광의 목만 보았다. 강근제가 말을 이었다.

"오늘 아침의 행동은 이유가 어떻든 간에 이광 씨가 상급자를 모욕한 것으로 발단이 되었어."

"……."

"이광 씨는 김 대리가 욕을 한 것을 갖고 시비를 걸었는데……."

"잠깐만요, 부장님."

이광이 강근제의 말을 잘랐다.

"제가 시비를 걸었다고 하십니까?"

"내가 다 들었어, 이 사람아."

그때서야 강근제의 시선이 올라왔다. 시선을 받은 이광이 어금니를 물었다. 적의가 가득한 시선이다. 다음 순간 좌절감이 몰려왔으므로 이광이 심호흡을 했다. 그때 다시 강근제가 말을 이었다.

"그 상황에선 그 정도로 나온 것만 해도 김 대리가 절제한 거야."

"……."

"이광 씨 대응이 그렇게 만든 것이라고 생각해."

"……."

"그래서 말인데."

다시 시선을 마주친 강근제가 어깨를 부풀렸다. 위협적인 자세다. 이광이 시선을 떼지 않자 강근제의 눈썹이 치켜 올라갔다. 이광은 지금 김성규가 강근제한테 매월 50씩 상납했다는 정현애의 말을 떠올리고 있다. 마누라 구좌로 돈을 넣었다던가? 그때 강근제가 말했다.

"시말서를 써."

"……."

"그리고 석 달 감봉 처분을 받네. 이건 부사장님이 배려를 해서 6개월을 석 달로 줄인 거야."

"……."

"봉급의 30퍼센트야."

그러고는 강근제가 자리에서 일어섰다.

"시말서는 윤 과장한테 내도록."

이광의 대답도 들을 필요가 없다는 듯이 강근제가 방을 나갔고 이제 둘이 남았다. 윤병도가 주머니에서 담배를 꺼내더니 입에 물었다. 그러나 불은 붙이지 않고 이광을 보았다.

"어쩔 수 없어, 부사장이 결정한 일이야."

윤병도가 외면한 채 말을 이었다.

"내일 사내 게시판에 공고될 거다."

"……."

"이제 유성상사는 남영호 회사야, 황근만이는 투명인간이라고 소문이 났다."

"……."

"부사장실에 들어갔더니 김성규는 아예 전무쯤 되는 행세를 하더구면. 남영호한테 이야기 하는 건 김성규뿐이야, 제 이모부한테 부사장님, 부사장님, 하는 꼴을 보니까 얼른 그만둬야겠다는 생각밖에 안 들더라."

"……."

"강근제는 남영호 앞에서 김성규 비위 맞추는 데 급급하고 말이야."

그때 이광이 자리에서 일어섰으므로 윤병도가 서둘러 물었다.

"어때? 받아들일 거지? 참아라."

이광의 시선을 받은 윤병도가 얼굴을 일그러뜨리며 웃었다.

"나야 두 달 후면 잘리겠지만 넌 그대로 수출부에 남아서 견디어 봐라, 이게 내 충고다."

"회사 그만둬."

이광의 말이 끝나기도 전에 오세영이 날카로운 목소리로 말했다. 눈을 치켜뜬 오세영이 목소리가 떨렸다.

"더러워서 못 듣겠네, 그만두고 그 자식들 다 두들겨 패."

이광이 쓴웃음만 지었더니 오세영은 더 흥분했다.

"형이 그랬잖아? 법보다 주먹이 더 가깝다고, 응? 반쯤 죽여버려."

"야, 시끄러."

카페 방안이어서 둘뿐이다. 문이 서부 활극의 주막집처럼 가슴 부근만 가려져서 밖을 지나는 사람이 다 보인다. 오후 7시 반, 영등포역 근처의 카페, 바깥 홀은 어수선하다. 오세영이 어깨를 부풀렸다가 내리면서 이광을 보았다. 조금 진정이 된 것 같다.

"형, 어떻게 하려고 그래?"

"오늘 밤 너하고 자려는데, 될까?"

"아, 시끄러!"

"널 안고 있으면 스트레스가 풀릴 것 같아서 말이야."

"그건 백번도 해줄게."

불쑥 말을 뱉었던 오세영이 도리어 눈을 흘기더니 들고 있던 젓가락을 이광에게 던졌다. 젓가락이 이광의 가슴에 맞고 떨어졌다. 이광이 소주잔을 들고 한 모금에 마셨다.

"연말 조직 개편까지도 버티지 못할 것 같아. 아마 다음 달쯤 인사이동이 있다고 그러는데……."

"누가 그래?"

그때 이광이 다시 웃었다.

"정현애가."

"정현애가?"

오세영의 눈의 둥그레졌다.

"형, 걔 건드린 것 아니지?"

"너, 말 막 할 거야?"

"내가 형한테 물들어서 그래."

"퇴근 전에 정현애가 나한테 전화를 했어."

"바로 앞자리에서?"

"응, 그게 더 안전하지."

"뭐라고?"

"김성규가 오후에 전화를 했다는 거야. 3과에 곧 인사이동이 있을 텐데 가고 싶은 과를 이야기하라고 했단다."

"어머머, 제 놈이 사장이라도 되는 줄 아는가 봐."

다시 오세영이 흥분하자 이광이 잔에 술을 따랐다.

"정현애는 다른 과 싫다고만 하고 끊었단다. 그러고는 그 이야기를 나한테 해준 거지."

"형, 어떻게 할 거야?"

"두고 봐야지."

"당하기만 할 건 아니지?"

"글쎄."

"난 형을 알아."

"네가 뭘 안단 말이야?"

"형은 거칠지만 용의주도해."

"그것도 잘하지?"

"배포가 커."

"그것도 크지?"

"너, 까불래?"

다시 오세영이 남은 젓가락을 들어 올렸으므로 이광이 쓴웃음을 지었다.

"너 만나니까 좋다."

"내가 백번도 더 해줄게."

"얘가 왜 이래? 오세영이 답지 않게."

"오늘은 안 돼, 형."

"왜?"

"오늘은 서정혜 만나줘."

숨을 들이켠 이광이 먹으려던 소주잔을 내려놓았다.

"뭐라고?"

"정혜가 곧 여기 올 거야."

정색한 오세영이 이광을 보았다.

"형 만나고 싶대. 나한테 얼마나 부탁했는지 몰라."

"……."

"물론 형이 걔 경멸하는 거 알아, 그리고 걔도 그것을 알고……."

"그만."

손바닥을 펴 보인 이광이 술잔을 들고 한 모금에 소주를 삼켰다. 그러고는 진저리를 치듯이 머리를 저었다.

"무슨 말인지 알겠는데 그만 해둬라."

"형."

"내가 창남이냐?"

"형, 그게 아니라……."

"내가 의사도 아니고, 그 기집애는 정신병원에 가야 돼."

"형, 걔도 불쌍한 애야."

"그래서 날 나눠 갖겠다는 거야 뭐야?"

제 말이 우스운지 풀썩 웃었던 이광이 심호흡을 했다.

"회사 일로 신경 아픈데 이건 또."

그때 칸막이 문이 젖히면서 서정혜가 들어섰다. 밝은 표정이다.

"안녕."

서정혜가 그렇게 인사했다. 물론 이광한테다. 이광은 눈만 껌벅였고 서정혜가 옆쪽에 앉으면서 웃었다.

"형, 놀랬어?"

"놀래는 것 좋아하네."

정신을 가다듬은 이광이 어깨를 부풀렸다가 내렸다. 그러고는 서정혜와 오세영 순으로 훑어보고 나서 말을 이었다.

"내가 오늘 컨디션이 안 좋다."

"왜? 형, 내가 풀어줄게."

서정혜가 나섰다. 옆쪽 오세영이 눈짓을 했지만 서정혜가 말을 이었다.

"무슨 일야?"

"회사 일이야."

마침내 오세영이 말했다.

"좀 골치 아픈 일이니까, 넌 입 다물어."

"무슨 일인지 말해봐."

서정혜가 들은 척도 않고 이광에게 물었다.

"기분 나쁘면 유성상사 내가 사줄게, 한 1백억이면 돼?"

"야, 서정혜."

오세영이 정색하고 불렀지만 서정혜가 말을 이었다.

"내가 정신병원에 가기 전에 사줄게."

그 순간 이광이 숨을 들이켰고 당황한 오세영은 외면했다. 서정혜가 밖에서 들은 것이다. 이광의 시선을 받은 서정혜가 빙그레 웃었다.

"미안해, 형. 들었어."

"내가 미안하다."

"형 창남 취급한 거 아냐."

"너, 어디까지 들었는데?"

눈을 가늘게 뜬 이광이 묻자 서정혜가 술잔을 손에 쥐고 내밀었다. 오세영의 잔이다.

"술 한 잔 줘."

소주병을 든 이광이 길게 숨을 뱉었다.

"역시 오늘은 일진이 안 좋아."

"내가 마무리는 잘해줄게, 형."

잔을 받은 서정혜가 한 모금에 술을 삼키더니 더운 숨을 뱉었다.

"역시 술은 소주야."

그때 오세영이 자리에서 일어나더니 이광을 보았다.

"형, 정혜도 밖에서 다 들었다니까 나 먼저 갈게."

이광의 시선을 받은 오세영이 풀썩 웃었다.

"어쩔 수 없잖아? 운명이라고 생각해."

"무슨 개뿔……."

"정혜가 풀어줄 거야."

그러고는 오세영이 서정혜를 보았다.

"정혜야, 잘 해봐."

서정혜는 머리만 끄덕였고 몸을 돌린 오세영이 방을 나갔다. 이광이 문 쪽을 바라보다가 술잔을 들면서 물었다.

"요즘도 클럽 댕기냐?"

"아니? 내가 그렇게까지 미치진 않았어."

"그럼 남자는 어떻게 조달해?"

"옛날에 만나던 놈들 중에서 하나씩 고르는 거지 뭐."

"그렇구나. 냉장고에서 꺼내갖고 전자레인지다 넣고 돌리면 되겠다."

"응, 가끔 데우는 시간을 까먹고 덜 익거나 터지거나 해."

"세영이는 처녀였어."

"알아."

제 잔에 술을 채운 서정혜가 눈웃음을 쳤다. 눈동자가 번들거리고 있다.

"세영이한테 들었어, 형한테 처음 줬다고."

"처음인데도 오르가즘을 느끼더군."

"형이 잘해서 그럴 거야."

"아까 미안하다."

"없는데 무슨 소리를 못 해?"

"악의는 없었어, 그냥 화가 나더라."

"형답지 않게 왜 그래?"

소주병을 들고 이광의 잔에 술을 채우려던 서정혜가 병이 빈 것을 보더니 도로 내려놓고 물었다.

"형, 여기서 술 더 마실 거야?"

"아니, 호텔로 가는 것이 나을 것 같은데."

손목시계를 보면서 이광이 말했다. 오후 8시 반, 아직 이른 시간이다. 서정혜의 시선을 받은 이광이 말을 이었다.

"호텔 방에서 한 잔 더 하든지."

"괜찮아?"

"뭐가?"

"창남 기분이 안 들겠어?"

"너 계속 미안하게 만들 거야?"

"가자."

자리에서 일어선 서정혜가 웃었다.

"나, 오늘처럼 가슴 뛰는 건 처음이야. 진짜 형 좋아하는가 봐."

"오늘 밤 넌 꿈을 깨게 될 거다."

방을 나오면서 이광도 웃음 띤 얼굴로 말했다. 계산을 마치고 나온 이광에게 서정혜가 말했다.

"형, 성북동에 내 별장이 있으니까 거기로 가자."

밤 11시, 별장 응접실의 유리문을 통해 어둠에 덮인 정원의 잔디밭이 드러났다. 잔디밭 끝 쪽에는 작은 연못과 분수대까지 있다. 그 옆쪽이 관리인 숙소였는데 서민의 단독 주택만 했다. 별장은 2층 양옥으로 건평이 150평쯤 되었고 이광이 처음 들어와 보는 갑부들의 세상이다. 지금 앉아 있는 가죽 소파 가격만으로 서민들의 집 전세비가 될 것 같다. 아니 시골로 내려가면 집 한 채 값이 될까?

"형, 안 씻어?"

가운으로 갈아입고 나온 서정혜가 물었는데 얼굴이 상기되어 있다. 욕실에서 씻은 것이다.

"나중에."

이광이 재킷을 벗어 소파 끝에 걸쳐놓고는 서정혜를 보았다. 은색 실크 가운의 허리띠는 매었지만 미끈한 맨다리가 허벅지부터 드러났다. 긴 머리를 뒤에서 묶어 올려서 목이 길다. 이광의 시선을 받은 서정혜가 몸을 조금 비틀면서 웃었다. 수줍은 태도다.

"뭘 봐?"

"네가 다르게 보인다."

"어떻게?"

다가선 서정혜가 이광을 내려다보았다. 가운 자락이 흔들리면서 서정혜의 몸에서 향내가 맡아졌다. 화장품과 살 냄새가 섞인 독특한 냄새다. 이광이 번들거리는 서정혜의 시선을 받고는 풀썩 웃었다.

"난 네가 꿈꾸는 이상형이 아냐."

"난 이상형이 없어."

바로 말을 받은 서정혜가 이광의 어깨에 허리를 붙였다. 탄력 있는 엉덩이가 팔에 닿았고 가운이 벌려지면서 허벅지 안쪽까지 드러났다. 숨을 들이켠 이광이 팔을 뻗어 서정혜의 가운 밑으로 넣었다. 그러자 서정혜의 엉덩이가 만져졌다. 서정혜는 가운 밑에 팬티도 걸치지 않았다. 그 순간 서정혜가 이광의 무릎 위에 앉더니 두 팔로 목을 감아 안았다. 얼굴이 더 상기되었고 숨결이 이광의 볼에 닿는다.

"사랑해."

서정혜가 가쁜 숨을 뱉으며 말하고는 입술을 붙였다. 이광은 서정혜의 입술을 받았다. 입을 벌려 입술을 물었더니 곧 서정혜의 혀가 빨려 들어왔다. 곧 가쁜 숨소리가 울렸다. 이어서 신음이 터졌고 꿈틀거리는 두 쌍의 사지가 휘젓기 시작했다. 응접실의 불은 환하게 켜놓은 데다 거침없는 소음이 울렸지만 별장 안에는 둘뿐이다. 이제는 대화가 필요 없고 짐승처럼 몸으로 의사를 교환한다. 엉켰다가 풀렸고 꿈틀거리면서 열락의 시간이 지나간다. 방안은 둘이 내뿜는 숨결과 땀으로 습기가 번졌다. 뜨겁고 탁한 습기에 비린 애액의 냄새가 진동을 한다. 이윽고 외침이 일어나더니 작살에 꿰인 고기처럼 한쪽이 퍼덕이다가 늘어졌다. 이것이 열락의 끝이다. 그러나 가쁜 숨소리와 신음이 가라앉기까지는 한참이 더 걸렸다. 벽시계의 초침 소리가 들릴 때까지는 더 기다려야 했다. 이제 한 쌍의 알몸이 엉킨 채 움직이지 않는다. 서정혜는 이광의 가슴에 볼을 붙인 채 눈을 감고 자는 것 같다. 이광은 서정혜의 허리를 감아 안고 앞쪽 벽을 응시하는 중이다. 둘은 지금 침대에 누워 있다. 그때 서정혜가 눈을 감은 채 물었다.

"형, 이제 나 안 만날 거지?"

"내가 미쳤냐?"

서정혜의 허리를 당겨 안으면서 이광이 되물었다.

"이 좋은 순간을 내가 왜 끊어?"

"장난 말고."

"내가 그렇게 심오한 생각을 품고 있는 인생이 아니다."

"형, 나 좋았어?"

"이렇게 좋은 건 처음이야."

"……."

"네 몸은 예술이야."

"……."

"솔직히 넌 왕비로 살아야 돼, 남자 종놈을 열 명쯤 부리면서 말이야. 널 한 놈한테만 매어놓는 것은 너무 불공평해."

"……."

"이제야 알았다, 널 이해할 수 있을 것 같아."

그때 이광은 가슴이 척척해진 것을 느꼈지만 일부러 시선을 내리지는 않았다.

"그냥 이렇게 살아라. 나 같은 평범한 백성의 안목 같은 건 신경 쓰지 말고."

이광이 서정혜의 엉덩이를 움켜쥐고 당겨 안았다.

"이야기를 하다 보니까 또 기운이 나는데, 어때?"

서정혜가 대답하지 않았으므로 이광이 머리를 들었다. 눈을 감은 서정혜는 움직이지 않았지만 볼에는 눈물 자국이 선명했다. 입맛을 다신 이광이 도로 누우면서 말했다.

"생각 안 나면 말고."

다음 날 아침, 간부 회의를 마치고 돌아온 윤병도가 이광의 책상 앞으로 다가와 섰다. 얼굴이 굳어 있었으므로 이광이 눈을 크게 떴다.

"이광 씨, 회의실로 좀 가자."

자리에서 일어선 이광이 버릇처럼 노트를 챙기다가 문득 머리를 돌려 뒤쪽을 보았다. 과장들이 자신을 보고 있다. 1, 2과장, 5과장까지, 4과장대리 김성규는 6과장대리와 이야기를 하는 중이었는데 분위기가 어색하다. 6과장이 도망치려는 듯이 몸을 반쯤 돌린 상태였는데 김성규는 그 옆얼굴에 대고 주절거리는 것이다. 그 순간 이광은 심장이 무거워지는 느낌을 받는다. 꼭 편의공작대 고구마3 매복 참호에서 공비를 만났을 때의 심장 상태와 비슷했다. 머리를 돌린 이광이 윤병도를 보았다. 일어나서 뒤쪽을 보고 다시 윤병도에게 말하는 데는 1초밖에 걸리지 않았다.

"저, 인사 발령 났습니까?"

그 소리에 정현애가 머리를 돌렸고 안창문이 엉거주춤 일어섰다. 윤병도가 눈만 껌벅였을 때 이광이 다시 물었다.

"인사 발령입니까?"

"이광 씨, 나하고 잠깐 회의실에서……."

"과장님."

이광의 목소리가 조금 커졌으므로 이제는 김성규도 이쪽을 보았다. 6과장이 낚시가 빠진 고기처럼 옆쪽으로 발을 떼었을 때 이광의 목소리가 반경 5미터쯤까지 울렸다.

"인사 발령이라면 다 알 텐데 여기서 말씀해주시지요."

"이봐, 이광 씨."

이제 윤병도의 얼굴이 누렇게 굳어졌다. 그때 맨 뒤쪽 자리에 앉아 있던 강근제가 그들에게 말했다. 이것은 반경10미터를 울리는 소리다. 이미 수출부 직원 32명 중 20여 명이 이쪽을 주시하고 있었던 터라 다 주목하게 만드는 소리다.

"거기, 무슨 일이야?"

강근제의 얼굴도 굳어 있다. 그때 이광이 강근제에게로 몸을 돌렸다.

"예, 과장님한테 제가 인사 발령이 났느냐고 물어보는 중입니다."

말문이 막힌 강근제가 눈과 입만 절반쯤 벌렸을 때 이광의 목소리도 반경 10미터를 울렸다.

"지난번 김성규 대리가 욕했을 때 일로 제가 인사 발령이 났는가 여쭤봤는데 대답을 안 하셔서요."

"이봐, 이광 씨."

"여기 있는 수출부 직원이 다 들었습니다."

이제는 이광의 목소리가 반경 20미터쯤 밖으로까지 퍼졌다. 부사장실이 15미터 뒤쪽으로 벽까지 막혀 있었지만 들릴 가능성이 있다. 지금까지 유성상사 역사상 일과 시간에 사원이 이런 음량의 목소리를 내본 적이 없다.

"김성규 대리가 먼저 욕을 했고 사건 전말도 김성규 대리가 잘못했다고 생각합니다. 그런데 제가 인사 발령이 나서 쫓겨납니까?"

"이봐."

윤병도가 이광의 팔을 잡았다.

"어 저 새끼, 막 가자는 거야?"

강근제가 자리에서 일어나 소리쳤다.

"지금 깽판 치는 거야?"

"아닙니다. 개구리가 죽을 때 깩, 하는 소리를 내는 겁니다, 부장님."

20미터 음량으로 소리친 이광이 강근제를 향해 머리를 숙이면서 말했다.

"억울하다는 소리는 해야지요, 그렇지 않습니까?"

"너, 나 따라와!"

어깨를 부풀린 강근제가 회의실로 앞장서 가면서 소리쳤다.

"인사 발령 정도가 아냐! 넌 사표 내야 돼!"

이광이 어깨를 부풀렸다가 내리면서 주위를 둘러보았다. 모두 입을 다물고 있다. 이광의 기세에 압도당한 것이다. 바로 앞에 서 있는 윤병도는 말할 것도 없고 과장들 중에서도 시선을 마주치는 놈이 하나도 없다. 김성규는 아예 반쯤 돌아앉아 있다. 대리급, 사원들은 더 말할 것이 있겠는가? 오직 앞쪽에 앉은 정현애가 눈물이 가득 고인 눈으로 쳐다보고 있을 뿐이다. 이광이 회의실로 들어서자 담배를 입에 물고 있던 강근제가 눈을 부릅떴다.

"미꾸라지 한 마리가 흙탕물 내겠다는 수작이냐?"

이 사이로 말한 강근제가 곧 이를 드러내고 소리 없이 웃었다.

"얀마, 나도 깡이 있는 분이시다. 좀 놀았다는 말이지, 너 같은 양아치가 아니라 말이다."

그때 이광이 한 걸음 다가가 섰다.

"사모님 이름이 양순실이시죠?"

숨을 들이켠 강근제가 눈을 치켜떴을 때 이광이 말을 이었다.

"김성규 이름으로 양순실 구좌로 지난달까지 11개월간 50만 원씩 입금되었더군요, 매월 25일에 말입니다."

한 걸음 더 다가선 이광이 눈웃음을 쳤다.

"내가 더 양아치 노릇을 해 드릴까요? 강근제 부장님, 천호동 백산아파트 3동 803호."

이광이 이제는 눈을 치켜떴다.

"이름은 고미선, 2년 반 전부터 살림을 차려 주셨더군."

"너, 이 새끼."

어깨를 부풀린 강근제가 자리에서 일어섰다. 얼굴도 상기되어 있다.

"이 양아치 새끼, 나한테 공갈치는 거냐?"

"그렇다, 이 자식아."

이광이 한 걸음 다가서며 말했다. 이광의 얼굴은 차분했고 웃음까지 띠고 있다.

"내가 지금부터 전화를 시작한다면 어떻게 될 것 같나? 강근제."

이광이 한 마디씩 말을 이었다.

"우선 네 집에 가서 양순실 씨를 데리고 고미선이한테 갈 거다. 고미선이가 집에 없으면 장안평 파리 의상실에 가면 되겠지."

"이런 개새끼."

"네가 개새끼지."

그때 회의실 안으로 윤병도가 들어섰으므로 강근제가 손짓부터 했다.

"나가 있어!"

"예?"

윤병도가 되묻자 강근제는 눈을 부릅떴다.

"나가 있으란 말이야!"

그때 이광이 윤병도에게 말했다.

"아, 사모님 이야기를 하는 중이니까요, 바로 나갈 겁니다."

윤병도가 뻥한 표정으로 회의실을 나갔을 때 이광이 강근제를 보았다.

"어이, 강근제 씨, 말조심해. 당신하고 나, 둘 중 하나가 유성을 떠나야 될 것 같다."

이광이 다시 웃음 띤 얼굴로 강근제를 보았다.

"남영호나 김성규보다 당신이 더 해로운 존재야. 그놈들은 똥 자체지만 당신은 똥 위에 붙은 파리야, 알아들어?"

"아니, 이 자식이."

"양순실 씨가 가만있지 않을걸. 양순실 씨 오빠가 명동파에다 술을 대는 도매상을 하고 있지? 양동철이라고……."

숨을 죽인 강근제를 향해 이광이 다시 쓴웃음을 지어 보였다.

"양동철 씨 믿고 당신이 양아치 찾는 거야?"

"……."

"어쨌든 오늘 양순실 씨 아니면 양동철 씨가 고미선을 만나게 될 거다."

이광이 눈을 가늘게 뜨고 강근제를 보았다.

"매월 50만 원 입금된 내역은 이미 은행 자료를 쥐고 있으니까 다음에 상의하기로 하고."

그러고는 이광이 몸을 돌렸을 때 뒤에서 강근제가 물었다.

"넌 누구냐?"

"네 아버지."

발을 뗀 이광이 앞쪽을 향한 채 말을 이었다.

"당신은 도망가는 게 나을 거야, 고미선한테 연락해도 소용없어. 파리의상실, 백산아파트가 날아갈 수는 없으니까."

"잠깐만."

강근제가 불렀지만 이광은 회의실을 나왔다. 나오는 순간 수출부 전 직원의 시선이 이광에게 모였다. 시선을 받은 이광이 쓴웃음을 지었다. 이광이 윤병도에게 다가갈 때까지 사무실 안은 조용했다. 통화 중인 사람들은 목소리를 낮췄고 이야기 소리도 뚝 그쳤다. 윤병도 책상 앞에선 이광이 물었다.

"인사 발령 이야기 하시죠, 과장님."

"아, 그것이……."

윤병도가 심호흡부터 했다. 옆쪽 김성규 자리는 비어 있다.

"저기, 이광 씨는 국내영업본부 2과로 발령이 났어, 내일 자야."

"아, 예. 가라면 가야죠."

그때 회의실에서 강근제가 나오더니 휘적거리며 제자리로 돌아가고 있다. 모두의 시선이 이제는 강근제에게로 옮겨졌다. 그때 윤병도가 물었다.

"무슨 일야? 사모님 이야기라니?"

"갑자기 사모님이 아프다는 이야기를 하시더군요. 그래서……."

어안이 벙벙해진 윤병도가 눈동자만 굴렸을 때 이광이 말했다.

"잠깐 밖에 나갔다가 오겠습니다."

몸을 돌린 이광이 바로 사무실을 나와 현관으로 다가갈 때다.

"이광 씨."

뒤에서 강근제의 목소리가 울렸다. 이광이 그대로 발을 떼자 바쁜 발자국 소리가 들리더니 강근제가 옆으로 다가왔다.

"나하고 이야기 좀 하자."

"싫어."

옆에 사람이 없었으므로 이광이 내쏘듯 말했다.

"더러운 똥파리 새끼."

"너 정말, 날 어떻게 보고."

"당신은 양아치도 못 돼."

이광이 웃음 띤 얼굴로 강근제를 보았다.

"내가 양동철 씨 불러 볼까? 당신이 하느님처럼 무서워하는 양동철 말이야."

그때 경비가 강근제를 향해 경례를 했다. 둘은 회사 정문을 나오고 있었던 것이다.

"나하고 이야기 좀 해."

다시 강근제가 말했을 때 이광이 주머니에서 수첩을 꺼내면서 말했다.

"가만, 양순실 씨한테 전화부터 하고. 하, 이것 참, 오늘 갑자기 바쁘게 되었네."

"그럼 강근제하고 지금 같이 있느냐?"

수화구에서 울리는 목소리의 주인이 바로 황학수 회장이다. 이광이 전화기를 귀에 붙이고는 심호흡을 했다. 이곳은 회사 건너편의 커피숍 안, 이광의 열 발자국 앞쪽 테이블에 강근제가 앉아 있다. 강근제는 이광을 바라보고 앉아 있었는데 이제는 불안한 표정을 숨기지 않는다. 이광이 다른 곳에다 전화를 한다고 해도 힐끗거리고 있는 것이다.

"예, 제가 와이프한테 살림 차려준 애인 집을 알려준다고 했더니 바짝 얼어서 떨어지려고 하지 않습니다."

"그놈을 물러나게 할 수 있겠느냐?"

"예."

이광의 시선이 강근제를 스치고 지나갔다.

"똥파리 하나는 없앨 수 있을 것 같습니다."

"한꺼번에 처리하면 회사에 충격이 너무 커진다. 하나씩 제거하는 것이 효율적이기도 해."

"예, 회장님."

"윤 과장인가 그놈, 제 몫은 하는 놈이냐?"

"공장에서 리베이트를 받은 것이 회사에 알려져서 연말에 좌천될 예정이라고 본인도 알고 있습니다."

"도둑놈이군, 너는 어떠냐?"

"저도 오더를 딴 곳으로 돌려놓고 상황을 주시하는 중입니다, 나쁘면 떠날 생각이었지요."

레이놀드 오더를 말해준 것이다. 입맛 다시는 소리를 낸 황학수가 말을 이었다.

"네 뒤에 내가 있다는 것은 절대 비밀로 해야 된다. 만일 알려지면 남영호와 김성규 이상 가는 불신과 무질서가 일어난다. 무슨 말인지 알겠느냐?"

"예, 회장님."

"수출부 6개과 32명 직원의 평가서를 작성해라. 서둘러야겠다."

황학수가 말을 이었다.

"내가 여행사에 알아보니까 사장이 연말에 미국 출장 계획이 있어."

도박하러 가는 것이다. 숨을 죽인 이광의 귀에 황학수의 목소리가 이어 울렸다.

"미국 가기 전에 정리해야겠다."

"예, 회장님."

"그럼 강근제는 너한테 맡긴다."

통화가 끊겼으므로 이광이 전화기를 내려놓았다가 다시 동전을 넣고 버튼을 눌렀다. 그리고 이번에는 짧게 통화를 하고 나서 강근제에게로 돌아왔다.

"어디에다 그렇게 길게 전화한 거야?"

궁금증을 참지 못한 강근제가 정색하고 이광을 보았다.

"우리 신사적으로 계급장 떼고 협상하자."

이광이 전화하는 동안 궁리를 했는지 강근제의 눈빛이 강해졌고 눈동자도 흔들리지 않았다. 강근제가 똑바로 이광을 보았다.

"자, 네 요구 조건이 뭐야? 그래, 입을 닫는 조건으로 나한테서 뭘 바라는 거냐?"

"당신이 먼저 말해봐."

이광이 의자에 등을 붙이며 말했다.

"난 오늘 갑자기 터트려서 준비하지 않았거든. 당신이 끼어들어서 이렇게 된 거 아냐?"

"그럼 갖고 있으려고만 한 거냐?"

"조건을 준비하지 않았단 말이지."

"그럼 네 좌천 때문에 불거진 일이니까 널 다시 수출부로 끌어 올리면 돼?"

"당신이 그럴 능력이 있어?"

"시간만 주면."

"거짓말 마, 김성규가 있는 한 안 돼."

이광의 눈빛이 강해졌다.

"그게 가능한 일이야? 얼렁뚱땅 넘기지 마."

"꼭 수출부로 오지 않아도 다른 부서에……."

"당신이 회사를 떠나면 돼."

"뭐?"

놀란 듯 강근제가 눈을 치켜떴다. 입술을 꾹 다물었지만 입술 끝이 떨리고 있다. 이광이 강근제의 시선을 받은 채 한 마디씩 힘주어 말했다.

"사표를 내, 그럼 다 잊어줄게."

"……."

"은행의 입금 자료도 다 눈앞에서 찢어줄 거야. 그리고 고미선 씨도 잊어버린다고 약속하지."

"……."

"당신만 내 눈앞에서 없어지면 돼. 그럼 만날 일도 없고 여자를 대면시킬 일도 없지."

"너, 나하고 무슨……."

"나한테 양아치라고 했지. 잘 봤어, 내가 아주 까탈스러운 양아치야. 내가 편의공작대 출신이라고."

"뭐? 편의점?"

"사표를 내, 다음 주말까지 시간을 줄게. 퇴직금 타고 다른 회사 알아볼 시간을 주는 거야."

"못 하겠다면?"

"아마 사표 냈을 때보다 열 배는 손해를 보게 될 거야. 생각지도 못한 일이 벌어질 테니까 말이야."

그러고는 이광이 손목시계를 보는 시늉을 했다.

"30분만 기다려, 곧 누가 당신 처남 양동철을 데려올 거야."

그 순간 강근제가 숨을 들이켰다. 무슨 영문인지 이해를 못 한 것 같다. 신촌파 간부 윤방철이 명동파 주류 도매상 양동철을 데려오는 건 일도 아닌 것이다. 신촌파와 명동파는 동맹 세력이다.

"형님."

이광 앞에 선 윤방철이 허리를 90도로 꺾어 절했다. 뒤에선 40대쯤의 사내는 윤방철을 따라 이광에게 머리를 숙이는 척했지만 눈동자가 흔들렸다. 강근제 때문이다.

"아나, 자네……."

말문을 잇지 못한다.

"혀, 형님."

엉거주춤 자리에서 일어선 강근제가 울상이 되었다. 그때 이광이 윤방철에게 말했다.

"어, 여기 앉아. 그분도 앉으시라고 하고."

"예, 형님."

옆자리에서 의자를 가져온 윤방철이 이광 옆에 앉더니 사내에게 말했다.

"양 사장, 여기 앉으셔."

"예, 사장님."

그렇게 둘이 자리에 앉았을 때 이광이 윤방철에게 말했다.

"야, 내가 어떤 사람인지 네 옆에 앉은 분한테 말씀드려라."

"예, 형님."

앉은 채로 머리를 숙여 보인 윤방철이 어깨를 펴고 양동철을 보았다.

"양 사장, 지난번 우리 회사가 뒤집힌 이야기 다 알고 계시지? 새 회장님이 오신 사건 말이야."

"예?"

눈을 크게 뜬 양동철이 눈만 껌벅였을 때 윤방철이 말을 이었다.

"여기 이 형님이 그 주인공이셔, 알겠어?"

"예? 예."

그 순간 어깨를 추켜올렸던 양동철이 늘어뜨리더니 벌떡 자리에서 일어섰다.

"처음 뵙겠습니다. 뵙게 되어서 영광입니다."

그러고는 양동철이 허리를 120도쯤 꺾어서 절을 했다.

"양동철입니다, 잘 부탁드립니다."

이광은 앉은 채로 양동철의 뒷머리만 보았다. 끄덕이지도 않은 것이다. 양동철의 허리가 펴졌을 때 이광이 앞에 앉아 있는 강근제를 턱으로 가리켰다.

"이 사람이 양 사장 여동생의 남편이야."

양동철과 윤방철은 숨을 죽였고 이광의 말이 이어졌다.

"이 사람이 나하고 같은 회사에 다니는데 지금 날 협박하고 있어."

"예?"

윤방철이 어깨를 부풀리더니 곧 얼굴을 일그러뜨리며 웃었다.

"그럴 리가요, 형님."

"아, 아니……."

이제 강근제의 얼굴이 새파랗게 질렸다. 양동철은 아직 반응을 내놓지 않았는데 그냥 '큰일 났다'는 분위기만 연출하고 있다. 그때 이광이 말을 이었다.

"내가 여자한테 살림 차려준 것을 내 약혼자한테 말하겠다는 거야.

이거 어떻게 해야 하나?"

"그냥 줘여 버리지요, 형님."

윤방철이 강근제를 응시하며 말했다.

"양 사장 데려올 필요 없었던 것 같습니다. 제가 그냥 묻어 버리지요, 더러운 놈. 돼지 먹이도 안 되겠습니다."

"그럴까?"

이광의 시선이 양동철에게로 옮겨졌다.

"양 사장 생각은 어떻습니까?"

"모르고 한 일 같습니다만……."

양동철이 손등으로 이마에 배어 나온 땀을 닦았다.

"제가 주둥이를 닥치게 해 놓지요."

"회사를 그만두게 하는 게 낫겠는데."

이광이 이 사이로 말하고는 강근제를 보았다.

"강 부장, 어떻게 생각해?"

"사표 내지요."

기다렸다는 듯이 강근제가 얼른 말했다.

"사표 내고 정리하겠습니다."

"양 사장한테 다 이야기 안 해도 되나?"

"그, 그러실 필요는 없다고 생각합니다."

"이 새끼가 다른 협박을 했는가요?"

윤방철이 싱겁게 끝나는 것이 서운하다는 표정을 노골적으로 지었다.

"양 사장 체면이 있으니까 제가 손대는 것보다 양 사장이 손을 대는 것이 낫겠는데요."

이광이 눈만 껌벅이자 윤방철이 말을 이었다.

"형님이 멱을 따지 않으신 것만 해도 다행입니다. 직장 생활이 참 더럽군요."

그때 한 걸음 다가간 양동철이 솥뚜껑만 한 손바닥을 휘둘러 강근제의 뺨을 쳤다.

"철썩!"

마치 홍어 한 마리가 수산물 공판장 바닥에 떨어지는 소리가 들리더니 강근제의 머리가 반대쪽으로 돌아갔다. 그때 강근제가 소리치듯이 말했다.

"오늘 당장에 사표 쓰겠습니다."

"철썩!"

양동철의 두 번째 귀뺨은 더 세찼다. 쪽팔리게 이곳까지 자신이 끌려오게 만든 죄를 묻는 것 같다.

"이노무시키."

눈을 치켜뜬 양동철의 기세는 험악했다. 쩔쩔매는 윤방철 앞에서 이 정도였으니 집안에서의 위세는 엄청났을 것이다. 두 손으로 뺨을 싸쥔 강근제는 이미 제정신이 아니다. 손님들이 쳐다보고 있었지만 헐떡이며 말했다.

"죄송합니다. 시킨 대로 하겠습니다."

이것은 이광에게 한 말인데 다른 사람은 모른다.

국내영업본부 2과는 본관 1층에 위치했는데 과원이 5명, 그중 여직원이 셋이었다. 남자 직원은 과장 안태수와 대리 조시영, 둘이었고 여직원 셋은 행정 요원이다. 즉 안태수와 조시영이 영업 담당이며 여직원 셋이 책상을 지키는 역할인 것이다.

"어, 총무부에서 연락받았어."

덤덤한 표정의 안태수가 인사를 한 이광에게 말했다. 오기 전에 안태수에 대해서 알아보았다. 35세, 고졸, 23세부터 국내 영업직으로 뛰기 시작해서 13년 차다. 2과는 경기도 지역을 맡고 있었는데 유성의 경기도 매장은 47곳이다. 그래서 출장의 연속이라는 것이다. 오전 10시 반, 지금 이광과 안태수는 영업부 회의실에서 마주앉아 있다. 안태수가 담배를 꺼내 입에 물더니 거침없이 말했다.

"뭐, 쪽팔릴 것 없어, 월급쟁이는 다 그런 것이니까. 어디 가나 다 똑같아, 수출이나 국내영업이나."

이미 소문이 다 퍼진 모양이었다. 작은 회사여서 순식간이다. 여직원 하나가 회의실로 들어서더니 둘 앞에 인스턴트커피를 내려놓고 우물쭈물했으므로 안태수가 소개했다.

"어, 여긴 이광 씨, 여긴 정미나, 여직원 중 고참이야."

둥근 얼굴에 날씬한 몸매의 여직원이다. 여직원에 대해서는 알아보지 않았으므로 이광이 웃음 띤 얼굴로 인사했다.

"잘 부탁합니다."

"반가워요. 오늘 회식해요, 과장님."

정미나가 밝은 목소리로 말했다.

"이광 씨가 능력 없어서 여기 온 것도 아니잖아요? 그러니까 단합회해요."

"젠장, 여긴 여자들이 드세어서."

투덜거린 안태수가 이광을 보았다.

"어때? 오늘 회식할까?"

"오늘은 집에 제사가 있습니다, 과장님."

"알았어."

머리를 끄덕인 안태수가 정미나를 보았다.

"들었지? 수출부 물을 먹으면 밀려났더라도 이렇게 거만하다고."

"그게 매력이죠 뭐."

정미나가 이제는 이광 옆자리에 앉아 말을 이었다.

"김성규하고 대판 싸웠다는 소문, 아래층에서도 다 들었어요."

이광에게 한 말이다. 안태수는 넓은 얼굴을 들고 담배만 피웠고 정미나가 말을 이었다.

"그 쥐새끼 같은 놈, 이쪽저쪽 여자 찝벅거리고 다니는 거 다 알아요. 그놈이 부사장하고 외삼촌, 조카 사이라는 것도 다 알아요."

"쉿!"

안태수가 찡그린 얼굴로 주의를 주었지만 정미나가 그치지 않는다.

"그러니까 이광 씨, 기죽지 말고 다니세요. 저것들 오래 못 가요."

그때 이광이 머리를 돌려 정미나를 보았다.

"오래 못 가다니요? 어떻게 알아요?"

"회사에 쫙 소문이 퍼졌는데 어떻게 견디겠어요? 유성상사가 구멍가게도 아니고……."

심호흡을 한 정미나가 상기된 얼굴로 이광을 보았다.

"기운 내세요, 이광 씨."

자리에서 일어선 정미나가 회의실을 나가자 안태수가 길게 숨을 뱉었다.

"내가 재한테 잡혀서 산다."

"예?"

"재가 유성 본사 여직원 모임인 장미회 회장이다."

"아, 예."

"26살인데 딱 부러지게 일도 잘해. 유성상사 입사 경력이 7년이지. 아마 고졸 여직원으로는 내년에 처음 대리 진급을 할 거야."

"그렇군요."

"나도 고졸로 8년 만에 대리 달고 4년 만에 작년에 과장 달았다."

"……."

"대졸 놈들은 3년, 3년인데 말이야. 내가 군대 3년 빠진 바람에 득은 좀 봤지만."

다시 담배 한 대를 더 빼문 안태수가 말을 이었다.

"정미나 말대로 기운 내고 일해. 국내영업도 재미 붙이면 할 만해."

"감사합니다."

"정미나, 쟤 너한테 마음이 있는 것 같다."

갑자기 안태수가 뜬금없이 말했으므로 이광이 숨을 죽였다. 안태수가 지그시 이광을 보았다.

"네가 오늘 내려온다는 총무과 통보를 어제 받았거든."

"……."

"근데 오늘 정미나 머리 스타일이 달려졌어. 내가 4년을 같이 있었지만 저러는 꼴 처음 봤어, 망할 년."

안태수의 목소리에 열기가 띠어졌다.

"글고 회식하자고 했잖아? 쟨 회식 한 번도 안 한 애다. 저거, 내가 끌고 가려고 해도 바락바락 안 가던 년이야."

어깨를 부풀린 안태수가 말을 이었다.

"근데 아까 뭐라고? 내가 기절할 뻔했다."

"참, 과장님도."

마침내 이광이 쓴웃음을 지었다. 어느덧 긴장이 풀렸고 따뜻한 시골집 안방에 들어가 앉은 기분이 든 것이다. 좋은 사람들이다. 이광이 심호흡을 했다. 내가 잊지 않으리라.

"강 부장이 사표 냈어."

오후 2시, 자리에 앉아 있는 이광이 전화기의 송화구를 울리는 안창문의 목소리를 듣는다. 사무실 안에는 여직원 둘이 남아 있다. 국내영업본부 각과는 서로 떨어져 있었는데 옆쪽에 제품이 산더미처럼 쌓여 있다. 각 지역으로 배송할 제품들인 것이다. 안창문이 말을 이었다.

"사표를 책상 서랍에다 넣어두고 오늘 출근 안 했다는 거야. 1과장한테 사표 꺼내서 부사장한테 전하라고 한 것이지."

"……."

"지금 이 층 난리 났어. 너 내려가고 나서 분위기가 가라앉아 있었는데 갑자기 강 부장이 사표를 내었으니 뒤숭숭해."

"……."

"별 소문이 다 났어. 부사장하고 멱살 잡고 싸웠다는 소문도 났고……."

"왜?"

"몰라. 어떤 놈이 그런 소문을 냈는지."

"……."

"또 너한테 맞아서 얼굴이 나갔기 때문이라는 소문도 있어."

"미친놈들."

"네가 사무실에서 한바탕 한 후유증이 세거든. 이젠 넌 거물이 되었어."

"……."

"국내영업본부로 내려갔지만 네 위상이 만만치 않게 되었어."

"야, 됐다."

"지금 부사장실에서 과장급들 회의 중이다."

"만날 회의 중이군."

"웃기는 일이 말이야."

안창문의 목소리가 낮아졌다.

"강 부장이 사표 냈다는 것이 드러난 후부터 윤 과장이 물 만난 고기처럼 생기가 일어났어."

"……."

"눈빛이 반짝이고 부사장 심부름을 하느라고 정신이 없다."

"……."

"부장 자리 차려는 것이 아니라 빈자리가 있으니 목이 잘리지 않을지도 모른다는 희망이 생긴 것이지."

"너도 참 한심하다, 이 자식."

마침내 이광이 이 사이로 말했다.

"그런 것까지 신경을 썼냐?"

"그럼 신경 안 쓰게 됐냐? 너까지 밀려난 마당에 초연할 수가 있겠느냐고?"

"너, 지금 어디야?"

"샘플실이다, 왜?"

샘플실이니까 저런 잡소리를 늘어놓을 수 있을 것이다. 이광이 입맛을 다셨다.

"난 사무실이야, 전화 끊어."

전화기를 내려놓은 이광이 머리를 들었을 때 옆쪽에 앉아 있던 정미나가 이쪽으로 몸을 돌렸다.

"현애한테서 전화가 왔어요."

"누구요?"

"정현애."

숨을 들이켠 이광을 향해 정미나가 이를 드러내고 웃었다.

"이광 씨 잘 부탁한다고 당부했어요."

"……."

"이광 씨를 존경한대요. 난 그런 말 처음 들어봐요."

정미나가 목소리를 낮췄다.

"김성규한테 실컷 이용당하고 나서 애가 만신창이가 되었는데도 이광 씨 걱정을 하는군요."

"소문이 다 났습니까?"

"우리 여직원 모임에서 만날 그 자식 이야기 하거든요."

이광이 소리죽여 숨을 뱉었다. 여직원 모임에서 찍히면 살아남기 힘들다는 말이 떠올랐던 것이다. 윤병도가 말해준 것 같다. 정미나가 자리를 비웠을 때 이광이 전화기를 들고 버튼을 눌렀다. 그러자 신호음 세 번 만에 곧 응답 소리가 들렸다.

"예."

황학수 회장이다. 목을 가다듬은 이광이 목소리를 낮추고 보고했다.

"오늘 자로 강근제 부장이 사표 냈습니다."

"그렇구나, 넌 국내영업본부로 내려온 거냐?"

"예."

"난 내일 상경한다."

숨을 들이켠 이광에게 황학수의 말이 이어졌다.

"준비는 다 해놓았는데 다시 체크해봐야 될 것 같다. 그러니 너를 만나야겠다."

"예, 회장님."

"난 우선 컨티넨탈호텔 스위트룸에 묵을 거다. 그러니 내일 오후 3시까지 1701호실로 오너라."

"예, 회장님."

"난 안식구한테도 속리산에 간다고 비밀로 했다. 안식구가 그놈한테 이야기하면 안 되니까 말이다."

안식구란 회장 사모님이고 그놈은 황근만 사장이다. 이광이 소리 죽여 숨을 뱉었다. 이제 부자간의 전쟁이다. 창립자 황학수가 패륜 후계자 황근만을 제거하기 위한 비밀 작전인 것이다. 그때 황학수가 한숨과 함께 말했다.

"내가 말년에 이런 일을 하다니."

오전 10시 반, 유성상사 사장실 안, 부사장 남영호가 들어서면서 황근만에게 물었다.

"모레 오후 3시 비행기시지요?"

"예, 이번에는 열흘쯤 있을 겁니다."

황근만이 앞쪽 소파에 앉은 남영호를 보았다.

"1백만 불은 준비되겠지요?"

"원체 큰돈이어서요."

입맛 다시는 소리를 낸 남영호가 말을 이었다.

"제가 내일 먼저 출국해서 준비해놓겠습니다, 사장님."

"미안해요."

"아닙니다, 제가 할 일인데요 뭘."

"믿을 사람은 남 부사장밖에 없습니다. 그런데 이번에 내가 1백만 불을 빼내면 잔고가 얼마나 남지요?"

"170만 불 정도가 남습니다, 사장님."

"그럼 그중에서 50만 불을 더 빼줘요."

"예?"

긴장한 남영호를 향해 황근만이 쓴웃음을 지어 보였다.

"내가 홍콩에서 미스 신을 만나기로 했어요. 미스 신은 지금 먼저 홍콩에 가 있습니다."

"아아, 예."

"어제 출발해서 날 기다리고 있지요."

"그렇습니까?"

"미스 신이 홍콩에서 가게를 하나 하고 싶다고 해서요. 집 한 채 얻고 작은 가게 하는데 50만 불 정도 들 것 같다는군요."

"아, 예."

"모레 나 만날 때 그 50만 불을 같이 준비해줘요."

"알겠습니다."

머리를 끄덕인 남영호가 황근만에게 결재 서류를 내밀었다.

"연말의 인사이동 결재를 해 주시지요."

"그거야 부사장이 알아서 하시고."

결재 서류를 펼친 황근만이 내용을 보지도 않고 사인을 하면서 말을 이었다.

"내년 수출은 잘 되겠지요?"

"올해보다 30프로 성장할 예정입니다."

"믿습니다."

"그래서 이번에 수출부에 대폭적인 인사이동을 시켰습니다."

"알아서 하시고."

심호흡을 한 황근만이 생각난 듯이 말했다.

"회사에 이런 소문이 나가지 않도록 해야 됩니다, 잘 아시겠지만 말입니다."

"알 리가 없지요."

정색한 표정의 남영호가 말을 이었다.

"이건 제 목숨까지 걸려 있는 일입니다, 사장님. 우리 둘은 동생동사(同生同死)해야 할 운명입니다."

남영호의 눈동자가 번들거리고 있다.

오후 5시, 남영호의 부사장실에 김성규가 앉아 있다. 외삼촌과 조카 사이였지만 이제는 부사장과 수출 4과장 직무 대리 관계인 것이다. 해외영업본부장이 수출과장하고 독대하는 것은 당연한 일이다.

"내가 내일 오후 3시 비행기로 홍콩에 간다."

남영호가 말했다.

"사장 도박 자금을 은행 비밀 구좌에서 빼주려고 하는 거다. 도박 자금 1백만 불에다 애인한테 홍콩에 집 얻어주고 가게 차려 주는 데 50만 불이야."

"그럼 150만 불입니까?"

숨 들이켜는 소리를 낸 김성규가 묻자 남영호가 쓴웃음을 지었다.

"죽어라고 직원들이 일해서 모아들인 달러가 새나가는 거지. 원자재

구입 대금 부풀리고 거래처에서 리베이트 받는 게 내 일이었다.”

소파에 등을 붙인 남영호가 말을 이었다.

“이건 사장하고 나하고 둘만 아는 일이지. 그러니 이번에 내가 돌아와서 바로 주식 매입을 하고 황근만을 회사에서 손을 떼게 만들 거다.”

“언제 돌아오시는데요?”

“난 내일 갔다가 나흘쯤 후에 돌아온다. 황근만이가 열흘 동안 나가 있을 때 회사를 뒤집어 버리는 것이지.”

“주식 매입 자금은 어떻게 하시려고요?”

“황근만이가 만들어 주는 거야.”

남영호가 웃음 띤 얼굴로 말을 이었다.

“이번에 황근만이 비밀 구좌의 예금을 다 찾아서 주식을 매입하는 것이지.”

“얼마 찾으실 건데요?”

“황근만이 구좌에 남은 120만 불하고 그동안 내가 황근만이한테서 꼬불쳐둔 130만 불, 그럼 250만 불이 된다.”

“아아.”

김성규가 탄성을 뱉었고 남영호가 말을 이었다.

“그걸로 유성 주식을 매입하면 30퍼센트가 돼. 여러 사람 이름으로 매입할 테니까 흔적도 남지 않는다.”

남영호의 목소리에 웃음이 섞였다.

“황근만이 홍콩에서 돌아오고 나면 회사는 넘어간 후지. 그놈은 약점이 있어서 날 어떻게 하지도 못 해. 식물인간이 되었다가 주총에서 쫓겨난다.”

"어떻게 할 거야?"

오세영이 묻자 이광이 손목시계를 보았다. 오후 8시 반, 둘은 영등포 시장 뒷골목의 돼지갈비 식당에 들어와 있다. 오세영이 옷에 냄새가 밴다고 질색했지만 고기 맛이 좋아서 불평은 금방 그쳤다. 오세영이 다시 물었다.

"국내영업본부에서 기회를 기다릴 거야?"

"앉아서 기다리지는 않아."

건성으로 대답한 이광이 한 모금 소주를 삼켰다.

"그리고 국내영업도 배울 것이 많아, 2과장하고 직원들 분위기도 좋고."

오세영의 시선을 받은 이광이 쓴웃음을 지었다.

"내가 능력이 모자라서 좌천당한 것이 아니라는 것을 다 알고 있더군. 김성규하고 남영호 사이도 소문이 났어."

"그런데도 사장은 가만있다니, 허수아비야?"

"두고 봐야지."

"그런 게 회사야?"

"넌 일 잘돼?"

이광이 말머리를 돌리자 오세영은 술잔을 들었다.

"만족해."

"다행이다."

"실력으로 평가받고 분위기가 자유로워. 바로 이런 것이 회사구나, 하고 자주 감동해. 고마워, 형."

"네 실력이 인정받는 거지."

"정혜한테서 연락 안 와?"

"그건 왜 물어?"

"아니, 그냥."

이광이 잠자코 남은 술잔을 비우고는 다시 시계를 보았다. 그날 밤, 서정혜하고 같이 밤을 보내고 나서 연락을 하지 않았고 오지도 않았다. 일주일이 지났는데 이러다가 서로 잊히는 것이다. 그때 오세영이 젓가락을 내려놓고 이광을 보았다.

"형, 그날 정혜하고 잤지?"

"응."

"어떻게 생각해?"

"생각한 적 없어."

"정혜가 어제 나한테 연락했어."

"그만."

손바닥을 펴 보인 이광이 정색하고 오세영을 보았다.

"걔 이야기 듣고 싶지 않아."

이광이 말을 이었다.

"그날, 네가 부탁을 했다고 해도 난 그렇게 하지 않았어야 돼."

"……."

"난 그날 밤에 둘을 다 잃게 된 느낌이 든다, 서정혜는 말할 것도 없고 너까지."

"……."

"네가 서정혜를 나한테 맡기고 간 것이 지금도 이해가 안 돼."

"……."

"나도 널 소중하게 생각했다면 서정혜하고 함께 뒹굴지 못했을 것이고."

다시 손목시계를 본 이광이 오세영을 보았다.

“오늘 밤에 약속이 있어.”

시선만 든 오세영에게 이광이 말을 이었다.

“중요한 일이야.”

“누구 만나?”

오세영의 목소리는 건조했다.

“아까부터 자꾸 시계만 보더니…….”

“그래, 밤늦게 약속이 있어.”

“형, 앞으로 나 안 만날 거야?”

불쑥 오세영이 물었으므로 이광이 쓴웃음을 지었다.

“내가 잘한 게 뭐가 있다고 널 안 만나겠어? 네가 싫증날 때까지 옆에 있을게.”

“미안해.”

“다 주고 받는 거야. 내가 너한테 그런 분위기를 준 것 같다는 생각이 든다.”

이광이 자리에서 일어서자 오세영도 서둘러 몸을 일으켰다.

“같이 나가.”

식당을 나온 이광이 오세영을 택시에 태워 보내고는 다음 택시를 타고 역삼동에 도착 했을 때는 11시 5분이다. 이광이 컨티넨탈호텔 뒤쪽 골목의 룸살롱에 들어서자 자리에 앉아 있던 김방현이 일어섰다. 김방현이 둥근 얼굴을 펴고 웃었다.

“형님, 오늘 사장실하고 부사장실에서 월척을 건졌습니다. 이놈들이 출장 직전이라 아주 핵심만 이야기하는군요.”

김방현은 방금 녹음기를 회수해 온 것이다. 테이블 위의 술병을 치운 김방현이 손바닥만 한 녹음기를 내더니 곧 버튼을 눌렀다. 그러자 곧 황근만과 남영호의 목소리가 방안에 울렸다.

"모레 오후 3시 비행기시지요?"

"예, 이번에는 열흘쯤 있을 겁니다."

둘의 대화가 끝났을 때 김방현이 설명했다.

"이제 남영호와 김성규의 이야기입니다."

이광이 잠자코 끝나기를 기다렸다가 자리에서 일어섰다. 황학수 회장이 기다리고 있는 것이다.

다음 날 오전 10시 반이 되었을 때 유성상사 사장 황근만은 손님들을 맞았다. 대검찰청에서 온 수사관 일행들이다. 경비실에서 검찰청에서 왔다는 연락을 받은 황근만은 당황해서 부사장 남영호를 방으로 부른 터라 사장실에는 둘이 기다리고 있었다.

"영장을 가져왔습니다."

앞장선 사내가 표정 없는 얼굴로 말하더니 둘을 번갈아 보았다.

"황근만 사장이 누구시죠?"

"전데요."

황근만이 대답하자 사내의 시선이 남영호에게로 옮겨졌다. 남영호는 이 자리를 벗어나려는 듯이 몸은 사내를 향해 섰지만 발끝이 문 쪽으로 향해진 자세였다.

"선생은 누구십니까?"

"예, 저는……."

남영호가 말끝을 흐렸을 때 사내가 황근만에게 물었다.

"부사장 남영호 씨는 어디 있습니까?"

황근만이 손으로 남영호를 가리키자 사내가 어깨를 부풀리며 말했다.

"남영호 씨, 당신도 체포합니다."

"무, 무슨 일로……."

남영호가 묻자 사내가 쓴웃음을 지었다.

"공금 횡령, 외환 관리법 위반, 해외 불법 자금 유통 등 여러 가지요."

사내의 시선이 황근만에게로 옮겨졌다.

"황근만 씨, 당신은 도박 혐의까지 추가되어서 아마 둘 다 10년은 살아야 될 거요."

"아, 아니."

남영호가 말을 내놓았지만 이미 얼굴은 하얗게 굳어 있다. 그때 사내들이 다가와 둘에게 수갑을 채웠다.

"압수 수색 영장을 가져 왔으니까 먼저 당신들부터 검찰로 압송하겠습니다."

사내가 눈짓을 하자 둘은 수사관들에게 끌려 사장실을 나갔다. 회사는 난리가 났다. 사장과 부사장이 수갑을 찬 채 끌려 나오자 비서들은 외면했고 복도에서 만난 사원들은 모두 비켜섰다. 그때 10여 명의 사내들이 쏟아져 들어오더니 서류를 압수하기 시작했다. 총무부장, 비서실장을 앞세워 서류를 체크하고 박스에 담기 시작했는데 사내들은 국내영업본부까지 내려왔다. 책상에 앉아 있던 이광은 그들이 점령군처럼 느껴졌다. 어쩔 줄 모르고 앉거나 서서 서류를 빼앗기는 사원들은 점령당한 국가의 시민들이다. 과장 안태수나 정미나 등은 서서 우왕좌왕하고 있었지만 이광은 자리에 앉아 전화기를 귀에 붙이고 통화 중이다. 내려온 사내들은 힐끗 이광을 보았지만 무시했다. 말단인 이광의 책상 따위는 뒤질 필요도 없는 것이다. 이광이 전화기를 귀에 붙이고 말했다.

"지금 수사관들이 아래층 국내영업본부까지 내려와 있습니다."

"음, 두 놈은 체포되었느냐?"

송화구를 울리는 목소리는 황학수다.

"예, 조금 전에 수갑을 찬 채 호송차에 탔습니다."

"알았다."

"분위기가 흉흉합니다."

"한 번은 일어나야 할 일이었다."

황학수가 담담한 억양으로 말했다. 황학수는 치밀한 성품이다. 상경하자마자 유성상사 대주주인 입장에서 사장이며 아들인 황근만과 남영호를 검찰에 고발했고 자료를 수집했다. 그리고 어젯밤 이광이 가져간 녹음테이프를 마지막으로 검찰에 제시한 것이다. 물론 사장실과 부사장실에 녹음기를 장치해놓는 것도 법원의 허락을 받은 터라 위법이 아니다. 그때 황근만이 말했다.

"오전까지 회사 상황을 살펴라. 이때 충신과 역적이 드러난다."

"알겠습니다."

"내가 오후 2시쯤 들어가겠다."

그러고는 통화가 끊겼으므로 이광이 전화기를 내려놓았다. 그때 뒤쪽에서 수사관 하나가 다가오면서 이광을 힐끗 보았다. 이 상황에서도 전화를 하고 있는 것이 신기하다는 표정을 짓고 있다. 이광이 2층 수출부로 올라갔더니 술렁대며 모여 서 있던 사원들이 이광을 보았다. 김성규가 보이지 않아서 두리번거리는 이광에게 2과장 이태진이 손짓을 했다. 이광이 다가가자 이태진이 굳은 얼굴로 말했다.

"터졌다."

다가선 이광에게 이태진이 말을 이었다.

"사장과 부사장이 외환관리법, 도박, 공금 횡령으로 구속되었어. 올 것이 온 거야."

그때 6과장직대 김병삼이 말을 이었다.

"부사장 심복 강근제가 사표를 내더니 1과장은 어디로 사라져 보이지 않네."

1과장은 강근제 심복인 것이다. 쓴웃음을 지은 이태진이 말을 받았다.

"지금 윤병도는 수사관 따라다니고 있다. 살판났다는 얼굴이지만 참 불쌍한 인간이다."

그때 김병삼이 두리번거리며 말했다.

"근데 김성규도 보이지 않네. 제 외삼촌 따라갔나?"

"회장이 오셨어!"

두 손을 앞으로 내민 채 달려온 안태수가 소리쳤다. 소리가 커서 뒤쪽 제품 박스 뒤에서 일하던 자재과 직원이 돌아 나왔다. 영업2과 직원이 다 모였다. 다른 때 같으면 여직원들만 남아 있을 사무실에 2과 직원 6명이 다 앉아 있다. 회사에 난리가 났으니 궁금하고 불안해서 달려온 것이다. 모두의 시선을 받은 안태수의 얼굴이 붉게 상기되어 있다. 오후 2시.

"방금 2층으로 올라가셨어!"

"회장이라면 사장님 아버지 아녜요?"

미스 공이 묻자 정미나가 대답했다.

"그래, 나도 신입 사원 때 한 번 뵈었는데."

"왜 오셨대요?"

"아, 뻔한 일 아냐!"

조 대리가 소리쳐 대답했다. 그도 자리에서 일어서 있다.

"사장, 부사장이 다 구속되었는데 회장님이라도 나서야지!"

"가만, 내가 알아보고 올게."

안태수가 다시 나가려다가 조시영에게 말했다.

"조 대리, 과원들하고 사무실에서 기다려."

"예, 과장님."

영업2과는 분위기가 좋다. 국내영업본부는 과별 경쟁이 심하지 않았기 때문이기도 할 것이다.

"회장님이 연세가 몇이지요?"

21살짜리 미스 공이 다시 묻자 정미나가 대답했다.

"아마 73세쯤 되셨을걸. 6년쯤 전에 60대 후반쯤이었어, 67이던가?"

"그때 회사 그만두신 건가요?"

"사장한테 맡기고 시골로 내려가신 거지. 회사 주식은 아직도 회장님이 갖고 있을 거야."

정미나가 대충은 알고 있다. 황학수는 74세, 회사 주식의 32%를 보유하고 있다. 황근만은 12%, 동생 황영만은 7%다. 그때 정미나가 머리를 돌려 이광을 보았다.

"이광 씨."

이광의 시선을 받은 정미나가 눈웃음을 쳤다.

"다시 수출부로 올라갈 수도 있겠네요, 그렇죠?"

"왜요?"

정색한 이광이 묻자 조 대리가 나섰다. 32세, 5년 경력, 지방 오성대 출신으로 결혼해서 3살짜리 아이가 있다고 했다.

"이광 씨가 남영호, 김성규한테 찍혀서 내려왔다는 소문이 대한민국에 다 퍼졌어. 그런데 세상이 바뀌었으니 당연히 돌아가야지, 안 그래?"

"에이, 내려온 지 며칠이나 된다고 그러십니까?"

그때 사내 마이크가 울렸으므로 모두 입을 다물었다.

"총무부에서 알립니다. 전 사원은 1층 강당으로 모여주시기 바랍니다. 전화 당번만 남겨두고 지금 즉시 강당으로 모여주시기 바랍니다. 회장님의 말씀이 있을 예정입니다. 10분 후에 회장님의 말씀이 있겠습니다."

"가자."

조시영이 소리치듯 말했다.

"우린 전화 당번 남을 필요도 없어. 다 가자!"

잠시 후에 강당에는 본사 사원이 다 모였다. 2과처럼 전화 당번도 두지 않고 모인 과가 대부분이었고 자재과 일용직 직원도 들어왔다. 오전의 사건을 듣고 근처의 계열사 직원들도 대거 와 있었던 터라 그들도 빠짐없이 들어와서 강당은 사원들로 버글버글했다. 총무부에서는 처음에 수출, 내수, 일반직 등으로 멋지게 구분을 시켜 도열시킬 작정인 것 같았지만 인파가 밀려드는 바람에 다 포기하고 나중에는 간부들만 앞으로 나오도록 했다. 이광은 벽 쪽에 붙어 섰는데 옆에 서 있던 여직원이 눈인사를 했다. 비서실의 정지현 대리다. 사장 황근만의 전속 비서가 옆에 서 있는 것이다. 왜 여기 서 있느냐고 물으려다가 입을 다물었을 때 연단으로 황학수가 나왔다. 연단 끝에 서 있던 총무부장이 뒤

늦게 마이크를 입에 대고 말했다.

"회장님이 나오셨습니다."

그러나 이미 모두 본 터라 강당 안은 순식간에 조용해졌다. 5백여 명이나 되는 군중이 숨소리도 내지 않는다. 기침 소리도 없어서 그야말로 바늘 떨어지는 소리도 들릴 정도였다. 이광이 연단에 선 황학수를 보았다. 회색 정장을 입은 황학수는 반백의 머리가 잘 어울렸다. 허리도 곧고 어깨도 펴고 있다. 마이크를 입 앞에 붙인 채 황학수가 잠깐 군중을 둘러보았다. 위엄 있는 태도다. 시선이 이쪽으로 옮겨졌을 때 이광은 자신의 시선과 마주치는 것 같았다. 그때 황학수가 마이크를 바짝 입에 붙이고 말했다.

"불미스러운 사건이 일어났지만 나는 이것을 유성상사의 전화위복이 되는 계기로 삼을 것입니다."

잠깐 황학수가 호흡을 고르는 동안 강당 안은 정적이 계속되었다.

"나는 오늘부터 유성상사를 새롭게 이끌어갈 것입니다. 그러니 여러분은 나를 믿고 따라주시기만 하면 됩니다. 그 노력의 대가는 받게 되실 테니까요."

그날 밤 10시 반이 되었을 때 장충동 주택가의 2층 저택 앞에 선 이광이 벨을 눌렀다. 그러자 곧 안쪽에서 인기척이 나더니 철문이 열렸다. 중년 사내가 이광에게 묻는다.

"이광 씨?"

"예."

"안으로 들어가시지요, 현관이 열려 있습니다."

비켜선 사내가 이광의 등에 대고 말했다.

"제가 집사 김동만입니다."

"예, 잘 부탁합니다."

건성으로 인사를 한 이광이 정원을 지나 현관으로 다가갔다. 저택은 정원이 2백 평쯤 되었고 검은 벽돌의 2층 양옥이다. 밖은 높은 벽돌 담장에 가려서 2층 창만 보였는데 안은 넓고 정원에는 잔디가 깔려 있다. 정원 안쪽에 보안등이 드문드문 켜져 있었으므로 안이 다 드러났지만 조용했다. 집사는 대문 옆의 숙소로 들어가 보이지 않는다. 심호흡을 한 이광이 현관문을 열고 안으로 들어섰다. 안은 응접실이다. 불을 환하게 켠 응접실에는 황학수가 여자 하나와 앉아 있다가 이광을 맞았다.

"응, 어서 오너라."

황학수가 이광을 맞았지만 지친 듯 눈초리가 늘어져 있다. 머리를 숙여 보인 이광이 다가가자 황학수가 여자를 소개했다.

"여기, 백영주라고 한다."

"안녕하세요."

자리에서 일어선 여자가 맑은 목소리로 인사했다. 미인이다. 긴 머리를 뒤로 묶었고 갸름한 얼굴, 화장기가 없는 피부는 대리석처럼 매끈했으며 말끔한 용모다.

"이광입니다."

시선이 마주친 순간 이광은 가슴에 찌르르 울리는 것 같은 느낌을 받는다. 인사를 마친 둘이 자리에 앉았을 때 황학수가 말했다.

"영주는 다음 달에 유성상사로 옮겨올 거다."

이광은 숨만 죽였고 황학수의 말이 이어졌다.

"기조실 과장으로 발령이 날 거야. 회사에서 경력 사원 모집 공고를 내고 거기에 응모하는 모양새를 갖춰서 입사하는 것이지."

그러고는 황학수가 쓴웃음을 지었다.

"그래서 내가 이광이 너한테만 영주 신분을 밝혀주는 것이다."

이광은 대답하기도 어려웠으므로 앉은 채로 머리만 숙여 보였다. 다시 황학수의 말이 이어졌다.

"영주는 일성대 경영과를 졸업하고 지금 대성상사 기조실 대리로 있다. 그러니 자연스럽게 과장으로 승진해서 발령을 내도 이상하게 보지 않을 거다."

"예, 회장님."

"너한테 이런 이야기를 해주는 이유를 말해주마."

"예, 회장님."

"내가 회장으로 복귀하지만 아무래도 영업 본부장 겸 부사장, 수출부장 등 경영진 일부는 외부에서 영입해야 될 것 같다."

길게 숨을 뱉은 황학수가 말을 이었다.

"사장, 부사장이 구속되고 곧 언론에도 떠들썩하게 기사가 날 테니 회사 분위기가 엉망이 될 거야."

"……."

"더구나 수출부장까지 공석이고 이번에 인사 조치를 할 대상들도 많으니 급한 공석은 외부에서 채워야만 된다."

"……."

"부사장 겸 대표 이사로 내 고향 선배의 아들인 오동진을 데려오기로 했다, 오동진은 한동실업 전무로 근무하다가 무역 회사를 차렸는데 3년 만에 망하고 실업자가 된 인물이야. 능력은 뛰어났다고 소문이 났지만 한동실업에 근무할 때 자금을 유용한 전과가 있어."

입맛을 다신 황학수가 말을 이었다.

"내가 만났는데 그 이야기는 내가 모르는 줄 알고 이야기를 안 하더구먼. 우선 급하니까 대표 이사 부사장 자리를 맡기는 거다. 쓸모가 있겠지."

머리를 든 황학수가 둘을 번갈아 보았다.

"너희들 둘이 내 버팀목이야, 부끄럽지만 할 수 없다. 이광이 덕분에 내가 회사가 망하기 직전에 나설 수 있었고, 또."

황학수의 시선이 백영주에게로 옮겨졌다.

"영주, 네가 도와주겠다고 해서 원군 백 명을 얻은 것 같다."

그러더니 황학수가 헛기침을 하고 이광을 보았다.

"이광이한테는 나하고 영주 사이를 이야기해줘야겠구나."

숨을 멈춘 이광에게 황학수가 말을 이었다.

"영주는 내 딸이다. 호적에 옮기지 못해서 제 엄마 성을 땄지만 이번에 내가 부탁해서 유성에 오게 된 거다."

"아버지, 그만 하세요."

백영주가 말했지만 황학수는 말을 이었다.

"영주 존재는 아무도 모른다. 지금 구속된 황근만이도 모른다."

그러고는 황학수가 둘을 번갈아 보았다.

"너희들 둘이 서로 정보를 교환하고 회사 분위기를 만들어주기 바란다."

이광이 소리 죽여 숨을 뱉었다. 이제부터 시작인 것이다. 언제나 새로운 시작이다.

"형, 어떻게 된 거야?"

전화기에서 오세영의 목소리가 울렸다. 신문과 방송에 다 보도가 된 터라 이광은 오늘 10명도 넘는 사람들한테서 전화를 받는다. 오세영은 늦게 연락을 한편이다. 30분쯤 전에는 카스파 회장님이신 고성규까지 연락해온 것이다.

"어떻게 되긴. 나, 이렇게 자리에 앉아서 일하고 있지."

이광이 시큰둥한 억양으로 말했더니 오세영이 길게 숨 뱉는 소리를 냈다.

"회장이 오셨다지만 그 회사 잘되겠어?"

"잘된다, 걱정 마라."

"신문에선 난리가 났어."

"하지만 망하지는 않아."

그건 맞다. 유성상사는 첫째로 빚이 없다. 부동산이 많아서 부동산만 팔아도 엄청난 자금이 된다. 물론 모두 회장인 황학수 소유다. 이제는 이광이 물었다.

"넌 어때?"

"다음 주부터 의류 팀에서 일하게 될 거야."

"빠르군."

"유성을 맡았으니까 윤 과장하고 연락해야겠지?"

"그래야지."

숨을 고른 이광이 주위를 둘러보았다. 오전 10시 반, 내수2과 사무실에는 여직원 둘뿐이다, 정미나와 미스 공. 안태수와 조시영은 시내 출장이다. 일손이 잡히지 않았지만 직영점을 체크해야만 한다. 그때 오세영이 다시 물었다.

"윤 과장, 이번 사건으로 전화위복이 되었을까?"

"글쎄, 잘 모르겠다."

"김성규는 회사 나왔어?"

"그것도 모르겠어, 난 아래층에 있어서."

그러자 잠깐 입을 다물었던 오세영이 물었다.

"형, 아직도 나한테 화났어?"

"무슨 말이야?"

"서정혜 문제로."

"화낼 이유가 없지."

"그런데 형 분위기가 달라졌어."

"이런 상황에 분위기 좋을 리가 있어?"

"오늘 저녁에 시간 있어?"

"약속이 있어 회사 일로."

"저것 봐."

오세영이 다시 긴 숨소리를 냈다.

"그럼 다시 연락할게. 기운 내, 형."

"고맙다."

이광이 전화기를 내려놓았을 때 옆쪽 자리의 정미나가 이쪽으로 머리를 돌렸다. 통화 끝나기를 기다렸던 것 같다.

"오늘 저녁 회식할 수 있지요?"

"아, 그럽시다."

지난번에도 미뤘기 때문에 이광이 머리를 끄덕였다. 정미나가 웃음 띤 얼굴로 이광을 보았다.

"이광 씨는 곧 원대 복귀하겠지만 회식은 해야 돼요. 그것이 무슨 명목이든지."

"내가 고맙죠."

"여직원들한테 이광 씨 인기가 좋아요."

"왜요?"

"그걸 몰라요?"

눈을 흘긴 정미나한테서 교태가 풍겼으므로 이광이 숨을 들이켰다. 유혹이다. 정미나의 시선을 받은 채 이광이 머리를 저었다.

"모르겠는데."

"남자의 매력은 꼭 집어서 나타나는 게 아녜요, 분위기라고요."

"명심하겠습니다."

다시 눈웃음을 친 정미나가 힐끗 앞쪽에서 박스를 뒤지는 미스 공에게 시선을 주고 나서 목소리를 낮췄다.

"오늘 술 많이 마시지 마요, 2차 가게."

그것이 무슨 뜻인지 이광은 알아볼 기회를 갖지 못했다. 오후 5시쯤 되었을 때 황학수의 전화를 받았기 때문이다. 황학수는 사장실에서 구내전화를 했다. 교환을 통하지 않은 직통 전화다.

"수출부 인사에 네 의견을 들어야겠다. 오늘 밤 10시에 내 집으로 오너라."

대뜸 황학수가 말했으므로 이광이 어깨를 늘어뜨렸다.

"예, 알겠습니다."

"영주하고 셋이 이야기하자."

"알겠습니다."

전화기를 내려놓은 이광이 정미나를 보았다. 이쪽에 신경을 쓰고 있었는지 정미나가 머리를 들었다.

"오늘 회식을 또 못 하겠는데."

이광이 쓴웃음을 지었다.

"방금 아버지한테서 전화가 왔어요, 오늘 저녁에 제사 때문에 상경하신다고."

"아유, 할 수 없죠."

이맛살을 모았지만 정미나의 얼굴에 웃음이 떠올랐다.

"괜찮아요. 언제 우리 둘이서 저녁때 술이나 한잔해요."

오늘도 셋이 둘러앉았다. 여전히 백영주는 무표정한 얼굴이었고 황학수도 지친 것 같다. 밤 9시 10분, 황학수가 탁자 위에 놓인 조직도를 보았다. 수출부 조직도다. 이미 사표를 내고 공석이 된 수출부장 자리는 비었고 1과장 고명수, 3과장 윤병도, 4과장 김성규의 이름 위에 붉은색 동그라미가 그려져 있다. 이것은 그동안 황학수가 이광의 보고를 듣고 동그라미를 친 것이다. 이광의 눈에는 그것이 붉은 관처럼 느껴졌다. 살생부인 것이다. 황학수가 머리를 들고 이광을 보았다.

"이놈들은 그만둔 수출부장의 심복에다가 하청 업체로부터 뇌물수수 등 범법 사실이 수십 개야. 일단 대기발령을 낸 후에 한두 달 지나서 사표를 받기로 하자."

수출부 6개 과 중 3개 과장이 해당된다. 거기에다 수출부장도 공석이니 수출부는 공황 상태가 될 것이다. 황학수가 말을 이었다.

"총무부장한테 수출부의 경력 사원 모집 인원을 증가시키라고 했다. 곧 충원이 되겠지."

이번 모집에 백영주도 끼어 입사하게 될 것이다. 그때 황학수가 말했다.

"이달 말 인사에 이광, 너도 수출부로 원대 복귀해라."

이광이 머리만 숙였고 황학수의 말이 이어졌다.

"내가 수출부 과장, 대리, 사원, 여사원까지 10명을 면담했다. 허심탄회하게 마음속에 있는 말을 다 털어놓으라고 했더니……."

황학수가 쓴웃음을 띤 얼굴로 이광을 보았다.

"이번 사장, 부사장이 구속되고 수출부장이 전격 사표를 내고 잠적한 사건들이 너하고 김성규가 다툼이 일어나면서부터라고 하는 직원들이 셋이나 되었어."

이광이 얼굴을 굳혔지만 황학수의 웃음이 더 짙어졌다.

"네가 억울하게 당했다고 하더구나. 넌 불의에 대항한 용사였다. 말단 사원인 네가 신선한 분위기를 만들었던 것 같다."

"……."

"네 위상이 높아졌다. 김성규하고 사무실에서 다퉜다는 이야기도 생생하게 들었어. 강근제, 김성규, 남영호가 틀렸다고 모두 그랬다."

"……."

"윤병도는 황근만, 남영호가 구속될 때의 얄미운 행동으로 전(全) 사원으로부터 경멸을 받고 있더군. 처신을 잘못하면 엎어져도 똥 위에 코를 박는 법이다."

황학수가 길게 숨을 뱉었다.

"그럼 이놈들은 인사 조치를 하지."

그때 이광이 머리를 들었다.

"회장님."

황학수의 시선을 받은 이광이 말을 이었다.

"김성규는 뇌물수수, 상관에게 뇌물 상납 등에다 여직원을 농락하고 매달 용돈을 지급했습니다. 바이어 사무실 여직원까지 이용해서 수수료를 착복하고 해당 여직원을 퇴사시켜 바이어 사무실과의 관계를 악

화시킨 전력도 있습니다."

"나도 자료 보았다. 악의 근원이라고 할 만한 놈이더군."

입맛을 다신 황학수가 이광을 보았다.

"더구나 외삼촌 남영호의 위세를 믿고 호가호위한 놈 아니냐? 사직서를 받을 게 아니라 자료를 경찰에 넘겨 구속시키는 것이 낫지 않을까?"

"김성규는 오더 수주, 바이어 관리가 뛰어납니다."

황학수가 시선만 주었고 백영주도 머리를 돌려 이광을 보았다. 이광이 말을 이었다.

"김성규를 당분간 4과장직대에 그대로 두시는 것이 회사를 위해서 낫다는 생각을 했습니다."

"……."

"김성규가 딴짓 못 하도록 관리하는 것은 회사의 몫이라고 생각합니다."

"맞아요."

백영주가 처음 입을 열었으므로 둘의 시선이 모였다. 백영주가 황학수를 응시한 채 말을 이었다.

"김성규가 그런 짓을 한 것은 회사의 관리가 허술했기 때문이기도 합니다. 이광 씨 의견에 동의합니다."

"아니 그럼, 그놈을 그냥 놔두라고?"

황학수가 묻자 대답도 백영주가 했다.

"지금까지의 증거 자료를 그대로 갖고 있지요, 필요한 때가 있을지 모르니까요."

잠깐 정적이 덮이고 나서 다시 황학수가 말했다.

"너희들 생각대로 하자."

이광은 소리 죽여 숨을 뱉었다. 이것으로 한 계단 올라갔다는 생각이 들었지만 계단은 끝없이 높은 것 같다.

<3권 계속>